公元787年，唐封疆大吏马总集诸子精华，编著成《意林》一书6卷，流传至今

意林：始于公元787年，距今1200余年

意林®

一则故事　改变一生

我不愿让你一个人走过青春的荒芜

WO BUYUAN RANG NI YIGE REN ZOUGUO QINGCHUN DE HUANGWU

谢宁远 著

吉林摄影出版社
·长春·

图书在版编目（CIP）数据

我不愿让你一个人走过青春的荒芜 / 谢宁远著. -- 长春：吉林摄影出版社，2017.1
（告白的书）
ISBN 978-7-5498-2923-1

Ⅰ. ①我… Ⅱ. ①谢… Ⅲ. ①短篇小说－小说集－中国－当代 Ⅳ. ①I247.7

中国版本图书馆CIP数据核字(2016)第317809号

我不愿让你一个人走过青春的荒芜 WO BUYUAN RANG NI YIGE REN ZOUGUO QINGCHUN DE HUANGWU

著　　者　谢宁远
项目出品　意林松果阅读
出 版 人　孙洪军
主　　编　顾　平　杜普洲
责任编辑　施　岚　孙　瑜
总 策 划　蔡　燕
丛书统筹　黄　磊
策划编辑　黄　磊
设计总监　资　源
特约编辑　张亦苓
封面设计　资　源
美术编辑　岳红波
发行总监　李振红
营销总监　王俊杰
开　　本　880mm×1230mm 1/32
字　　数　220千字
印　　张　8
版　　次　2017年1月第1版
印　　次　2017年1月第1次印刷

出　　版　吉林摄影出版社
发　　行　吉林摄影出版社
地　　址　长春市泰来街1825号
　　　　　邮　编：130062
电　　话　总编办　0431-86012616
　　　　　发行科　0431-86012602
网　　址　www.jlsycbs.net
经　　销　全国各地新华书店
印　　刷　北京中科印刷有限公司

书　　号　ISBN 978-7-5498-2923-1　　　定　　价：29.80 元

预备六十六岁初吻

偶然也是巧合，意林寻到我，要出版这本短篇集时，也正是我经历生活的分水岭，整理前尘拥抱后路之时。三本长篇小说之后，终于可以清算一下我散落在杂志里的故事了。

这一年，我写了很久的专栏因杂志停刊无疾而终，被告知时已太迟，连告别的结栏语也来不及写。于是和读者们讲，别难过，但凡人生总有断、舍、离。你我都知晓，在这样一个出版业的寒冬，写作者人人自危，但这纸上的缘分真的好珍贵。

北京漫天的杨絮和霾尘，像两个脾气肆虐的家伙，暗自较着劲，看究竟谁可以让这座灰蒙蒙的大都会里，戴着活性炭口罩，四处逃窜的人们更狼狈一点儿。

与一个同样年轻的上班族合租一套寓所，两个人各占一间卧室，都是早出晚归，像隔着一面墙生活，两个月过去，依旧并不熟络。

他是个邋遢巨婴型的男孩。女友半个月来一次，像菲佣一样把他屋内的垃圾扔掉，成山的衣服洗干净。周末他不分日夜地打游戏，输掉的时候，会对着空气骂上两嗓子，凌晨喜欢站在他的阳台上和女朋友大声调笑。一个在朝阳，一个在海淀，竟然维持着异地恋的相处模式，这是唯有在北京才会讲得通的伤心故事吧。

集子里放的，除了一部分是为此新创作的故事，其余都是大学时期在宿舍熄了灯，室友都沉沉入睡之后写的故事。像换季的晴好日子，在家整理旧年的衣物帽饰，会想起穿着它们跨过的那些岁月一样，这些用力描写年轻爱情的篇目，也让我怀念以前的清澈。故事里的人是假的，一出出场景也是幻构的，那些清澈的心情却是真的。把一个人当作生命中的至宝，什么东西都摧毁不了对感情生活的信仰，这种事其实我不确定我可以做到，但故事里这些男孩和女孩，他们永远可以。

有些篇目很甜，《恋人心底银河长》里五音不全的柏书恺，在结尾的海洋馆里对咖咖说："世上好多事都是能练习的，比如唱歌不走调，比如喜欢一个人。为你当年在水族馆那句话，我练习唱歌好多年了，你……能不能稍微练习着喜欢我呢？"而咖咖回他："你是天真还是蠢啊！哪用练习，我一直都会。"

也有些篇目颇苦涩，比如《你若尚在场，四季该很好》，与张国荣的歌名同题，本就是悲伤的预兆。梁音对雷绍宇说话很直接："你不必对我耗时间了。……任凭我有多虔诚，最多也只能爱你爱到三分而已。"他却甘之如饴道："三分还不错啊，我愿意。"至于沈修远，最终还是一个人背包上路，忍受寒冷孤独，跨过无数陌生国度的山峰、峡谷、海洋来历练灵魂。某个深秋，他停留在一家照得进月光的客栈，听到阁楼上隐隐的歌声："你若尚在场，秋天该很好。"想到她的脸，他忽然就痛哭起来。

全部故事里，我最喜欢《倾尽余生讨你欢》中的温梨。她的脑子转不了弯，爱一个傲气的白书屿，就像上演猫和老鼠的故事，这是青春的气节。为了顺着一条小缝隙挤进他的生活，她坐尽了冷板凳：不在乎嘲笑，去男厕所门口堵他；绞尽脑汁赚钱，被同学嫌弃，只为生日时送他一台心心念念的相机；为他背过黑锅，在烈日下罚站，甚至曾经狼狈地被他用半杯酸奶挤了满头。最后在拉斯维加斯的仲夏夜，她喝了点儿酒，甚至要向他求婚……她十几岁时就说，不想当将军的士兵不是好士兵，不想结婚的少女不是好少女。

情动容易，而为之付出勇气与心力，经年不改，才最难。

我的故事，大多在讲遇上理想情人之后的生活，而如果你还没遇上理想的爱情呢？没关系啊，今夕也好，他朝也罢，你可以做的是留住这份清澈的心情，如果不想将就，就别将就。像歌里唱的那样，预备六十六岁初吻，没什么大不了。

谢宁远

2016年6月15日于北京

我不愿让你一个人走过青春的荒芜 | 目录

目录|我不愿让你一个人走过青春的荒芜

恋人心底银河长

『你说银河里人只是漂流着，走的走，而我选择等你。用尽四万七千千米的勇气，穿越几十亿人口的距离……』

【A】

“宝小姐，真是临时出岔子……我们这就解决……”49层的空中工地，工人们战战兢兢地望着这位年轻的女建筑师。

“大楼是临时的，还是安全是临时的？最临时的，就是你们的饭碗！”宝咖咖冷冷地卷起图纸进了电梯，到地面她才望着纷纷暮雪，想起今晚是平安夜。

好饿啊！她想吃顿大餐犒劳自己冰凉的胃，但想到处处是恋人，又心灰意懒。望着华灯初上，她鼻子一酸，像被人凭空砸了一拳。真失败啊，都没个下了班叫上她吃饭的朋友。

忽然她手机屏幕一闪，弹出的是广告。这个叫“一起吃”的约饭APP（手机应用软件），最近很风靡。

昏暗的车内，暖橙色页面映得她脸色发亮：“一个人在餐厅，你是不是明明刷不出新微博了，还低头盯着手机怕尴尬？如果你也不想一个人吃饭，总有同类在等你。”

她犹豫十秒，点了注册。

“我们的软件只为孤独的人准备，请证明你很孤独。方法一，讲述单身经历，录下你的大哭；方法二，上传资料证明；方法三……”

真麻烦。宝咖咖翻个大白眼，把自己久无人联系的微信截了图上传：“够一目了然吧，我真没朋友！”

“已通过，欢迎加入一起吃星球，摇手机来找陪你吃饭的TA吧。”她苦笑，连APP都一下就识别出她有多孤独。

“你好，我找的饭友要没口臭，少说话，能AA就行。”

叫银河漂流者的家伙与她同一秒摇手机：“你找对人咯！”

当这个肩宽腿长、颜值甚高的银河漂流者坐在她对面时，她猛一怔，诧异地站起身：“柏！书！恺！你穿了几层增高鞋垫？”

所有目光齐刷刷聚拢，他哭笑不得：“多少年没见，一重逢您就没点儿别的话想说？”

他长高了，不是任她欺负的小绵羊了。她握着筷子望向他清明的眉眼，红着眼笑了：“瞧我们俩，从小孩儿变大人，都还是没朋友陪吃饭的孤岛啊，一点儿进步都没有，这些年白过了……”

他闭口不言，跟着她笑，不停地给她夹菜，温和细心一如过往岁月。

出了餐厅夜雪仍旧肆虐，她只穿灯芯绒风衣，浑身落满雪花，他连忙把自己羽绒服的帽子顺着拉链扯下来，像戴头盔似的扣在她头上。

当初的小矮个儿如今真高，他俯身呼出的热气吹在她的睫毛上，轻轻的，却让她喉咙发痒，眼眶升温，好想打个喷嚏。

还真有十年不见都不生疏的友谊，她终于信了。她独来独往，凶惯了，在他面前却袒露了些柔软，嚷嚷着：“我这样肯定丑哭了。”

“黑灯瞎火的谁看你？再说了咖咖天生丽质，怎么都讨人喜欢……”

讨人喜欢？他真能瞎掰。这世上喜欢她的人极少，极少。人心大多相似，谁都爱往热闹温柔处去，没人喜欢背光又积灰的墙角。

青春期的宝咖咖就是一个清冷的墙角。

“别扯别人，柏书恺，你呢……这些年我讨你喜欢吗？”她滴酒未沾，嗓音却透着鲁莽醉意。

他的手指捏紧她的肩，红着脸在大雪里抓耳挠腮，像个答不上问题的小孩儿。

【B】

宝咖咖与柏书恺从小同班，却始终无交集，哦，不……准确地说，是在宝咖咖的记忆里无交集。

友谊真正开始是在十年前的平安夜。当天，他俩都在心底盘算同一件事：别提前放学，千万别。

她在单身妈妈身边长大，母亲病逝了，家里很空，节日更落寞；他则和当饲养员的爸爸一起生活，男孩尊严大过天，他不甘早早回家，让爸爸觉得他无人理睬。没朋友的人，最怕的无非那几样，互动周、体育课、圣诞节……人人有搭档，落单的小孩儿才最扎眼、最窘迫。

不幸的是，第三节课还没上，窗外就大雪漫天，广播随即宣布放学。

拥挤的麻辣烫店里，他茫然地转了一圈，唯有她对面是空的，于是硬着头皮坐下，见她目露凶光，他又慌忙从椅子上抬起屁股，端着食物的手指被烫得直哆嗦。

“坐吧，别和我说话就行。”

他默默点头，连嚼撒尿牛丸都小心翼翼不出声，谁知互不干涉地吃到一半，清瘦的她突然撂下筷子趴在桌边，浑身打冷战，呕吐得厉害。他急得直跳脚，想靠近她，又怕她坏脾气发作：“宝咖咖……我能和你说话吗？”

她全无应答的力气，他二话不说背起她冲出去，雪夜打不到车，他一路小跑，她却不知为何用尽浑身残余的劲儿捶打他的肩，双眼通红地吼道："柏书恺，我不能去医院！放我下来……"

"为什么？"任他气喘吁吁问几遍，她还是沉默。情急之下，他只能照她指的方向把她背回了家。

他烧了热水打开暖气，上上下下细心极了，大冷天忙出一身汗。而她腹部的疼痛慢慢退去，整个人在床上像一块浸满水的海绵。他俯身问她该吃什么药，她却突然情绪失控，颤抖着驳斥他："我这不是病，真不是病！为什么要吃药？我不……"

她的眼神像只夜猫，有那么一部分他始终看不清。他疑惑地望了她几眼，帮她按灭台灯退出房间，刹那间她特小声地说："柏书恺……谢谢你。"

"原来高冷的宝咖咖也会说谢谢。快睡吧。"少年笑起来净如白雪，眼里却仍有莫名的不安。

宝咖咖，你果真不记得我们的小时候了。

下楼时，失落的他瞥见房子里满是她母亲在世时母女二人的合影，那是两张近乎一样的孤独面孔，奇怪的是每张照片都空了个位置，仿佛本该是三个人的全家福。

【C】

柏书恺没料到，平安夜只是他们交会年少岁月的起点。

不久班主任脑洞大开，让优等生到末等生家过周末，上门进行潜移默化地感染。大家早早选好搭档，宝咖咖和柏书恺最后凑了一组。被他拉进动物园时，她心醉万分。

阳光正好，虽然她肚子不疼了就忘恩负义，继续对他摆出一副不熟的脸，却不影响他的好心情。他像个第一次有朋友来家里做客的小孩儿，激动地指着笼子里各色猛兽珍禽，眉飞色舞的骄傲劲儿在落寞惯了的书恺脸上鲜少出现："我从小就住这儿，它们全是我朋友。"

“难怪你什么都不懂，”她想起他一路红灯的糟糕成绩，不冷不热地撇嘴，“你这些朋友可不会功课。”

“谁说我什么都不懂？”他皱眉。

年少的她骨子里多偏激，越说越来劲：“人往高处走，水往低处流。你倒有个性，好不容易进化成直立行走的人，还回头和爬行物种混一块儿，长大了是不是准备回海里当鳖？”

“我可生气了。”温顺的他突然有原则地怒了，奈何他嗓门小，个子又矮，在气场强大的她面前弱了一大截。

望着他拧巴的小脸，她不禁懒洋洋地笑：“你在生气？开始了吗，还是已经结束啦？”

他不理她的嘲讽，淡淡地盯着她：“宝咖咖，你知道吗？鲨鱼只有三千颗牙齿，根本不是最多的，蜗牛才是呢，它有两万五千颗。”

“宝咖咖，你一定也不知道，《忠犬八公》电影里认为狗只能看到黑白色，其实狗可以分辨黄绿蓝紫四种颜色呢。

“还有，看右边的鸵鸟园！生物老师说鸵鸟受了惊就把头埋进沙子也是错的，我帮我爸喂了它们好几年，它们只是吃点儿小石子帮肚子消化。”

他向来不在乎别人是否理解他，他也不懂今天自己为何特想在她面前辩驳个痛快。而她望着他涣散的眼睛，愣了很久，原来他心里也装着一个别人不懂的世界，平日显得笨拙，不过是大家频率不同。

他……竟是她的同类呢。

许多年后，成为建筑师的她每次独自站在荒凉的顶层，望着脚下的城市，都会怅惘地想起这一天。若时光重来，她一定坦白告诉他：何必和我这样毒舌的人解释呢？你的耐心，我不配。

但当下，她只是抱歉一笑：“我能帮什么忙？先忙完你朋友们的闲事，再一块儿温习功课呗。”

少年黯淡的脸一下就亮了：“这可是你说的，来！”

她万万没想到，他要一个人完成那么多事。给梅花鹿喂苜蓿草，往海豚池撒鱼……都还算轻松，当他帮白虎刷笼子时，他让她隔着一侧小丘陵往笼子外面扔肉，好让白虎跑出来，他便可以关上闸门，用水管冲粪便。

谁知远远俯视着白虎猛撞笼子的巨大动静，她就扔下肉桶一蹦三尺高，本能地哀号：“啊啊啊……别！吃！我！我是柏书恺的朋友！不信你们问他！”

白虎们纷纷仰起脑袋，疑惑地盯着这个疯女人，而他浑身是水，一边俯身摸着小白虎们柔软油亮的背毛，一边逆着光朝她偷笑，睫毛一抖一抖的，很温柔：“咖咖，它们这是高兴呢，别怕。它们才二十个月大，你也吓着它们了，刚好扯平咯。”

“谁怕啦？说谁怕呢？”她这才硬气地板着脸嚷嚷，可惜挽回尊严为时已晚。

为了扳回一城，一到鳄鱼谷，她就不顾他在后面的呼喊，卷起裤脚下了水，刺骨的冷啊。

每天鳄鱼表演过后，池底都有观众扔下的硬币，她胆战心惊地躲开鳄鱼一大段距离，然后紧张地东瞄西瞄着，弯腰将硬币一枚枚拾进掌心。忽然她听到身后一阵迅疾的水波声，溅得她后脑勺儿全湿了，她心一沉，完了，也不晓得冲过来的这只是不是柏书恺那家伙的朋友啊！

“咖咖，你……”书恺刚一出声，魂飞魄散的她就已灵活地顺着他的腿爬上他的背，双手像抓着救命稻草似的紧紧圈住他的脖子。

“是你啊……”她长舒一口气，尴尬到了极点，想从他身上下来，但低头一见他正蹚着水走近鳄鱼群抛食，她又哆哆嗦嗦地退却了，“对不起……”

“没事，反正也不是第一回了，权当锻炼身体啦。”他有一张清汤寡水的日系少年脸，偏能把这话说得天真又拘谨，让她想笑又不敢笑。他能感受到她的心脏隔着皮肤在他背上“扑腾、扑腾”的频率，脸一下就红了：“你知道你现在像什么吗？喏，那边。”

她顺着他手指瞧过去，是几只抱着树纹丝不动的胖考拉，顿时送他一个大白眼。

沉默了一会儿，他突然认真起来：“你……不用急着下来，怕它们又不丢人，女孩都怕鳄鱼，你干吗逞强呢？”

她闻声竟无言以对。

是啊，从哪一天开始的呢，她把逞强当作一种和自己的竞赛，每次都逼迫自己比上一次更冷静、更百毒不侵，可这样又如何？

还是没被任何人喜欢，还是没走进任何人的世界，还是一个人。

【D】

忙到日落时分，他们才停下。

“喂，柏书恺，你周末都这么累？我看你得过青少年机器人大赛大奖，还以为你整天迷那个呢。”

“小孩儿可玩的东西越来越多，动物园越发萧条，饲养员都走了，只剩我爸一个，他自己很难做完这么多，我帮他一点儿，他也能早收工。”

原来每个人都活得很用力，即使功课门门不及格的书恺也一样，这残酷的世界里，没人真正可以游戏。她失神地点了头，使劲朝他微笑。

他瞧得出她心中的波澜，冲她伸出一只手，拉起她奔跑在夕阳染红的地平线上。那种驰骋在风里的痛快，她此生头一次经历，足以让她暂时忘掉身旁各种笼子里蹿出的臭味：“咖咖，辛苦一天啦，我带你去个好地方！”

“我也就随口一问，是能站着回来，哦，不……活着回来的那种好地方吧？”她的刻薄玩笑像一种瘾，随时蹦出来，好在他并不在意。

站在夜幕下璀璨的马戏团棚子前，连最烦别人有公主病的她也不由得捂住了嘴。拥挤的看客吵吵嚷嚷，她扭过脸望着目光温柔的书恺，很想告诉他，她好激动，她从没看过马戏表演。但一想从小没看过马戏表演的姑娘听起来就阴沉极了，他不会喜欢，于是她咽了咽口水，只是默默笑着。

他们来得最晚，谁知书恺有办法，拉着她钻到舞台一侧和演员们低声说了些什么，便得以坐在高高的栅栏上，一切尽收眼底。不知为何，宝咖咖清晰地感到自己的小腹像被一只手冷不丁拧了一圈似的，片刻的疼痛如闷雷般掠过，转眼去无踪，留给她额头一片汗珠。

她知道，她必须用尽全力把这秘密捂得严严实实，不许谁碰它，更不许谁伤害它。

他注意到她泛白的脸色，轻声问：“要不我们走吧，你不舒服？”

“胃不好而已，没事啦，”她眼角撑起喜悦的笑，指了指台上，“而且来之前，你不是说今夜重头戏就是猴子表演吗？这不，它刚出来！”

说着，演员们给每位看客发了一枚编号，牵出那只一直坏笑的猴子，演员从滚轮里摸球，猴子很争气地照着球在黑板上写了个数字。

“23号在哪儿？恭喜23号，获得和动物园唯一智商高达14岁人类水平的猴子亲吻一次！”

书恺一眼瞄到她掌心的编号23，又发现她一脸嫌恶，气得鼻孔冒烟，他更喜闻乐见地大笑：“啧啧，智商只比咖咖你差一点儿噢。冥冥中有‘猿分’啊，它在猴子界肯定也是你这种学霸，快去认识一下你的亲姐妹！”

在大片起哄声中，她服软地望着书恺，眼睛眨巴眨巴：“动物王，我帮你那么多，你就帮我亲这家伙一口呗。”

他坏笑着伸手指了指自己的脸颊：“成啊！这样，你亲我一口，我再亲它一口，刚好。”

“柏！书！恺！我不求你了，自己亲！”就在她悲壮地亲完猴子之后，她余光瞥见舞台角落那个滚轮，定睛一瞧她才发现，里面所有球都贴着23号！他这家伙没等她开口，就赔着笑慌了阵脚：“咖咖，你消消气，哎呀，都是游戏嘛，我也就是想整整学霸嘛，谁知今天来的会是你呢……”

“别扯没用的，我们现在就回去温功课！立刻，马上！”她个子本就比他高一点儿，一生气胸脯挺直了，更是轻松揪住他的耳朵往马戏团外走。

当晚，她愤愤地从三角函数讲到立体几何，折腾得他眼皮打架才傲慢地宣布：“明天继续。”

书恺绅士地把卧室让给她，当她钻进被窝正要睡，一只老鼠似的东西飞快地蹿过来关了灯，她全身鸡皮疙瘩紧急集合：“柏！书！恺！”

他进来一瞧，才抓耳挠腮地笑：“别怕，那是我的睡前关灯机器人，不会咬你的。晚安。”

她惊魂未定地瞪他，怒视他满屋子的螺丝零件：“你不缺胳膊不少腿的大好少年一枚，怎么不是和动物玩，就是和机器玩？”

“我不爱和人说话，人总是自以为是，乱评价别人的世界。”他愣了愣，老实地低声说。

“那你还总和我说话干吗？”

“咖咖，你……不一样，我喜欢……和你说话。”他悬着心说完这一句，花了好大勇气，在慌忙走出卧室后，才寂静地停住了脚。

宝咖咖，你真都不记得了？不怪你，时间实在太遥远。

那是幼儿园头一次春游，她在家和妈妈争取了好多遍还是没得到允许，对此颇不高兴的老师要求当天即使不去，也必须在教室坐着。冷清的上午好漫长，她趴在桌上小声哭，哭着哭着才发现教室里还有个沉默的男孩。

她是去不了，他则是不想去。

“来。”男孩冲她伸出一只手，拉起她冲下楼又穿过街区，溜进了动物园里的水族馆。聪明的他学着他爸爸的模样，朝海豚吹一种特别的口哨，于是好几只海豚都聚拢过来，轻轻跃起吻她的手掌。

男孩见她破涕为笑了，才煞有其事地蒙她：“喂，你知道吗？它们正对你说话呢，只是你的耳朵听不见超声波罢了。”

“它们说什么？”

“它们说啊，宝咖咖，你开心一点儿行不行？”小小的他在扯谎的瞬间，睫毛一抖一抖的，温柔极了。

【E】

“听说了吗？（6）班的宝咖咖怀孕了。”

“谁还看不出来啊，亏她还敢来学校，一下课就冲进卫生间吐个没完。”

“还裹着羽绒服呢，大概她肚子也快显出样子了！”

整个寒假书恺都没见到她，开学头一天就听到这样难听的传闻。他隔着半个教室望着她，春日暖融融的，她却垂下一张寒冰似的脸，眼神全落在她那张狭窄的课桌上。他温和地冲她一笑，像一道雪白的日光，什么都没说。

他在麻辣烫店是亲眼见过她胃痛的啊，她一定只是怕冷，一定是这样。

他明白，全世界都把她推向风口浪尖时，他必须百分百信她，一旦他开口问了，就是对她最大的侮辱。虽然她嘴硬，不曾好脾气地对他，但他可以肯定，他已经是她在这颗星球唯一的好朋友了。

好一段日子，他都悄悄地在心里等，等她胃痛再犯一次，他就能飞快地背她去医院，也终于能对嚼舌头的坏家伙大吼一通了。

然而他等来的，却是四月的体检。

起初她只是一个人坐在教室角落，用沉默对抗众人的嘲笑，后来班主任过来厉声让她出去和大家一起站队，她才死死抿着嘴，被推推搡搡着走出来。

她那副惊慌失措的样子，书恺从未见过，简直让他认不出这是那个性子刻薄冷淡的宝咖咖。

太阳明晃晃的，让她睁不开眼，四周仿佛有无数沙哑的叫声快要震破她的耳膜……还没等前排护士叫到她，她突然一声不吭地飞快冲出了校门，跑着跑着摔了一跤。

“咖咖！”书恺毫不犹豫地紧追上来，俯身想扶她，却被她暴躁地一把推开，她一脸狼狈的眼泪，鼻尖和眼眶都通红通红的：“走开！谁准你靠近我的？”

他被她骂愣了，好一会儿才冲着她跌跌撞撞的背影认真地说：“马路是国家的，空气是世界的，你能走我就不能走吗？我就不走开！”

像是赌气似的，两个人都不再吭声，隔着十米的距离闷头各走各的，最终他们却走到了同一个地方，动物园里的水族馆。

她静坐在海豚池畔，望着蓝色的水面恍然想起曾有某个小男孩带她来这里，卖弄着小聪明给她翻译海豚的话，让她开心一点儿。这些年每当心底的孤单超了负荷时，她就一个人来这里治愈自己。

忽然，她深深一愣，她听到了那种久违的口哨声，随之好几只海豚聚拢过来，轻轻跃起吻她的手掌。

是那个男孩！

她飞快回头一望，眼前却只有手插口袋默不作声的柏书恺："你……"

"是啊，是我。"他轻轻点头，见她浑身还在委屈地抽动，下意识地张开手臂想拥抱她一下，但见她湿漉漉的眼里还有凶光，他又小心翼翼地缩回手臂，只用拳头捶了捶她的肩膀，"怎么还哭呢？我记得小时候海豚一过来，你就笑了啊。"

她怔怔地望着他，仍不说话。

这城特别小，学校就这一所，她与他从记忆最初就是互不说话的同学，谁知原来她极寒的童年里唯一的温暖记忆，就是他赠她的。而这巧合，不早也不晚，偏在她最不知所措的今天被发现。

"咖咖，你别吓我啊，要怎样你才能笑一笑呢？这样，我唱歌给你听。"皱着眉说着，他便吞吞吐吐地唱起了他从小唯一会唱的歌："两只老虎两只老虎，跑得快跑得快，一只……"

"书恺，我肚子里藏着我唯一的弟弟，这秘密我从没告诉任何人，连妈妈在世时也没有，请你也替我保守，更别骗我去医院。"

他走调的歌声骤然停住，大脑瞬间一片空白。

"同胞寄生胎"这个词，极少有人听过。当年，宝妈满心喜悦地提前得知她将拥有一对龙凤双胞胎，谁知却只有宝咖咖这个小女婴啼哭着来到人世。宝妈伤心至极，医生也当小男婴夭折了，其实是在母体时宝咖咖发育胜过弟弟，弟弟便被吞噬了，从此寄生在她腹中。

这秘密直到她十三岁才被发觉。她从杂志上读到寄生胎的案例，又想起妈妈总是郁郁寡欢地念叨，孕期从不曾摔倒，弟弟的夭折毫无原因，她这才偷偷去查，却又不敢说出来，谁都会觉得她疯了，她明白。这些年弟弟一直好安静，但最近她常常反酸，绞痛难忍，虽然别人看不出，她却能感到弟弟正悄然变大，所以她不敢脱下冬衣，怕藏不住……

我是个怪物吗？

不，我只是注定了要和弟弟一起看人生全部的风景。

她泛红的眼里满是恐惧："我不能被发现……他们会给我做手术，离开了我，弟弟就没呼吸也没心跳，他是妈妈一生的遗憾……"

书恺在颤抖中终于明白，这就是为何宝咖咖家里那些照片上，永远都空着一个人的位置。那不是属于宝爸的，而是属于这个小男婴的。

不知沉默了多久，书恺用力握紧她的手，悲伤地小声说："不管怎样我都在你身边呢，谁也休想伤了你……和他，咖咖，你信我，别怕。"

她愣了愣，淡淡地将手从他掌心抽出，深吸一口气嘲笑他："你在？你在有什么用呢？你愿意陪我往前走，我却不一定乐意呢。"

"为什么？"

"第一，你比我还矮，瞧着就碍眼；第二，你只会和动物呀机器呀玩，没点儿出息；第三……"她咬紧嘴唇，费力地说，"你……唱歌走调！我最烦唱歌走调的家伙！"说完她颓然地低下头，不肯望他一眼。

柏书恺，我乱糟糟的生命，让我一个人得过且过就好，你那么温暖柔软，天真细心，你不该走进属于我的烂摊子。

"咖咖，你就只讨厌我这三点，对吧？我记住了，我……会变成你喜欢的样子的。"他没发怒，也不再多说，认真确认了一遍，然后就像在心底做了什么决定似的，默默离开水族馆。

【F】

宝咖咖再次感受到和那夜在麻辣烫店一样的剧痛，是在初夏的动物园，她张开嘴很想求救，却发不出一丝声音。

冷战的日子不好受，她也是在柏书恺默默疏离她之后才发觉，自己早已开始依赖他，于是死要面子的她周末一个人去看他们一起喂过的那群梅花鹿，一起刷过的白虎笼子，一起奔跑过的林间道，还有他背着她蹚过的鳄鱼池……

艳阳高照的天气，她却裹着好厚的外套，当书恺冲过来抱起昏倒的她时，她满头虚汗，整张脸像一片骨瓷，白得发蓝。他真恨她的倔强，她不仅对他刻薄，对自己也一样。

他盯着她与平常女孩根本无异的腹部，难过极了。咖咖，你真蠢，怕什么呢？它虽总折磨你，但它藏得那么好，谁会看出来？你总说它变大了，那都是因为你太害怕。对不起，我必须送你去医院，因为你才最重要，比起它，我更在乎你。

“医生，您确定吗？会不会是没查出来？”

“病人真的只是胃结石，呕吐、钝痛，都是正常表现。她固执地拖了好几年，已经开始胃出血了。”

书恺脸上全是诧异，无力地辩驳：“可是……我能确定，她的害怕都是真的……”

“正因为病人自己认定这种荒唐的事，才更严重。碎石手术很容易，但恐怕她需要的是心理治疗。”医生告诉他，咖咖有妄想症不是一天两天了。

真相永远比表面更让人哑然。

经过催眠师的介入，他才终于听到宝咖咖除了孤独以外，还背负了什么。原来因为弟弟未出世就夭折，她的童年始终很压抑，对她无比冷淡的妈妈活着时总是给她错误暗示，引导她为此而内疚，久而久之，她也认定是她的错，因此她急需一个幻想去安慰自己。于是十三岁那年，从那本杂志开始，她自顾自编织了这个故事，她一遍遍告诉自己，弟弟寄生在她体内，弟弟很好……

她浑然不知自己正在编故事，她是全世界最信这个故事的人。

隔着病房窗口望着她术后浅睡的样子，双手绷紧像只寂静的猫，他鼻子酸极了，也就是从这一刻开始，他暗自发誓直到她好起来，他再也不离开她。

因此出院回家那天，他沉默得像一棵清瘦的白杨，任她哭喊着踢打，任她吼……他不准任何人当着她的面说她有妄想症。他和她同样在孤独里长大，因此他能懂，一个人害怕的时候，最不想听到别人的各种断言，她需要的是耐心的陪伴。

那个夏天在宝咖咖后来的记忆里好模糊，她只记得自己不准他进屋，他便彻夜睡在她家门前的草坪上，被蚊子咬得满腿是包都不肯走。他太怕了，怕她有危险。

她失眠了便站在窗口，瞧见寸步不离的他就打开草坪的水阀，顿时他浑身被喷得全是冷水。

即使这样，他也只是仰头对她微笑，温暖、缓慢、带着点儿厚脸皮，一如小时候在水族馆："咖咖，你继续闹，闹够了想拥抱我了，我就上楼。"

大约在入秋后，经过药物和他整日的陪伴，她终于从这场绵延多年的噩梦里醒来。那感觉她至今记得，像被关在水井深处好久好久，再次见到阳光一样。

她从楼上东张西望，始终看不见柏书恺在哪儿，于是她焦急地去了趟动物园。谁知那里正如火如荼地拆迁改建，留给她的只有一张小公告。

谁也逆不了时代洪流，萧索多年的动物园终于关了，而失业的柏爸爸也带着儿子离开小城，另寻生计去了。就在马戏团棚子五彩缤纷的废墟上，她一个人痛快地哭出声来："骗子！大骗子！柏书恺，你个骗人精！不是说等我想要一个拥抱的时候，你一定还在的吗？"

【G】

夜雪越下越大，他们也顺着长街越走越久，都没有回家的意思。

她手机忽然一亮，是"一起吃"APP的系统消息："和TA的晚餐开心吗？程序员打滚求打分，嘤嘤……"

她一笑，不小心按到了约饭界面，手一抖摇动手机，跳出来的又是银河漂流者，她侧过脸一看，他分明没用手机啊！见书恺眼神里似乎有诡计，她狐疑地又摇了多次，无一例外全是银河漂流者。

她这才揪住他的耳朵，只恨他个子太高，她踮起脚尖还是好吃力："赶紧自己招！"

"嘻嘻，只能说命中注定咱俩今晚必须重逢。"

"招不招啊你？"

"嗷嗷嗷！疼……我招，这APP……是我开发的。我一直记得当年你很孤独，很需要有人陪你吃饭。我还记得你说我玩机器人没出息，于是我转战软件圈了，总希望你能看到我真的每一天都在努力。今天我就稍微……让团队里的员工在程序里动了点儿手脚，任你怎么摇，都会碰见我。"

她吃惊得说不出话来，他却在大雪里牵住她的手，无辜傻笑："先别打我！等我唱完歌给你听你再打！"

"你说银河里人只是漂流者，走的走，而我选择等你。用尽四万七千千米的勇气，穿越几十亿人口的距离……”

她听着听着就哭了，他还真念念不忘那些年。

“咖咖，世上好多事都是能练习的，比如唱歌不走调，比如喜欢一个人。为你当年在水族馆那句话，我练习唱歌好多年了，你……能不能稍微练习着喜欢我呢？”

“你是天真还是蠢啊？柏书恺，哪用练习，我一直都会！”

费列罗的甜蜜逾期不候

她抽屉里还藏着他送的费列罗，冬夏冷热交接，使得它被温度和时光弄得变形发霉，原来，费列罗的甜蜜无法永垂不朽。

【A】

杜晓鹿像个女特工，躲躲闪闪地瞄着郑能亮，他在地铁站负一层的手工作坊里仔细挑选着巧克力，干净寸头配上洁白校服，手长脚长，也算长得一副好皮囊。

但晓鹿的重点可不在少年的长相，而是郑能亮作为学生会主席居然在情人节来临，校内早恋状况汹涌得令校长抓狂的关头上，神色羞涩地买了盒闪闪发亮的费列罗，低头温柔一笑，还写了粉色字条塞进盒中。

郑能亮赶的地铁随即到站，他却尿急似的冲去洗手间，更美妙的是他出来时过于匆忙，将精心包装的费列罗落在了水池台上。

晓鹿不顾众人讶异的目光，平静地走到男士那边照照镜子，顺手拿起那盒巧克力。回家路上晓鹿虽饿，还是坚持没吃掉它。

晓鹿对学生会主席的位子势在必得，是因为上周她随口一说，自恋成疾的郑能亮却挑着眉淡淡一笑："晓鹿你？想接任我的主席之位？"

"三十年河东三十年河西，你且等着瞧。"他那副轻蔑模样让晓鹿充满斗志，她誓将他拉下神坛，但晓鹿也清楚路漫漫其修远兮，郑能亮人如其名，几乎是全校女生的正能量，一颦一笑都有追随者。

晓鹿与他勾肩搭背当了多年兄弟，相识也充满传奇。不早一步不晚一步，刚巧那天同校却不相识的他们坐在同一家影院的邻座看《阿凡达》，刚巧晓鹿一个夸张的喷嚏，将大桶的爆米花全部撒在了他大腿上。

滚烫而甜腻的油脂全粘在郑能亮的牛仔裤上，他皱眉望着偷笑的晓鹿，疑心这姑娘是故意的，于是凶巴巴地问："没长眼睛吗？"晓鹿也不是吃素的，更凶地顶了句："你打喷嚏才用眼睛呢。"

"莫名其妙。"郑能亮冷着脸一点儿也不温柔，从牙缝里挤出四个字就扭头看电影，不到一分钟他才震惊地发现身旁的她湿了眼眶，这个刺猬……竟是个爱哭鬼。他最怕女生哭，电影正在放，不能大声说话，于是不管三七二十一，笨拙地安慰她："哭什么？大不了算我错，请你客。"

于是当天他们弓着腰溜出影厅，两碗热腾腾的石锅拌饭开启了晓鹿和郑能亮漫长的冤家路，这些年两个人不曾间断地争吵较劲，却又似乎有种不温柔却温暖的默契。

【B】

"校长，郑同学品学兼优，但他在情人节助长学校歪风，企图送巧克力求交往的行为让学生会主席的威信和节操何在？

"您真认为郑同学能带领大家走在思想道德建设的大道上？"

……

晓鹿抱着费列罗，在校长室门口练习多次，深呼一口气而入，电光石火间她诧异地望着也在校长室里的郑能亮，手里的巧克力"砰"地摔在地上。

校长弯腰捡起盒中掉出的粉色字条，皱眉呵斥："杜晓鹿，你拿着追求者送的巧克力大大咧咧地进来，是向校规示威？"

“我……”晓鹿一头雾水地愣住，郑能亮却秒懂了她的来意，坏笑了一下便装出温和沉稳的样子对校长说：“是我的错，作为主席没能给晓鹿同学做好思想工作，我会处理好这事。”

出了校长室她看着字条上赫然写着“晓鹿，你如果收下这盒费列罗，就是答应和我在一起咯”才恨恨地抬头，有苦说不出地瞪着他：“明明是你买的。”

“自己心术不正，挖坑你就跳啊？”少年手插口袋，懒洋洋地望着她似笑非笑，“不过……女汉子能阴差阳错以为自己被表白，还算高兴吧？”

晓鹿心一横，大声驳斥：“高兴什么，除非……这是孙屿送的！”孙屿是晓鹿爸爸战友的儿子，才貌俱佳，从小常被两个老头儿臆想和晓鹿是一对。

他挠挠头问：“你喜欢孙屿？”晓鹿根本没思考，痛快地点头：“全民校草，不喜欢才怪。”

郑能亮淡淡地撇嘴，一脸嫌弃地揉了揉晓鹿的脑袋：“庸俗。”她很讨厌被像小动物一样折腾，于是用力打开他的手背：“俗话说，物以类聚，我们成天哥俩好，我庸俗你也好不到哪里去。”少年扯着嘴角一笑，没反驳什么。

一周后的改选，校长宣布了取消杜晓鹿参选资格的决定，而郑能亮因站在升旗台下学着日剧男主角的卖萌口吻对女生说了句“如果觉得我还不错，我愿意继续为大家服务”而成功连任主席。

晓鹿倔强地撑着面子，瞪了瞪远处流利演讲的他：“这台词说得真差劲。”也就从这句话开始，她开始对他单方面冷战，无论他请客喝奶茶吃点心还是找她去书店影城，她统统扭过脸拒绝，理由也幼稚：“郑能亮，我杜晓鹿最讨厌勾结权贵。”

连着好多天，放学后不想回家的郑能亮无所事事地在暮色渐暗的操场上，不温不火地重复砸篮球，他擦着额头沁出的汗，心里疑云重重。不是一直很爱挑战晓鹿吗？为什么她乖乖认输了，自己却恹恹地浑身没劲儿呢？

【C】

不久郑能亮就听说，孙屿和晓鹿恋爱了。

晓鹿因和某人冷战的关系心情并不好，也很糊涂孙屿究竟什么态度，晓鹿爸和孙屿爸两个老头儿酒桌上一拍即合的一句“这俩孩子就该在一起才对”使两个人开始淡淡地相处，可是她又苦恼自己总学不会做个乖乖女友。

就像今天下着雪的街角，孙屿绅士地问：“晚上想吃什么？”晓鹿静静低着头不说话，孙屿又耐心地凑近她的脸问她怎么了，结果她心里神经病似的闪过阴云，恶作剧一般无症状地发脾气：“连我喜欢吃什么都不知道，这也叫喜欢我？”

她天真地以为孙屿会扳着她的肩宠溺地哄自己，没想到孙屿耸了耸肩，平静地说：“虽然我们都在试试能不能在一起，但我……可没说过我喜欢你。”于是她尴尬地把心里那句“我们去吃巷口的石锅拌饭吧”咽了下去，咬着唇换成了硬邦邦的一个字：“滚。”

孙屿什么都没说，真的冷着脸头也不回地走掉。晓鹿像突然力气被抽空似的，蹲在路灯下挣扎了几秒，还是下意识地拨打了他的手机号码。

郑能亮球衣都没换掉就骑车找到了孤单地站在巷口的晓鹿。天冷得要命，他丝毫不提冷战的事，撂下单车见她鼻头被冻红，伸手勒紧了她的围巾：“警告你别哭噢，最烦你眼红红的，心情不好是吧，今晚吃小爷的喝小爷的都成，就是别矫情。”

可惜晓鹿还是矫情了，她苦着脸盯着他皱成“川”字的眉头，悻悻地小声说："我不饿……就想问问，男生这么容易生气？我也常对你发脾气，你不是都揍我一拳就忘了吗？"他仔细拂去后座的积雪才淡淡地拍她："你以为谁都是像我这样百年不遇的老好人？这么冷……快上车，我押着你回家。"

夜色里的雪花隐在黑暗里，晓鹿坐在车上大大咧咧抱住他带着体温的羽绒服，一路上心里都不是滋味，憋了很久才稍稍温和地告诉他："我们和解吧。"

她感到他后背短暂一僵，这一刻他安静温顺得简直不像郑能亮了，安静地说："好。"

刚到晓鹿家楼下，杜妈妈就从窗口伸出头："小亮，谢谢你，快上来，阿姨煮水饺呢。"郑能亮贱兮兮一笑，刚要答"好嘞"就被使坏的晓鹿抢先了："妈，很晚了，他也不饿。"

他却厚着脸皮大声反将一军："打完球没吃晚饭就被你叫出来了，怎么可能不饿？"他悠闲地停好车，走到她身旁还不忘幽幽低声补一句："太后懿旨不可逆呀。"晓鹿递去一个深深的白眼："那是我家太后，和你有什么关系？"

她说完才愤怒地发现他已经快步冲上楼，和杜妈妈一副亲儿子见亲妈的姿态热络寒暄。

【D】

这往后，晓鹿和孙屿居然当作没事一样复合了，糊涂的晓鹿望着郑能亮，小心翼翼地开腔："你……不会生气吧？"

郑能亮余光扫见晓鹿真像小鹿一样忽明忽暗的眼神，蹙眉沉默了一下就没好气地嘟哝："你谈这种见了帅哥就没骨气和节操的恋爱，我有什么好气的。"

晓鹿脸色还有点儿纠结："那……你还是会像以前一样，和我形影不离打打闹闹的吧？”这次他终于不禁笑出了声，又粗鲁地揉了揉她的脑袋，口气霸气得像大侠：“这和我们之间的兄弟情分当然没关系，你就是哪天嫁作人妇、徐娘半老，我也还是要和你勾肩搭背的。”

晓鹿悄悄一乐，破例没因他话里的“嫁作人妇、徐娘半老”八个字发火，但是那时的她并不懂得，如何想和如何做是两码事，后来她渐渐发现孙屿虽对她淡淡的，不冷漠也不深情，却是男生中最醋意横飞的那一款，她实在没法继续和郑能亮勾肩搭背地上学放学。

于是一旦哪天孙屿所在的社团忙着聚餐活动之类，她就会心情特别雀跃地跳上郑能亮的单车后座，两个人一起去馆子吃到肚子快撑破，再一路大聊特聊着结伴去电玩城将食物统统消化光才算过瘾。

这天她正和郑能亮不顾形象地海吃着，手机突然响了，是一个自称孙屿新女友的人：“你是杜晓鹿吧，孙屿他不好意思和你当面说清楚，我只好当黑脸了，他要和你分手。”

晓鹿瞬间表情石化，过了会儿才撑着气势驳斥：“你们聚餐在玩大冒险对吧？别逗了，把手机还给孙屿。”那头撂下一声轻蔑的笑便挂断了：“谁和你大冒险呢，爱信不信。”

郑能亮一声不吭地听着，慢慢地将掌心搭上她肩膀，她的脸在热闹的小吃店里冷却下来，却还仰着下巴不信邪，她想起学校曾有个关于孙屿的笑话，说校草有个嗜好，一换女友就同步换号码，于是她默默打孙屿手机，果然是空号。

她在昏暗的光线下双眼泛红，对郑能亮扑哧笑了：“你看，撞了南墙才知道是真的，不然我还以为孙屿换女友就换号码的事是编的段子呢。”

郑能亮垂下脸，踌躇着难以直视她的眼睛，只好笨拙地拍拍她：“难过就别笑了，你又不是文艺青年……晓鹿，你真喜欢这个孙屿？

你和他在一起会快乐？”

她愣愣地缩着肩膀，点点头又摇摇头：“喜欢，但……我不知道我快不快乐。”郑能亮盯着她躲闪的眼睛，飞快地反驳：“那说明你根本不喜欢他，喜欢一个人怎会不享受和他在一起的时光？”

这么尖锐的逼问激怒了晓鹿，她咬着唇抓起包，在前台付了钱就冲了出去：“今天我请客，我累了先闪了！”他也随之追出去，还没推出单车就发现她已经一溜烟过了马路，于是无奈地大声吼：“晓鹿，你信我吗？其实你值得拥有更好的人……你要还是不痛快，那我就去揍孙屿一顿不就结了！”

晓鹿头也不回地丢下一句，嗓音有点儿抖，不知是冷还是哽咽了：“郑能亮，最蠢的行为就是动用武力，你回去洗洗睡吧，别管我！”少年手插口袋，担心地站在原地愣了会儿，直到晓鹿消失在路灯深处了才悻悻地低头骑上单车。

她忐忑地走着，始终没告诉郑能亮自己为什么落荒而逃：按照他的理论喜欢一个人就会享受和他在一起的时光，那这个公式能逆推吗？如果可以，晓鹿清楚自己最享受和郑能亮在一起的时光……自然恼羞成怒了。

【E】

也不知是故意躲对方，还是真各有各的忙，晓鹿再见到郑能亮已是那年的除夕。

孙屿妈妈去世很早，他和他爸来杜家过年已是惯例，今年却格外令晓鹿尴尬。孙屿倒像个没事人，吃到一半还提起了新女友，杜爸爸一口饺子差点儿没堵在喉咙里，猛一拍桌子：“那我们晓鹿算什么？”

孙爸爸面对老战友的质问，脸色难看到极致，用力拍着孙屿后脑勺儿："究竟怎么了，和你杜伯伯说清楚！"孙屿支支吾吾地低头，沉默始终。

冷却的气氛中，晓鹿努力飙出了比两个老头儿更响亮的嗓门，一字一顿地说："我和孙屿是和平散伙，我不喜欢他了，而且……"她忽然想起那个雪夜郑能亮说的话，于是骄傲地补充："我值得拥有更好的人！"

她这番雄赳赳的发言后大家又静了，杜爸爸皱眉看着孙屿："把你女友叫来，伯伯想看看。"这已经令晓鹿头皮发麻，没想到杜妈妈又插了一句："人多才热闹，不如把小亮也叫来。"

于是晓鹿心里七上八下地拨通电话，刚说出"现在来我家"声音就忽而卡壳了，好在郑能亮轻笑着，像之前无数次听到晓鹿叫他做什么事一样，淡淡地答："好。"

晓鹿僵坐在桌边，深深怀疑孙屿和他女友是提前串通好的，不然那女孩怎会两分钟就火速到达？女孩没理晓鹿，向长辈打招呼后就专注地埋头吃孙屿夹给她的饺子，晓鹿只好双眼冒火地望着防盗门，从没这么焦灼地期盼过郑能亮的到来。

除夕夜死活打不到出租车，雪天车又难骑，郑能亮呼哧呼哧地从城市最南面骑来，脸颊冻得通红地出现时，晓鹿小声埋怨："你是蜗牛吗？"他深吸一口气，在进门前悄悄耍帅地在她耳边说："看蜗牛今晚给你扳回一局。"

但晓鹿认为他那晚把一切都弄得糟糕透了。他穿着灰色动物棉拖和羽绒服，而孙屿相亲似的穿着小西装，已输了一大截。

郑能亮横了心要演晓鹿是自己掌心宝的模样，又揉她脑袋又不断给她夹饺子，还不合时宜地大讲冷笑话，孙屿和女友在一旁似笑非笑地瞧着热闹。

晓鹿苦笑着低声警告："别再给我吃饺子，撑死了。"

“撑了？那我陪你出去走走，江边有新年焰火。”他丝毫看不懂晓鹿的情绪，起身就粗鲁地给她一股脑儿裹上帽子围巾，晓鹿不知为何忽然很想发脾气。

【F】

最终站在江边的是四个人，孙屿女友幽幽地望了晓鹿一眼说：“我倒是想和你聊聊。”晓鹿冷笑着仰着下巴，坚持输人不输阵：“何乐而不为？”

然而两个女生还没顺着栏杆走多远就猛然发现，身后的郑能亮和孙屿在璀璨的焰火下扭打成一团。孙屿瞧着风流倜傥，打起架却显得很无能，被郑能亮用力按倒在地，还扯着嘴角邪邪地问：“你凭什么揍我？”郑能亮扯紧他的领口，劈头又是一拳：“你欠揍！”

晓鹿呆站在一旁，嘴巴艰难地张开却说不出完整的话，她从来没见过乐呵呵的郑能亮那么愤怒的一面。

孙屿的小女友在一旁跺着脚骂骂咧咧，而等到晓鹿清醒过来冲上去横在两个少年中间，无力地朝天大吼了声“都松手”时，孙屿已严重挂彩，而郑能亮左颊也有了孙屿指甲的一道划痕。

晓鹿捂住了嘴巴，含着淡淡的哭腔看着郑能亮脸上慢慢泛红的伤口，又仰起头让眼泪统统流回眼里，然后冷冷地质问：“郑能亮，你知道你多愚蠢吗？”

郑能亮死守着沉默，直到孙屿搂着小女友消失在街角，他才颤抖着嗓音直直盯着晓鹿：“是……我愚蠢！我今天没能好好表现让你在孙屿面前出气，所以我才急着帮你抢占上风！我这个蠢货就是见不得你被人踩得死死的！……你杜晓鹿嫌我用武力解决，那你有种就别可怜兮兮地被人伤害，有种就别难过呀！你为什么全世界只敢对着我一个人凶巴巴的……我只能为你做这么多，也没有更好的办法了，晓鹿。”

说到最后一句，郑能亮的嗓音变得又疲惫又温柔。

晓鹿咬着牙忍住喉咙不断袭来的酸涩，后退了两步，背抵着江边冰凉的石柱，她的心明明已经软化了，却偏偏别扭地要口不择言地放狠话：“我就算被人踩得死死的，也不用你这只蜗牛替我揍人……学生会主席，你管得太多了！”

他们之间有一瞬间的安静，这才清晰地听到焰火腾空的声音，有点儿像飞鸟翅膀扑棱棱交叠的声音。

郑能亮愣愣地回味着她的话，抚了抚自己脸上隐隐作痛的划痕，然后推起车努力平静地挥挥手微笑：“好啊，那我先走了，祝你新年快乐。”

这下子晓鹿反而怯弱了，看着他的背影喊：“你今天把我丢这儿，以后就别和我说话！”郑能亮静静一怔，回头难过地低声道：“行啊，那天我死皮赖脸要载你，你偏偏跑开，今天小爷不伺候了。”

晓鹿呆站在原地很久，直到少年的身影被夜色吞没，她还是止不住湿热的眼泪。这一刻她忽然很想问问糊涂的自己，今晚自己看着孙屿和他小女友卿卿我我时心都空空的，为什么此刻却觉得再亮的焰火都照不亮自己的世界呢？

【G】

寒假的补习班上，两个人又是长达半个月的冷战，她以为这次和从前一样，都是迟早会冰释的，于是在某个傍晚的教室，当郑能亮路过她的课桌时，她淡淡地拉住他的衣角，大方地首先低下姿态：“我请客去吃石锅拌饭，好不？”

他们认识太久了，久到晓鹿清楚，两个人里必须有一个人先放下浑身带刺的倔强，才会和好如初。

可是郑能亮这一次没有露出得意扬扬的耍宝神色，而是迟疑了一下，疏离摇晃的笑容像变了个人：“抱歉，我和女友约好了，刚追到手的，不能放她鸽子……”

晓鹿嘴角残余的笑意很快怔怔地僵住了，她无声地挠挠头，然后平静无澜地点了点头：“嗯，改日吧，哈哈，我主要是怕你还生气……刚巧我也要忙，拜拜。”

她站在空空的教室走廊上看着少年缓缓走掉，穿着洁白校服的身影跃下楼梯，慢慢混入放学的单车大军中，才终于觉得鼻子狠狠地酸了。

晓鹿还是坚持去了他们常去的那家小吃店，点了满满一大碗滚烫的石锅拌饭，吱吱的油花声中，她独自将脸埋在碗边，潮湿的热气将她的眼睛熏得又疼又痒，她握着勺子却觉得整只手臂都被点了穴似的，没有一点儿力气。

她抓着手机犹豫再三还是决定给他写条短信，却又来来回回地删掉又打上，最后深吸一口气按动了发送键：“我是不是……弄丢你了？”

其实此刻，郑能亮也是独自坐在江边的一家烧烤摊上，大口喝着冰冷的喜力，看到她的短信愣了很久很久才终于横下心回道：“矫情透了！兄弟之间有什么弄丢不弄丢的？”

她看到屏幕亮起，默读着这句看起来亲近其实残忍极了的句子，慢慢地缩着肩膀哭了。明明从前他都是习惯秒回自己短信的，现在这么久才回，又是以不动声色推开她的姿态。

喧哗的小吃店里别人都不懂为什么这个姑娘哭出了声音，当然烧烤摊上别人也不会懂为什么那个小子一个人低着头整晚酩酊大醉。

【H】

没有郑能亮陪伴的剩下的半个寒假，晓鹿以冬眠的方式挨过来了。她心想着，既然想说的那些话没能说出，那就老老实实地在他身边做个兄弟吧。

于是她充满无穷斗志地准备发言稿，也卖力拉票，蓄势待发地要竞选学生会主席。凡是郑能亮站过的地方，她总想抵达一次才安心。

春季开学第一天，当晓鹿撑起自信的微笑坐在改选大会的第一排时，她听见校长清晰的声音："首先宣布一个消息，原学生会主席郑同学不再申请连任，他已代表学校赴旧金山留学两年，下面竞选正式开始。"

这是大家的正式开始，也是晓鹿的彻底结束。

她望着敞开的会议室大门每每想冲出去不再回来，但是转念一想还是怯懦地坐稳了，身体里蹿出一个凉丝丝的声音："能逃到哪儿？原本你欺负你依赖你以为足够踏实的那个人，不会继续被你欺负、被你依赖了。"

郑能亮登机那天欢送他的学姐学妹很多，生生把离别的场面炒得像是偶像见面会。郑能亮伸着脑袋望了会儿，确定晓鹿不在视线内才悻悻地勉强笑笑，过安检之前，他不死心，又回头扫视一圈，最终拨通了她的号码："不够意思的晓鹿，你居然不来送机。我……还有一分钟就要登机了。"

晓鹿小心翼翼地缩在机场的卫生间隔板里，将手机放在离嘴巴远一点儿的地方，生怕细心的他听出自己情绪的端倪："哼，我这是在惩罚你，你要去旧金山不是也没和我商量吗？"

他怔住了几秒，然后佯装不假思索地说道："这是对我好的事情，我知道即使问了你，你也定会赞同，所以……就自己默默决定了。”

她勉强挤出一丝笑，视线变得模糊氤氲，于是她转过身让马桶开始哗啦啦地冲水：“是啊，学会默默自己决定就代表我们都是大人了……和你女朋友一起去的吧？到那边好好的，我这个新上任的主席很忙，先挂了哦。”

“晓鹿，小爷说过你值得拥有特别特别好的人，所以别急着谈那种明知会伤害你自己的恋爱，记住没？”那一刻他忽然很想揉揉晓鹿的脑袋。

她咬住下唇默默点头，却忘了无论自己多拼命点头，电话那头的他也是看不到的。他等了几秒没反应，于是对着听筒艰难地浅浅一笑，然后闭上眼按下关机键，拖着行李箱大步走，不回头。

【I】

过了很久，晓鹿都没有郑能亮的消息。他换了国外号码，她没问于是他也没讲。忘了是分别后的第几个除夕，她忽然接到郑能亮的越洋电话。

除夕杜家依然热闹，除了杜爸爸杜妈妈，已完婚的孙屿和他的妻子也在，晓鹿始终不明白为什么自己都能和孙屿夫妇冰释前嫌，却始终无法和郑能亮回到从前。她不懂，人对于不在乎的从来都豁达，难过的坎都是因为有不忘的执念阻拦着自己，与自己死磕。

郑能亮嗓音仍清亮：“没什么事，就想知道你在干吗呢。”晓鹿将电话对准正七嘴八舌围坐搓麻将的亲友，又将电话朝着窗外的新年焰火：“听见了吗？这边特吵特欢乐。对了……你女朋友还在你身边？”

他扯起嘴角不知滋味地笑笑，所有青春期的情绪似乎都在其中酝酿发酵：“和你老实说吧，当年出国时我说的女友纯属扯谎，不过现在是真的有，我们准备回来结婚了。”

她幼稚地鼓鼓掌，试图像从前念书时那样逗大洋彼岸的他一笑，却觉得自己如何也笑不出来：“哎呀，当年全校女生的正能量就要为人夫了，为你开心……唉，郑能亮？”

他听着她的声音瞬间停顿了，于是追问：“什么？”她短暂地踌躇了一下还是鼓起勇气说：“你说当年，你怎么就没考虑考虑我呢？”

这轻描淡写的一句惹得他漫长地沉默着，然后挠挠头反问道：“你不也没考虑我吗？”

她张张嘴，最终还是什么也没有反驳：“其实我有一个秘密一直想对你说。”他默契一笑：“刚巧我也有个秘密要对你说。”她连忙小心翼翼地让他先说。

于是郑能亮憋了多年终于讲出来，那次情人节自己在地铁口买下那盒甜蜜闪亮的费列罗，就是抱着即使丢掉学生会主席的头衔也要抱得晓鹿归的心情写下那张粉色字条的，告白是真的，喜欢也是真的。

晓鹿听到这儿像个小女孩似的直跳脚：“那你在校长室干吗不承认？”他怅惘地笑笑：“当时我就是着了魔，不想向你认输，总觉得我们相处那么些年，你迟早是我的，不妨就陪你比比谁更倔强，谁知道……”他说不下去，深吸一口气望了望窗外旧金山刺眼的日光：“该你了，你想说的秘密是什么？”

晓鹿攥紧手心，支支吾吾地愣了半天，最后大大咧咧地笑着说骗他的，根本没秘密。

她没说出口的秘密其实更久远，那年那天在影城，陌生的他们坐在一起并非巧合，而是暗恋郑能亮的她前后脚跟踪他才选的位子，那桶滚烫油腻的爆米花撒在他大腿上也非巧合，而是当时少女心爆棚的她从杂志上学的恋爱招数。

至于后来晓鹿没按原计划告白却成了他兄弟，是因为他也没按晓鹿设想的因爆米花对她一见钟情、一发不可收拾……许多回忆猝不及防地钻进脑袋，她失神地慢慢笑了。

这时喜气洋洋的客厅传来杜妈妈招呼吃年夜饭的声音：“晓鹿快过来，新出锅的水饺……”晓鹿将自己从往事里强行抽离出来，不想破坏家里的祥和气氛，于是刚要开口和郑能亮说先挂了，他倒抢着咳了一声，意味深长地停顿，低声说：“晓鹿，下周我和媳妇回家见我父母，打算趁春节大家一起吃个饭算订婚吧……你来吗？”

“来啊，当然来了。”

晓鹿突然哭了，她没捂嘴，就想痛痛快快为他，也为这段青春期并未真正存在过的小爱情哭一次。

她抽屉里还藏着他送的费列罗，冬夏冷热交替，使得它被温度和时光弄得变形发霉，原来，费列罗的甜蜜无法永垂不朽。

小王子原谅了孤独国王

再没有比这一路更漫长的时间了，

小向和乔天默默往两个相反的方向

越想越深，越想越黑暗……

【一】

乔小向在伦敦接到夏凡的电话，经历了足足三十秒的缺氧。他到英国都三年了，许是怕乔天动怒，夏凡极少打来电话。

夏凡没听到乔小向叫一声妈倒并不讶异，只焦急道：“小向，你回来吧，乔天病了。你走后他就更沉默更极端了，总是一个人作画，医生说久坐不动才导致他心脏衰竭的……”

“乐队太忙，机票也太贵。”乔小向手指微微发抖，铆足劲儿搪塞她。

“小向，回来。”

“他坚强又有钱，谁都不需要，病了就治呗。”

“乔小向，尽快回来！”听上去是最后通牒，乔小向默默吸了吸鼻子，终于陷入哑然，他刚想故作平静地问乔天的情况，电话就挂了。

他慌忙买了夜航的票，仓促中仍攥着一只陶泥的蓝色小鹿，那是他这些年在伦敦的护身符，谁也碰不得。

黑暗高空中，乔小向忽然特想念乔天那张固执严肃的脸，明明才三十岁出头，眼角却总是冷冷地皱出一道沟壑。

【二】

画家乔天第一次见到乔小向，是和妻子夏凡在山里写生的时候。小向不过九岁，眨着黑丝绒般的眼睛，在花田中一个人玩。明媚的日光跳跃在小向的短发上，被金色包裹的他像书里孤单的小王子，找不到他的星球。

乔天的心柔软地一抖，落笔画下了他，画得特别投入专注，不由得嘴角上扬。

小向敏锐地发现这对年轻游人盯着自己，却不在乎地扭过脸，眼里满是淡漠。乔天远远望着有一瞬的震撼，小孩儿怎会有那样棱角锋利的目光？

天色暗下来，乔天夫妇收起画板准备离开，小向却依旧野孩子般自顾自低头玩，根本不急着回家。乔天和夏凡走近他，温和道："小朋友，你还不回家？"

小向充满戒备地瞅他们一眼，头也不回地朝村落里走。出于担心，乔天夫妇跟了一路，谁知小向突然切换成健步如飞模式，一溜烟绕进丛林深处。

四周漆黑一片，只隐约听见虫鸣，乔天好笑又挫败："熊孩子耍我们玩呢。"

"山里孩子哪会找不到家，快回旅馆吧。"

但乔天茫然回望，他们来时的路无迹可寻，气温也在一点点降低，再困在这儿恐怕明早两个人都得病倒。

这时，拄着拐棍弓着腰的老人打着应急灯快步赶来，小向默默从老人身后探出脑袋。老人抱歉地一笑，敲了敲小向的后脑勺儿："这小家伙爱恶作剧，跟他说了多少遍不能这么玩……"

小向恹恹地瞥了眼乔天夫妇，不服气道："谁叫游人总爱和我搭话，我最讨厌的就是和人讲话。”

当晚，爷爷领他们钻进丛林深处的小屋，乔天也由此知道，小向是无妻无子的爷爷从福利院带回的孩子，但爷爷做陶泥营生，年龄越大收入越萧条，抚养小向也越发不易。

当夜乔天翻来覆去失眠了，叫醒了夏凡：“我们带那孩子回城吧，我……挺喜欢他。”他们结婚多年一直不育，这始终是夫妇俩的心结。

夏凡沉默良久，点点头。

当乔天问小向的心意时，他蹲在小向身边，直视着小向深秋湖面一样澄净的眼睛，小向退后一步：“那……爷爷希望我跟你们去吗？”

爷爷在一旁剧烈地咳嗽，听到这儿连忙笑着用力点头。

“好。”小向失神地抿着嘴应下，又怯生生地追问，“乔先生，我用喊你爸爸吗？”

乔天心酸地凑近孩子的耳边：“都听你的，你开心就成。”

和乔天夫妇坐上火车时，小向拼命仰起脑袋深呼吸，坚持不哭。他怕自己一憋不住，月台上站着的爷爷会更难受。他带走了一只爷爷为他捏的陶泥小鹿，天蓝色，鹿角俏皮地翘起，活像骄傲又孤独的他自己。

【三】

小向没上过学，普通话也蹩脚，在班里样样吊车尾。开始时，在乔天夫妇的鼓励下他也奋力追，久不见起色，也就灰心了。

夏凡天性温和，沉默的小向自然亲近她。父母两个人有人唱红脸，必然有人要唱白脸，不苟言笑的乔天慢慢成了小向见到就躲的严父。

小向印象最深的一次是初二时，他放学不回家，骗他们说要上辅导课，其实不过是躲在空旷的后山，独自哼歌。小向心里难受时就喜欢这里，大片寂静能让他错以为还在山里，还是那个和爷爷相依为命的野孩子。

夜幕降临，惊慌的乔天还在所有小向可能出现的地方寻找，最后在后山河边揪出他的一瞬，乔天舒了口气，心疼和愤怒交织在一起。

小向胆怯地仰头，乔天的眉明明皱成了深深的“川”字，却只揉了揉小向的耳后，平静地伸手拉他回家：“小向，你别怕，告诉乔叔，是不是在学校发生什么了？”

“没有。”

乔天像一棵沉默的铁树，把小向的手牢牢攥在掌心，汗津津的也不肯松开，小向明明吃痛，却又不敢挣脱。

进门他就把小向带进画室，灯也不开一盏，在黑暗中沉默了会儿才低吼：“乔小向，你不懂我和夏凡多担心吗？你厌烦了这个家就直接跟乔叔说！”

小向缩着肩，手一直抖，却倔强地摆出一脸淡漠：“乔叔，难道你要送我回去？”

这惹得乔天怒火直蹿，拿起什么就要砸。他定睛一看，是爷爷留给小向的那只蓝色小鹿，才克制住怒火，慢慢放回原处。

“乔叔，你倒是砸啊！尽情砸！完全，永远，不需要迁就我！”小向心里太害怕，颤颤的口吻火药味十足。

乔天这次没有忍住，随着清脆一声响，小鹿碎成许多块蓝色的陶片，静静躺在地上：“乔小向，你满意了？”

夏凡在乔天夺门而出之后蹲在小向身边：“哭吧。”

小向抿着嘴盯着天花板，指甲陷进皮肤里，任眼泪在身体里绕来绕去，就是不让它落下：“我想单独和小鹿待着，成吗？”

夏凡突然明白乔天和小向矛盾的根源就是太像。都倔强，能克制，内心温暖，也都懒得向别人解释。

乔天悄悄地给小向的班主任打了电话，挂下后就把自己关在画室沉溺于作画，睡前才蹑手蹑脚走到小向床边。

他温柔地把小向不安分的脚蹬下的被子轻轻掖好，望着他的脸露出寂静的笑，浅睡的小向猛一翻身，乔天立刻像小偷一样悄悄往门外逃。

“乔天，”小向低声问，“你怎么了？”

乔天尴尬一愣，内疚地说：“小向，你为什么不说是因为同学欺负你呢？”

小向像突然被人揭开了难堪的秘密，焦虑地攥着被子，喉咙眼填满酸涩：“我凭什么告诉你？乔叔也没告诉我你的人生多不得志，多受排挤，对吧？”

“强词夺理！”一刹那父子俩都不吭声了。

乔天站了一会儿，关紧卧室门：“快睡，明早还上学呢。”

小向被这巨响弄得冷不丁一震，裹紧被子喃喃自语：“我……只该和你们分享开心的事，我希望你们觉得带我来这个家……是值得的，是不后悔的。”

原来因为小向太沉默，全班男生团结地趁午休在他背后贴了几十张“乔哑巴”。小向浑身的血液都往脑后冲，就要蓦地站起来了，但他不愿让他们得逞，于是咬牙伸手一张张摘掉背上的字条，继续听课。

那一刻他最想念爷爷和大山，在那儿他可以自由地不说话，不迎合任何人，却不被当作怪物。

那天之后，乔天像有了心病，怕脾气失控伤到小向，一回家就钻进画室，而小向也躲在卧室不出来，夏凡每次喊“吃饭了”都感觉这个家是座冰窖。

【四】

眼看着乔小向生日迫近，乔天放下手里的画展，寻访陶泥老艺人，趁小向上课时间，凭记忆做了只蓝色小鹿。耗时半个月的过程并不容易，光是作废的陶泥就能堆满画室墙角。乔天瞧了瞧指尖的茧子，舒心一笑，小心翼翼藏起了那只小鹿。

生日当晚，夏凡的礼物是一把小向在橱窗边凝望过的吉他，小向在那一瞬终于像同龄小孩儿一样高高跳起。

当乔天挠了挠头，将那只亲手烧制的小鹿递给小向时，小向望着崭新发光的陶泥，无声一怔，良久才接过小鹿："乔叔……谢谢。"

压在乔天心里的石头总算落下，他心情大好，伸手想摸摸小向的脑袋："好小子！不用叫乔叔，像以前一样叫我乔天就成。"

"嗯。"小向默默歪过头，躲开了。乔天的手在空中悬了几秒，轻轻放下，但短暂的尴尬丝毫没影响他的好心情，他破例独自喝起了红酒。

微醺后，他兴致勃勃地凑近小向，笑着扯住小向的手腕："小向……乔叔让你学画，好不好？等乔叔老了，还能看到年轻的你继续我的理想……怎么样？"

小向望着乔天眼里的血丝，嗓音淡极了："我喜欢的只有音乐。"

谁知乔天充耳不闻，举着高脚杯连绵不绝道："小向，你绝对有天赋……我第一次在花田里就瞧出你这孩子对于这世界很敏感，这是成为好画家的首要条件……叔不懂你为什么喜欢唱歌，电视上摇摇晃晃玩吉他、搞唱歌的人那么多，出头的能有几个？"

夏凡拍了拍小向："你乔叔喝高了，你自己喜欢才最重要。"

乔天如何也没料到，第二天他进画室就猛然瞧见桌上安放的蓝色小鹿，小向还留了字条：乔叔，你没法代替爷爷，也不用辛苦学爷爷的手艺，爷爷的陶泥是我心里最后一点儿属于我自己的东西了，对不起，请你完整地留给我。

乔天的心猛然往下沉，将那只蓝色小鹿重重推下了桌，自己也颓然倚坐在堆满废弃陶泥的墙角，自嘲道："乔小向，这小鹿我确实捏得烂，我也不该没礼貌地闯进你爷爷在你心里独一无二的地方，小向，我什么都愿意做，但你想要的到底是什么样的父亲？”

这孩子的心像一堵墙，垒得越来越高，乔天越来越进不去……其实，那一刻小向就躲在门外，眼睁睁看着在杂志上那么骄傲的乔天一脸绝望，像个被摧残的失败者。

小向很想放声告诉乔天他知道他的用心，但只是浑身一抖，捂住嘴逃下楼去。这是他见过的最狼狈的乔天，他虽总与乔天对立，却一直想当然地认为乔天就该永远强势，永远高大，永远霸道地把家里三个人的心圈在一起。

于是某个下午，乔天正埋头创作，乔小向胆怯地走近他，一字一顿道：“我愿意学画，你明天就带我去找老师吧。”

乔天丢下画笔，转过脸诧异地盯着小向不躲不闪的乌黑双眼，转而也温和地笑了起来，那是乔天那段心情最黯淡的日子里唯一的惊喜，他很珍惜。

【五】

乔天性子孤傲，独来独往，这次却为了乔小向赔着笑脸来回跑了许多趟，终于敲定下一位老教授。乔天每天都坚持接送他，在车上也会温柔地揉他的后脑勺儿，问他收获如何，那是他们最像平凡父子的一段时光。

老教授的嗓音像台破旧的收音机嗡嗡作响，绕得小向头晕，却没个开关能按下。

小向想静心素描，他却在后面幽幽踱步：“注意光线变化……仔细看罐子侧影在哪边……说了多少遍，要一笔到底！……”

小向不动声色地抬头盯着他满布沟壑的脸，一声不吭。见小向还是自顾自信马由缰地画，老教授终于用力揪住他的耳朵：“乔小向，你到底听不听话！大声回答！”

小向倔强地昂起头，不卑不亢地抓起铅笔继续画手里的画。

“乔小向，你哑巴了？”

小向轻轻伸手捂住泛红的耳朵，对老教授视而不见。他不懂，画画是自由随性的事，为什么附加那么多规则？如果只为和原物一样，为什么不用照相机呢？

当晚乔天来接小向时，教授就直接撂下难看的脸色：“乔先生，你这儿子我没法教了，我的境界可不够教这样的感觉派！他到底是你乔天的儿子，和你高高在上的性子像极了！”

乔天怔住了几秒，脸色发白，他当然听得出其中的讽刺，却还是默默攥紧拳头，克制地用平静的嗓音说：“要不您再帮帮忙，这孩子有时候是犟了点儿，但绝不是故意冲撞您……”

“我说得够明白了，明天不用来了。”老教授板着脸淡淡道。

乔天张张嘴还想说什么，乔小向却恰在这时咬了咬牙，像一头因为受了伤而瞬间激愤的小牛，奋力地拽住乔天的手，头也不回地昂首阔步往外闯。

小向此刻才明白，看着乔天为了他违背性格，向别人低声下气，要比乔天沉着脸训斥他还煎熬一百倍。

一口气冲到楼下，小向才内疚地抬脸望着乔天，浓厚的鼻音像染上了一场重感冒：“乔天，我一点儿都不认同那个老师，但如果我规矩一点儿你心里就能好受，我能做到！但……乔天，你别为了我那样求人，好吗？”

短短一句就把乔天说愣了，乔天呆站良久才俯身拍了拍乔小向，却猛然发现了他泛红的耳朵，一秒钟就明白了怎么回事。

他也不逼问小向，只是背过脸不看他，然后扭头抱紧小向，用嘴耐心地在小向红肿的耳朵上吹着凉气，一边吹一边呢喃：“这样会不会疼得轻一点儿？”

“不疼，哪儿疼啊……我都压根儿没觉得，真的，乔天。”小向咧起嘴用力微笑。

乔天再也扛不住心里巨大的波澜，侧过身，刚躲开小向的目光，眼眶就灼烧一般疼：“乔叔答应你……绝对不求，再也不求了！他们不懂小向，乔叔就自己教！”

小向聪明地看懂了乔天的挣扎，将脑袋埋在乔天温热的夹克上，双手圈住乔天的脖子：“乔天，你别难过。你难过的话……我会很担心的。”

明明是小孩子一句老气横秋的话，乔天一听，却触电般将小向的脸闷在怀里，确保自己情绪稳定了，不会被儿子看出眼角的端倪才慢慢松开。

往后小向一放学就和乔天泡在画室到天黑。小向铆足了劲儿让乔天欣慰，天资也好，很快便入门。

沉溺绘画中的乔天更加沉默、严厉，会毫不掩饰地赞赏小向的奇妙灵感，却也挑剔哪怕细微的不足。四个月后，乔天果断地做出决定：让小向参加国际油画大赏少年组比赛。

小向很犹豫：“这名额华东就一个，我才练不到半年，怎么能背负那么重的期望？”乔天的笑容里透着一份宠溺和坚定：“熊孩子，你背负什么呀？你记住，你是我乔天的儿子，已经是无冕的第一，在大赏里努力赶超自己就成！”

小向被逗笑了，温顺地点了头。

画累了，他偶尔会愣愣地盯着手里的颜料和一脸殷切期待的乔天，慢慢出了神，他越发觉得自己像乔天，或许长大后就会成为第二个乔天，但这真是他自己想要的人生吗？

这个家的平静一直持续到那年秋天，某天从外面回来的夏凡一脸惊慌，和乔天低低耳语了什么就被乔天猛地推进卧室，关着门压低嗓音吵了很久，第二天夏凡便出差了。小向小心翼翼道：“你们吵架了，对不对？我还希望她在我的油画大赏上观战呢。”

乔天愣了一下才僵硬地微笑着耸了耸肩：“大人的感情都是身不由己的。等小向比赛完了，夏凡估计就会回来一起分享你的胜利的。”

【六】

油画大赏如期举行，整整四个小时乔天是唯一始终站在场边的父亲。他的掌心全是汗，死死注视着小向，一丝不苟的目光比小向还紧绷。

小向发挥得极好，出来时兴奋极了，在乔天身旁一直滔滔不绝，乔天怔怔地望着他轻轻眨动的睫毛和笑起来露出的灿烂的小虎牙，心里忽然像被火车呼啸着碾过一样，想和小向彻底摊牌，却又如鲠在喉。

那是乔天这些年所见小向最快乐的时刻，黯淡的学习成绩让小向从未有过一丝成就感，画画虽不是小向所爱，终究算是一种弥补。

小向敏感地发现了乔天的异常，见乔天低头沉默，他更慌乱激动了：“究竟怎么了？夏凡不是该来接我吗？说啊……说……”

车厢陡然陷入寂静，乔天尽量温柔：“我们回家再说。”

再没有比这一路更漫长的时间了，小向和乔天默默往两个相反的方向越想越深，越想越黑暗，终于开了门，小向一眼瞧见风尘仆仆的夏凡才终于舒了口气，谁知夏凡红肿着眼，牵住小向往楼上走。

楼梯尽头是一只大木箱，上面摆着玻璃嵌着的黑白照，小向爷爷的笑容充满慈爱，却永远地静止了。

一切太戏剧化，小向只觉自己想象力太贫乏。每次打电话回去，爷爷不是都说身体挺好吗？浑身发抖的他靠住墙，没有哭闹，双手牢牢抱起骨灰盒，转过脸目不转睛地盯着乔天，瞳孔泛着隐隐的红：“是你！夏凡一个月前得到消息……你却瞒我到现在？”

乔天以无声对峙，良久才低低地说："小向，人生有很多选择，这个参赛名额是乔叔丢下面子才得到的，对你未来的人生至关重要……叔不敢让你分心……"

小向彻底任由眼泪痛快迸发出来，撕心裂肺地瞪着乔天："借口！你凭什么主宰我的生活……你怎么就知道在拿国际油画金奖和陪伴爷爷最后一程之间，我会选择拿奖？……"

"爷爷也会希望你往前看，希望你成为一个值得他骄傲的人。"乔天轻轻靠近，却被他猛然挣脱开，小向丝毫没反驳，只是冲着乔天深深地悲伤一笑。

那笑容像个清晰的嘲讽，让乔天一回忆就感到不寒而栗。

直到小向喉咙发不出任何声音，虚脱地蹲下，乔天才抱起他进卧室。

将脸色煞白的小向放在床上，乔天不知该说什么，索性想关上门出去，小向却猛然坐起身，无声无息地瞪着乔天，含着哭腔的嗓音填满埋怨："乔天，你信吗？现在我在这个世界上终于有了唯一一个恨的人，就是你！"

乔天一脸疲倦，眼角的皱纹不禁轻轻一抖，语调却严肃得一丝不苟："你夏凡阿姨赶去山里，把葬礼办得很好……乔小向，你可以在心里使劲恨我，乔叔不觉得有什么大不了，但你必须，必须要有出息。"

小向听到沉甸甸的"出息"两个字时，心一颤，竟把乔天和爷爷的脸在脑海中重合起来……久久回不过神。怎么会这样？小向倔强而害怕地拼命回想，从什么时候开始，乔天在自己心里的位置和爷爷一样根深蒂固，喊着恨却恨不起来？

乔小向一回忆就是一夜，转眼飞机降落。

他一眼就在人群里看到了夏凡。她快步走过来接过小向的行李，伸手想拥抱小向，但见小向愣住，又尴尬一笑默默退回去。

乔小向淡然而坚强，开门见山道："乔天是在惩罚我，流放我，所以三年都不准你联系我，对不？"

夏凡的眼像蒙了层雾，避而不答："那你高中入学前究竟发生了什么，乔天执意要送你去英国？乔天太固执，不准我问，即使我问他也只是沉默。"

小向冷不丁一怔，爷爷去世后，父子之间的感情已脆弱到极点，稍有一点儿小小的摩擦，就足以爆发战争。

缘由不过是乔天为他争取到一所历史悠久的艺术学校的名额，小向却觉得这几年学画好累，打心里不愿再为了乔天的期望而强迫自己，于是在志愿上交前悄然改了一所以摇滚乐队闻名的高中。

当天大雨瓢泼，乔天死死攥着那张通知书找到乔小向的教室，怒气像要掀了屋顶："小子，你翅膀够硬了！商量都不商量一下！"

小向冷冷地抱着吉他，不免一惊。他缓缓地走近乔天："我知道，如果和你商量，这件事一定会变得没商量。"

乔天恨恨地盯着他躲闪的目光，从牙缝里挤出一句："乔小向，难道我会害你？你为什么总要傻乎乎地一条路走到黑，闯到歪路上去？"

乔小向不知哪儿来的勇气，昂起头一字一顿道："没符合你心思就是走歪路？乔天，我十七岁了，也很清醒，我自己做选择，就是为了不要成为第二个你！不要像你一样除了才华一无所有，可怜、狼狈、固执，被周围人排斥冷落！"

小向陡然说完这些也彻底吓住了，失措地捂住嘴，不知进退。

乔天手里的录取通知书倏忽掉落，他再也说不出话，难受地瞥了一眼倔强的小向，失落地苦笑着摇摇头："小向，你终于长大了，把所有人心底压着不敢说的话，告诉了我。"乔天独自冒雨，狼狈地回了家。

原来一身傲气的他也正飞快地衰老着。

小向在窗口死死盯着乔天弯下的背，忽然连弹吉他的力气也不剩，短短一瞬他就明白了，他再和乔天冷战着相处，父子俩都不会快乐。

【七】

小向凌晨才背着吉他回家，来不及换湿衣服就急促地敲乔天的卧室门，他决定为自己刻薄的那一席话道歉。

失眠的乔天一见浑身是雨的小向，皱了皱眉就拿起干毛巾，沉默而温柔地擦他的头发。乔天猛然发现，小向不知不觉长这么高了，自己站在他身边需要吃力地踮着脚。

小向整晚都在酝酿如何把“对不起”讲得轻松平静点儿，谁知真到这一刻，牙齿还是颤抖个不停。

一张口小向就无比尴尬，惊慌地打量一眼乔天，发现他也不敢抬头与自己对视，手更是默默攥紧，于是小向又飞快地缩回去，硬着头皮改口：“乔天，我……”

乔天打断小向，僵硬一笑：“小向，乔叔决定了，立刻送你去伦敦念书。”乔天在美院念书时曾向往伦敦，红电话亭，黑伞下的匆匆人影……小向何其像年轻时的自己，没有比伦敦更合适的了。

小向意外地愣住，冷冷一笑点了头：“好啊，很好，没有比把我‘驱逐出境’更妙的解决方法了，乔叔，我求之不得。”乔天枯坐床边，眯着沧桑的双眼，猛抽着烟，只当一句没听见。

唯独小向摔门出去的一瞬，他手里的烟蒂无声滑落，鬓角的乱发也跟着门悄悄一抖。

小向启程当天，乔天闷在画室里强迫自己创作。乔小向苦想了一夜，临走前该紧紧拥抱一下乔天，却在餐桌上发现了乔天留下的字条，字迹和他一样冷峻寡淡：忙画展，没法送你。护照和行李一定带好，去了就好好念书。

小向看完一秒都没停留，坐上出租车才终于像孩子般放声哭起来。

回头一望，那么多心里泛酸或是升腾暖意的时刻，他都有机会乖乖喊一声爸，让一切平息，而他却错过了。而他又默默地怨乔天，为什么，就不给自己一点儿转圜的余地，哪怕一点点？

途中，小向猛然从后视镜看见乔天开着车远远跟着，原来他也不过是个爱操心的父亲。

小向清了清浑浊的喉咙，反复催促司机："麻烦开到最快，我要误机了。"见乔天依旧踩足油门，穷追不舍，小向待车一停就拖起箱子过安检，连一秒的告别都不敢给乔天，他怕乔天情急之下在自己面前露出无力和苍老。

所有儿子最怕见到的不是爸爸的严厉，而是脆弱。

夏凡听着早已哭了，小向却温柔地拍她："都过去了，我现在只想赶快去陪陪乔天。谢谢你……逼着我回来。"

【八】

乔小向推开病房门，恍然看着乔天苍老的脸，难受地捂住了嘴。

乔天躺着朝小向浅笑，笑容里不见了那种艺术家的偏执，剩下的只是干净的慈爱。

小向从随身包里掏出蓝色小鹿，放在乔天枕边："你看，这是你当年学爷爷给我捏的，你那次发火摔了它的鹿角，我舍不得丢掉，就偷偷粘好了……"

"我也以为我不喜欢你做的小鹿呢，但刚到英国那年，我必须摸着它才能安心入睡……乔天，到伦敦我才知道我已经很依赖你。你不在伦敦，于是我就想象着，小鹿是替你去伦敦陪我一起长大的……"

听到这儿乔天眼角已经湿了，小向怕瞧见乔天哭，连忙接过夏凡手里的粥，一口一口颤抖着喂给乔天。

谁知乔天温和地拉近小向，嗓音虚弱："你说过，乔叔除了才华一无所有，可怜、狼狈、固执，你说的都是真的，但乔叔都不在乎，每个有孩子的父亲都根本不在乎自己如何，看到你从男孩成长为一个内心有担当的大人，我就已经没法更开心，更满足了。”

“小向，这些年我强加过许多我自己没实现的理想给你……对不起。”

“冷战三年了，我们和解，并且再也不对彼此开火了，好不好？”小向再也忍不住，俯下身使劲搂住乔天，哽咽着问。

小向感到自己脖子安静地滑过一阵凉，果然还是没能躲过乔天的眼泪，但乔天是笑着的，那都是开心的、温暖的眼泪。

小向在病房留到天黑，直到夏凡来轮换。他走出病房的一瞬，乔天突然艰难地坐起身：“小向。”见他回头默默凝视，乔天才微笑着鼓励道：“乔小向，听说你在玩乐队……那……一定要加油！”

乔小向用力地点点头，前所未有地脱口而出一句话：“爸，我都记住了。”

“爸”这轻轻一个字，乔小向用了十年，才终于流畅勇敢地叫出来。转身到走廊，他用尽全力憋住的眼泪终于默默滚落，再也停不下来。

薄荷绿色的星星雨

你要记得有人在等你，路途多遥远，都不要不回来。

【她爱薄荷绿】

大三的暑假，姬雨一直病着，从早到晚咳得头如裂开般痛，觉也从清早到傍晚，怎么都睡不饱。

她被父母从学校接回家时发着四十度的高烧，姬妈妈问起室友她为什么一个人淋了整夜大雨，又为什么喝了能堆满半个墙角的冰镇蓝带……大家却都支支吾吾说不出个所以然。

姬妈妈大抵了解大学恋爱那些瞬息万变的欢欣与心酸，索性沉默，不再追问。

入秋，姬雨的肺炎痊愈了，只是那段灰色经历仿佛被她用橡皮擦统统擦了个干净，就如从未发生过一样，父母看着她了无心事的干净笑容，总怕她是在懂事地悄悄压抑痛苦："真没事？"

"能有什么事，绝症还是失忆？瞧瞧你们闺女我，面色红润，四肢健全，淘宝、豆瓣、微博一个账号都没忘，别一场病就把我当国宝大熊猫呀，二位亲。"

"净贫嘴。"父母都笑了，脸色却还隐约泛着苍白。

令她意外的是，父母竟不催她回校，反而帮她多请了假，赶着她四处转："咱闺女不是文艺女青年嘛，以前总爱旅行，天气这么好，找个地儿玩去。"

她也乐得快活，兴冲冲地制订线路，次日就坐火车南下去青港古镇。

入夜，她在Q城临时下了车，大概只能解释为直觉，她对Q城有种说不出的喜欢。黑暗的月台边她冻得直跺脚，正用手机翻着大众点评网，忽然停住了视线。

图片上是一栋小小的家庭旅馆，门前花草芬芳，墙体是淡淡的薄荷绿，瞧上去温暖又漂亮，介绍更有意思：“这家是这片最文艺别致的，老板人忒幽默了，总说他家不是旅馆，其实是在考验新客人的诚意，文艺指数绝对五颗星！”

她忘了从哪一年开始，只心无旁骛地爱一种颜色，薄荷绿。于是她满意一笑，锁定了今晚的住所。

【深夜新房客】

姬雨找到店时已是深夜，进门只见一个朋克打扮的女生打着哈欠，不等她问就抢着道：“姑娘，我们这儿真不是旅馆……”

这时忽然进来一个高高的男生，大约就是老板，女生冲他无可奈何地努努嘴：“又一个住店的。”

男生“扑哧”一声笑起来，露出两颗温暖阳光的虎牙，短短的寸头，鬓角还含着浅浅的胡子楂儿，他的笑容像一盏壁灯似的把屋里照亮了。

姬雨悄然倒吸了口凉气，原来他除了幽默，还有一副好皮囊。

他呆呆地望了她几秒，贱兮兮的笑带着莫名的欢喜，忙不迭地边帮姬雨搬行李，边孩子气地嚷嚷：“我们这儿就是旅馆，亲！恭喜你通过考验了，亲！”

一旁的女生亲昵地捏了捏他的手臂，痛心疾首地从牙缝里挤出一句：“又犯病了，见了姑娘犯花痴是病，你药不能停啊！”

他不理她，屁颠儿屁颠儿地带姬雨上阁楼，姬雨寻思着老板娘不高兴了，小声说："我只是路过Q城暂住一下，后天就去青港。"

他猛一拍脑袋，恨不得幼稚地跳起来："这么巧？我也刚好要去青港，不如一起吧。"

见姬雨上了楼，女生才冷冷地瞪着他说："你以为我不懂？这位新房客长得酷似你钱包里那张照片上的女孩，她都甩了你这么久了，你还这样一条路走到黑，有意思吗？"

"千金难买小爷我乐意。"他短暂地失神了一秒，然后就轻描淡写地钻进厨房。不一会儿，他就端着热滚滚的姜茶敲开姬雨的门："咳咳，客房服务。"

姬雨盯着他凑近的双眼愣了愣，还是让他进来了。他微笑着将瓷杯端给她，嗓音沙哑却暖暖的："从车站过来冻坏了吧，本老板独家秘制，快喝了，防感冒。"

她锐利地望着他干净的瞳孔，笑着单刀直入："老板先生，你家不是旅馆，对吧？你之前也根本没打算去青港，对吧？"

他狡猾地扯起一抹坏笑，避而不答："房客小姐的审问结束了？我能坐下聊聊天了吧。"

她明明戒备心并不弱，也明明与他只方才一面之交，却莫名在那一瞬温顺地点了头，安心地和他像两个老友般盘腿坐在地板中央，就着姜茶发烫的温度打开了话匣。

于是她知道了，他叫许暮星。楼下那个女生是他妹妹暮薇。

姜茶中并无酒精，却让一向活泼欢脱的许暮星眼睛深处蹿出一束忧伤的光，他的虎牙一整晚都没露出，只沉默地倚着墙，手指不安地纠在一块儿。

他低低地告诉她，他曾有个恋爱长跑六年的女朋友，从高中时的地下党行动到大学后的明目张胆，她像一匹禁锢不住的野马，风风火火，疯爱旅行。

只因一次她心血来潮地嚷着要牵手远行，而琐事缠身的他没答应，她便倔强地独自出发，至今未归。

说到最后，他使劲仰起头，不让她看到他泛红的眼眶，鼻音也已很浓很温柔了："我没有她身上那股坚韧的要四处游荡的心，她撇下我，也是自然的。但我留在这个我们当初合租的房子里，等她玩累了，天冷了，就回家来。"

或许是气氛会传染，她不觉间也出神地湿了眼眶，尴尬地将手停在空中，良久才僵直地落下，不知该维持沉默还是给予安慰。

毕竟，她与许暮星还只是只有一面之缘的陌生人。

【暧昧的雷区】

出发去青港的清晨，她刚迈出屋就瞧见他带着一脸刺眼笑容倚着越野车。他的腿极长，一条薄荷绿色运动裤就穿得玩味十足，配上白棒球帽，懒洋洋地伸伸腰，那双黑丝绒一样的眼压根儿就没离过她的身上。

她的意识也有短暂的游离，只觉这样偶然的假期，和这么个好看又耍宝的男生有几天不问将来的短暂恋爱也的确诱人。

只是她瞬间想起许暮薇悄悄告诉她的话，又艰难地收回了目光。

他殷勤地帮她搬行李，看起来清瘦，男人该有的力气却也是有的。她埋头在后备厢整理行李，他从后面张开手臂推了推箱子，宽阔的胸口由此轻轻碰到她的背。

她反应过度地躲开，不冷不热地远远瞪着他，划清楚河汉界："我知道你想干什么，暮薇都告诉我了，我有一张和你的前女友很像的脸，让你有她回来了的幻觉……许暮星，我们只是搭车旅伴，想拿我重温旧梦，不行。你要记住，我是姬雨。"

他怔怔地望着她，与记忆里女友的样子重叠吻合，他略显难堪地抓了抓后脑勺儿，苦涩一笑喃喃重复："对，我要记得你是姬雨……"

一路上两个人都不约而同地沉默，仿佛都隐约害怕再往前一步，就是暧昧的雷区。

正是青港最美的季节，大片金色法桐铺满古街，天也蓝得仿佛倒挂的海，所以人潮拥挤也是必然。

见她一手护着相机一手攥着包包，战战兢兢，他神情自然地使劲用手臂圈出了一小块地方，让她稍微舒服地站着，他的呼吸平稳地拂在她的额头，而她尴尬地将脸别开他的胸口，却止不住脑中突来的晕眩。

或许真有一个人的出现，让你相信一见如故这回事。

他细心地发现她脸色发白，当她是因他这过分亲密的举止生气了，连忙解释："人群太乱了，我怕把你弄丢了。"

她讨厌他自以为是的语气，心底带刺地仰头扫视着他直来直往的笑容："说得好像我是你的东西似的……姐和你就是拼车关系。"

他耸耸肩没说话，像个信奉吃亏是福的老好人，而她心里依旧慌乱，趁他主动请缨为她买小吃的空隙，她微信呼叫男闺密小川，小川扬着兰花指秒回："进攻呀，小雨，不谈恋爱等世界末日呢？也是，你早该从那棵歪脖树上下来了……"

小川一捂嘴，自知失言，趁她没反应立马转移话题，神秘兮兮地坏笑："不如试试他对你怎么样吧，听我的。"

她刚听完小川的回话，许暮星就回来了。他耐心地低头为她把青团子上的苎麻叶一点点揭掉，又趁热捏起放在她嘴边，被光线镀上一层橙色边儿的侧脸细腻温柔得不像话："女孩呀，都爱吃又怕弄脏手，我就当一回活雷锋吧。"

她闭上眼鼻息间全是清香，下意识想咬一口，最终却还是躲开他灼灼的双瞳，生疏地自己伸手接过来。他哄女生的本事也实在了得，总是在细微处直击她心底，叫她即使小心翼翼，仍旧猝不及防。

她记不清是父亲还是哥哥，郊游时也总这样喂她吃青团子，每每想起都觉得算是全世界最治愈的回忆第一名……

吃饱喝足，她决定听小川的使个坏，心想他若真表现优异，大不了旅行这几天当他的恋人也无妨。于是她起身冷不丁告诉他自己去上个卫生间，然后就在去的路上，趁着无人注意将自己的牛仔小外套扔进古镇河里，接着一溜烟躲进卫生间。

人群果然迅速聚拢，吵嚷着哪个姑娘落水了，乖乖坐着等她的许暮星出于好奇一瞧，脸色瞬间阴沉了，等不及多思考，他一个猛子扎进刺骨的水里。

这一刻，周遭顿时安静了，就连藏着的姬雨也心生恐惧，沉不住气地大步冲过来，越发觉得自己的烂玩笑这次真的开大了。

【许我喜欢你】

“许暮星，我在这儿！我在这儿！我没事……都怪我乱作死……”

她瞧他不断无助地扑腾着水，周围人一副事不关己的姿态，鼻子狠狠地发酸，焦急的眼泪就要夺眶而出了，她明白哭最无用，索性扔下帆布鞋，飞快地攀上高高的河岸。

演兴正浓的他怔怔地发现她不顾众人的拉扯就要跳下来了，才连忙惊慌地从水里坐起身，缓缓站起，不但毫发无损，而且水面只到他膝盖上一点点。

原本她还内疚，这下一脸害怕的她无声地瞪住了他，而他的手紧张地乖乖放在身侧，垂着脑袋走到她身边，高大的个子却一脸做错事的无辜萌态：“喏，是你先开玩笑的，我只是热烈地配合你，顺便加了点儿料。”

“我以为你身体抽筋，危险了呢！姐都准备同归于尽了！我在心里都把自己骂成狗了，你晓得吗，许暮星？”她压抑的情绪大爆发后，又忽然挂着泪愣愣地笑了，盯着他瑟瑟发抖却还在贱兮兮笑的模样，拍拍他湿透的衬衫，心在那一瞬软了：“冷不？”

“冷都不算个事，姬雨，”他俯身逼近她的脸，澄澈的眼睛里有鲜见的认真光芒，“但你起码要给我一个喜欢你的机会，成吗？”

在人群围观中她脸颊滚烫，避而不答，只像个收拾烂摊子的怪阿姨一样拉起许暮星往外走。她刚伸手拦出租车，就被他傲娇地挡住了，他趁着自己从头到脚都狼狈可怜，不断将目光赖在她身上：“你得陪我一步步走回旅馆才仗义嘛，我受了寒，一坐车就想吐。”

她无奈地应允，却一直担心他着凉，于是步子不由得急促起来，他却一把拽住她的手，皱着眉说：“姬小姐，我腿酸，走不快。”

她白了他一眼，温顺地陪他慢慢踱步。

凭着女生的直觉她当然懂，许暮星不过像个小孩子，狡猾地希望走得越慢越好，才能赚得与她默默独处的时光。

他厚着脸皮静静搭着她的肩，却并没有把重量压在她身上，喃喃的嗓音像旧收音机一样好听：“姬雨，你为什么一个人出来旅行？治疗失恋？”

她愣了很久才回过神，目光柔软地落在地上的法桐叶上，由于害怕他的手臂感触到她心底不规则的悸动，故意将叶子踩得很响很响：“我没有恋爱过，从来都没有呀。”

他像个失灵的玩具熊般哑口无言，使劲张了张嘴，却难受得发不出声音。他的前女友事事不放心上的神情何其像此刻的姬雨，她浑身都是不完美的地方，她玩心重，她不懂事，她容易头脑发热，她需要不断地哄，但她又让他那么依赖。

他很想悄悄告诉那个还在外面游荡的她，你要记得有人在耐心地等你，路途多遥远，都不要不回来。

……

两个人一路沉默到了旅馆，谁知一切竟被许暮星这个乌鸦嘴说中了，她发现他双腿发软，连忙踮起脚尖摸了摸他的额头，烫得简直能煮鸡蛋！

【长夜变清早】

姬雨把吃奶的劲儿都使出来，才跌跌撞撞地把人高马大的他扔在了床上，浑身发热的他像个婴儿似的蜷缩起手脚，在她耳边可怜兮兮地喊："好冷啊。"

她该死的同情心再次被激起，脚都迈到了门口又慢吞吞地退回来。

"喏，许暮星，我可对你没兴趣噢。"她深吸一口气，慌张地紧闭着双眼，像盲人一样摸索着将他湿漉漉的衬衫脱掉，又给他套上一件干净的。

他轰然躺倒，虚汗直冒，浑身力气都被抽空了，却不忘懒洋洋地耍宝："看我一男的胸部怎么了？真矫情……给小爷把纽扣扣上，冷死了。"他噘着嘴巴一副略显失望的神情，恨不得把能想到的欺负她的法子都玩一遍。

而她耐住性子，好脾气地一一照做，望着望着，忽然就扯住他泛红发烫的耳朵，"扑哧"一声笑了起来，笑得又疲惫又开心："许暮星你烧糊涂了吧，你这种发烧都消停不下来的家伙，就是药不能停……"

很奇怪的是，一向贱兮兮的他竟没反击，她定睛一看，原来他已悄然睡着了，蜡笔小新般浓浓的眉毛淡淡地舒展开，一脸恬淡与安然。

她俯身为他盖上被子，谁知狡猾的他闪电般昂起脑袋，凉凉的唇在她脸颊上吻了一下，如蜻蜓点水，却把她搞得陡然发蒙："好啦，药也吃了，一身轻松。"

他的呼吸带着干净的皂角清香，她在那一瞬间眼前一黑，连发怒都忘了，站都没站稳就逃之夭夭地下楼去："我去给你熬姜茶！"

想给他熬姜茶，不过是她记得那晚在Q城，他递给她的那一碗有多温热，像黑夜里升起的篝火，热气腾腾，能把潮湿的心很快焐干。

她在旅店老板的厨房里笨手笨脚地捣鼓了半天，总算满头大汗地端着姜茶上了楼，推门却发现大大咧咧的他已轻声地打起了呼噜。

她不放心地又摸了一遍他的额头，见余热已渐退去，才稍微安心地用手托着脑袋守着他的睡颜。

她出神地盯着他，猛然间脑海里暗涌不断……她不明白为何他是一个陌生人，但他身上的气息、他无处不在的薄荷绿色、他刺眼的笑容和宽阔的肩膀，她都感到无比熟悉，仿佛都是她遗落在光阴墙角的旧风景……

她这么胡思乱想地一晃，竟然就长夜变清早了。

姬雨糊涂地一睁眼，自己竟然正四仰八叉地抢着他的被子，而脑袋正沉甸甸地压在他腹部，歪了一夜的脖子酸得她欲哭无泪……

而她晓得最关键的是自己这样丢脸的模样不能被他发现，于是她坚强地擦干了嘴角半干的口水，弯着腰想偷偷撤离他的客房。

"姬小姐这是要往哪儿去啊……"他幽幽的嗓音从身后得意扬扬地飘来。

她悲壮地转身，默不作声，他却歪起嘴角一笑，扬起掌心的手机："我可拍了照存了底。"

屏幕上的她脸上口水四溢，像块结实的大饼般扑在被子上，她万万没想到他不仅退了烧，还敢装睡，于是索性硬着头皮阴沉着脸发脾气道："旅伴先生，病也好了，麻烦您赶紧起来，我们该出发了！"

他在晨光微曦中挑着眉冲她邪气地笑，高高的鼻梁落下好看的阴影，瞧上去又温暖又欠扁，她却莫名其妙地鼻子一酸，笑得眼眶湿漉漉地闪着光。

许暮星当然不会知道，此刻的她有多羡慕他那个轻狂的孤身在外的女朋友。

她贪玩，倔强，不懂顾全大局，甚至不打算回来了，但她……有个男孩固执地记得她，任四季轮回，冷暖交替，就连遇到和她眉眼相似的姬雨，也忍不住要搭讪，还给姬雨讲他们的故事。

【一肩的距离】

“下一站我们去哪儿呀？”他露出明亮的虎牙，像个元气满满的少年般问。

“哪有什么下一站呀？等车到S城地界我就下车换乘巴士回校了呀。”她掩饰住怅然的口吻，淡淡地笑。

他愣了一下，也只机械地点点头。他以为出发是一起抵达新的地方，继续旅行，而她所说的出发原来是驶往告别。

由此，沉默地攥着方向盘的许暮星变得有些心不在焉，而副驾驶座上的她为了避开视线的交叠，只好不断用力将脸转向窗外的原野。

黄昏降临，车外的山路景色却越发荒凉，她皱了皱眉想说什么却依旧沉默，而他闷头又开了许久终于困顿地踩住刹车，麻木地低声告诉她：“导航好像有些失灵，我们越开越偏……貌似迷路了。”

她面无表情的脸沉在昏暗的光线里，听不出具体的情绪：“那……怎么办？”

“秋天日落很短的，来不及重新寻路了，我们只能把车停在山顶上过夜了。”一向没正形的许暮星终于露出认真的神色，他的寸头被远处橙色的落日分割吞噬了边缘，看起来无限温柔，而她却不敢抬眼细看。

天真的黑了之后，她有些胆怯地和他一起倚在车尾，两个人隔着一肩距离，却都仰望着夜空一言不发。

她无意中发现他的后备厢里有几罐蓝带，不声不响地开了就仰头喝上，又递了一罐给他：“山上挺冷的，喝点儿酒就暖了。”

他板着脸接了过来，犹豫地望她一眼，然后开始一喝就停不下来，像一只泛着冷光的酒罐子：“姬雨，你知道吗……等明天我们车开出去了，今晚的全部，包括星空、啤酒、我们心底的各种情绪，都会成为记忆里一个小小的黑点，也像宇宙里一颗最暗的星，不被注视，也不被记得……”

她被他半醉半醒的话弄得如鲠在喉，迷迷糊糊地深吸一口气，飞快地夺过了他手里的易拉罐，然后凑近他的耳朵硬着头皮说：

“许暮星，你是陌生人，但我就是固执地觉得我们在哪里见过……我想相信一次直觉……我愿意走进你的生活，把她的痕迹一点点抹去，暂时当一个影子也没关系，她让你这么快乐的一个人不快乐，而我就想让你恢复快乐。”

他干净的眼睛在黑暗里显得异常璀璨，愣愣地聚焦在她脸上，他没有急着回答，而是用在夜风里有点儿发抖的声音轻轻地哼起了一段歌：“你要记得有人在耐心等你，路途多遥远，都不要不回来……”

不等微醺的他唱完，她就忽然紧紧地捂住了嘴巴，漫长的对视之后，她终于渐渐平息：“是《星星雨》……许、暮、星……你是许暮星。”

“全世界最糊涂的姬小姐，看看你多迟钝，到现在才知道我在等着回家的姑娘，就是你啊。”

他伸手揉了揉她冻得冰凉的鼻尖，暖暖地红着俊朗的双眼望着她，明白她终于用这一句歌找回了丢失的记忆。

【星星上的雨】

“我女儿这场病拖了太久，整天昏睡，终于渐渐好了，她谁都记得，却独独忘掉了和你有关的每件事，每个片段。

“医生说肺炎能彻底治愈，但这种选择性遗忘没办法，是她的心理病症……那场大雨让她内心的某种感情坍塌了，于是潜意识索性丢掉了之前一切与之有关的记忆。小子，你真不用打电话来问她的情况了，没用的。”

入秋，许暮星挂掉姬雨母亲的电话后就决定，他要想尽办法帮她找回那些在一起的往事。

于是他一有空就独自开车往返青港，那是她最向往的地方，他必须非常熟悉，才能游刃有余地带她一起玩。

于是他把出租屋刷成大片的薄荷绿色，每天只穿薄荷绿色的衬衫，这样或许……她就会想起他。

于是他在青港跑很远的石板路买青团子帮她剥好给她吃，因为全世界只有他曾为她这么做；他在重逢的第一夜就为她煮姜茶，因为她那么大的人还特怕苦，只肯喝他熬的冰糖姜茶；他还不止一次委婉地旁敲侧击，告诉她“玩累了，天冷了，就回家”……

其实，自信满满的许暮星本以为这个故事的花好月圆可以来得更早一点儿的，不需要等到山顶这荒凉的一夜的。

可惜神经大条的她，都没被这些小细节唤醒，直到他哼起他俩高一时他为了追她抱着贝斯写的歌——《星星雨》。

十七岁的他多矫情，喜欢上一个心在远方闲不下来的姑娘，于是藏起仓皇的心境，露着两颗小虎牙高声唱：“你要记得有人在耐心等你，路途多遥远，都不要不回来。”

至于姬雨会如此偶然地在大众点评网上挑中他的旅馆，真不是他的诡计，而是她自己搞的鬼。

原来，姬雨是在大三时中了豆瓣女青年的毒，张口闭口“一场说走就走的旅行”，发疯般地想和他牵手旅行，忙考研昏天黑地的他却全然不走心。

在一次次勉强得拿书砸向他的背之后，她开始倔强地独自短途旅行，不声不响一消失就两三天。每次消失回来，他们都免不了一场大闹。他怪她不让人省心，她怪他不肯陪着她完成在路上的梦想。

“你不肯陪我看这广阔世界就算了，难不成还要锁住我的手脚，找个房间把我关起来？”

“姬雨。”他低低地喊她，想平息一切。

“许暮星，你知道我有多希望在这个最好的时候，和我喜欢的人一起在路上吗？”

“可是我现在有更重要的事！往后那么长的时间，你就不能为了我等一等？”

两个人吼得浑身无力，背对背瘫坐，她浅浅一笑，任她脑海有多少绚烂想象，他的身体里就是一根浪漫的骨头都没有。

感情从小打小闹到伤筋动骨，某天她风尘仆仆地撂下行李箱，凑近他，抬着尖尖的下巴：“许暮星，我要去青港古镇了，你不用送我去车站，以后也都不用了。”

他当然晓得她话中的意思，却孩子气地挠挠头，嬉皮笑脸地装糊涂拥抱她，她却一个激灵，无声躲开。

各自回去后，两个人都沉默良久。

最终她还是割舍不下这段六年的感情，于是冒着大雨去他的出租屋找他。推门的一瞬，她才彻底愣住。

门里的许暮星正手托着脑袋，和一个打扮前卫的女孩面对面坐着，入神地说着什么。而女孩也正耐心地倾听，时不时亲昵地拍着他的掌心。

憋住眼泪，缩起肩膀往大雨深处跑的她当时怎么会知道，那女孩就是他的妹妹许暮薇，而他正在告诉许暮薇，自己最终的决定是要陪她去青港，他终究是怕失去她的。

任何一个选择题里，不论其他选项是什么，他都还是会选她。

当夜悲伤得大醉的姬雨干了件非常幼稚的事，她心想：你不是一心只想考研吗？我就让你没法消停。

她在大众点评网上建了个旅馆页面，输入他的出租屋地址，假装顾客评价道："这家是这片最文艺别致的，老板人忒幽默了，总说他家不是旅馆，其实是考验新客人的诚意，文艺指数绝对五颗星！"

如她所愿，他的门频繁地被各路文艺青年敲开，在太多次磨破嘴皮地解释之后，他将错就错，细心温柔地把小屋重新装饰，真开成了一家旅馆，他上课时就请暮薇帮忙打理。

他相信，某年某天当她疯累了，回到Q城，一定能循着一抹薄荷绿色找到回家的路。

【尾声】

待许暮星把他们的故事里所有的细枝末节讲完，她落在脸上的眼泪都笑了，夜空消失了，清澈的黎明也如期而至。

她沉默不说话，枕着他的膝盖，睁着眼盯住他温暖的笑容，和他一如少年时代的芬芳衣领。

她喃喃地问他："你知道为什么我这么多年，只心无旁骛地爱薄荷绿这一种颜色吗？"

见他皱着眉，答不上来，她才更为温柔宁静地一笑："因为你呀，笨。大概你自己都不记得了，高一那年，初识你的第一天，你在一群男生里多刺眼啊，瘦瘦高高，眉眼好看，笑容又骄傲得如万丈青阳，那天……你就穿着一身淡淡的薄荷绿呢。"

"从此呀，我一回头想到'年少'这个词，脑海里就满满的都是那个和你疯玩的不老夏日，还有你那件薄荷绿的衬衫。"

在这颗星球所有的酒馆

这世上有的人只要出现在生命里，就注定不会是一个喷嚏，而是一场漫漫无期的绝症，至死方休。

【A】

“再来两瓶清酒！”说话的男子剑眉星目的脸露出绯红，修身的白衬衫袖撸到手肘处，那副样子性感又落拓。他闭着眼自顾自地含混地唱：“在这颗行星所有的酒馆，自由似乎理所应当。面向涣散的未来，只唱情歌，看不到坦克……”

苏念坐在离他很远的柜台边静静地听着，心里暗叹这粗鲁的家伙歌倒唱得很好。

忙着做账的苏苓拍拍她，她才回过神，缓缓地走过去将清酒放在他桌上，不等他抬头立马转身撤离。男子目光沉醉地盯着苏念的背影，转而轻声扯动嘴角笑了笑：“你很怕我吗？”

苏念倔强地回敬轻蔑的一笑，反呛道：“我为什么要怕你？”

“因为你喜欢我……而你害怕我发现你表情不对劲。”也不知这家伙是真醉还是假醉，说起浑话来倒是字正腔圆。她的耳朵有点儿发烫，一时间焦急而尴尬地扔下两个字：“有病！”末了见这家伙仍是一杯接着一杯地喝，不禁一副公事公办的口气，仰着头拍拍桌角：“抱歉，我们要打烊了，雷先生。”

他充耳不闻地摇摇头，又是一脸含意不明的笑容：“你们什么时候打烊，要看我什么时候想走，你懂不懂啊？”话音未落，只见坏笑了两声的苏念麻利地拖着走不了直线的他出了酒馆，将他安置在副驾驶上，然后纵身跳上他的沃尔沃，一踩油门就飞快地开走。

路上他愠怒地低吼了几声：“枉你长得这么清瘦，居然这么有力气……苏念，你胆子也忒大了吧！”之后就跌入了浅睡，淡淡的蟹壳、青色的嘴角、不羁的发际线，直到车停在雷家门口，一个无声的刹车才将他惊得坐起身揉揉眼。没等苏念有心理准备，他凑过去抚着她轻薄的棉裙，扑住就要吻下去，苏念倒不手软，将自己的头快速歪过去，一个清脆的巴掌打在他脸上。

大概是被这一掌闭门羹打醒了，他一脸抱歉地推开车门：“被酒冲糊涂了，谢谢你送我。”苏念没好气地跳下车，挥挥手，头也不回地大步走掉：“不用谢，你雷少辞可是我们酒馆的大股东，小女子不敢得罪你。”

苏父一年前去世了，十几岁就叛逆离家闯荡的苏苓不得不接走刚十九岁的妹妹，苏苓看准明岛近年旅游业渐热，于是开了这家小酒馆。正苦于没有资金时，这个叫雷少辞的阔少不知怎么送上门来要借钱给她们，却也从此无赖地成为酒馆的常客，每晚都来。

当然，雷少辞的酒量也确实出奇地好，洋酒清酒啤酒，逮着都要像喝白开水似的喝个够。当然那些酒的结局都一样，在灼烧了他的胃之后迅速成为被排泄的水分。

被扔在车旁的雷少辞伸伸手臂喃喃地在她身后轻声说：“你就把我扔在门口？岛上鱼龙混杂，谁知道明早醒来我还能不能活命了。”

苏念转过脸不耐烦地皱皱眉：“不是都到你家门口了吗？自己几步就能走进去啦，拜拜！”而他垂着脸苦涩地笑笑，沉吟了一会儿才半梦半醒地嘟哝了一句：“这不是我家，只是个住的地方……因为从来没有人在等我回家，从来没有……”

不知为何这句话让那一刻站得远远的她鼻子微微一酸，又折回去默默扶起他将他送进雷家院子里。满庭的西府海棠在一片漆黑中开得正盛，暗香窜得鼻息间都是。近在咫尺地看着他难过得不可自抑的眼神，哼着歌摇摇晃晃地被冷漠的管家带上楼上的卧室，她忽然很伤感。

茫茫世间却丝毫没有自己的归属的感觉，她很明白。

岛上人都清楚，雷家是百年不衰的大户没错，只是近十年实业都转向了大马的房产金融，几房人只留下一个父亲去世的雷少辞。原因很简单，他是外面的女人生的，在老太太心里只能算是半个雷家人。

【B】

当晚苏念回到酒馆时，苏苓已收拾好桌子关掉了顶灯，只有一盏壁灯还隐隐亮着，苏苓静坐在柜台边幽幽地问她："小念，你喜欢雷少辞吗？"

明明是用三个字"不喜欢"就可以答复的简单问题却让她陷入了漫长的沉默，反复斟酌后她轻声答道："他……我总觉得是个随时会走掉的人，在他身上看不到可以依赖的长久，而且他喝酒成瘾，日夜都不清醒，叫人……怎么敢喜欢？"

苏苓淡淡地抬起脸，敏锐地追问："那你就是不喜欢喽，对吧？"又是一阵不短的沉默后，苏念在角落里点点头，苏苓这才露出暧昧的笑容："那好，我喜欢他。"

苏念失神地怔了怔，盯着姐姐看了看才吞吞吐吐地说："你预备告诉他那些过去？"苏苓的脸色随之变得难看，良久才深呼一口气，低低地说："等到有一天我能说出口，会告诉他的。"

然而苏苓对雷少辞的攻势却搁浅了下去，她病了。迫于整天浑身无力外加晕眩，她将酒馆交给妹妹照管，离岛去内陆的省会城市检查身体。

这天苏念放了学刚出校门就一眼认出了雷少辞的沃尔沃，回想起他那晚紧锁的眉宇和沉醉的双眼，她胸口有些许的悸动，她低着头快速地绕过他的车走过去，却还是冷不丁被站在车边抽烟的他猛地拦下来。

两个人静静僵持了几秒，他冷冷浅笑着开腔：“上车，趁我今天清醒，我想去看看酒馆的账，别忘了我是大股东。”她不敢直视他，攥着手心沉默几秒后跟着他上了车。他关车门时出奇地用力，指关节微微发白，一声猛响吓得她发抖。

“让你友好地对待我这个朋友就这么难吗？你总躲着我干什么？”他按住她腰间的安全带，额头两侧暴起浅浅的青筋，狭长的眼睛深得叫人沉溺。

“雷少，你别以为借了钱就可以这样为所欲为，我一向清醒得很，从不相信这世上有什么没有目的的慈善。”她硬着头皮不改脸色。

他沉吟了片刻，压低声音冲她嘲讽地浅笑着：“苏念，恐怕你想多了。好，我不妨告诉你我每天来酒馆的目的，那是因为我很喜欢你姐！我清楚你讨厌我，可是我如果成了你姐夫，你恐怕再讨厌也得接受呀。”

“你别喜欢我姐，你会后悔的！”她不由得想起姐姐曾经的那些事，不禁脱口而出，“你还是离我们姐妹俩越远越好。”

“哎哟，你也会着急？”他冷冷扫她一眼，一个急刹车将车停在街边，伸手摆弄苏念耳侧的碎发。他逼近她的鼻息。她扣着安全带，双手被他宽大温热的掌心握住，只好一声不吭地屏住呼吸。

“当真你就输了。”他似有预谋地袒露出游刃有余的笑声，爽快地撒开了她，眼神松弛下来，胡子楂儿密布的嘴角堆满淡淡的嘲讽。她像是凭空被他掴了耳光，从脸颊红到颈部，原本想要解释的话也统统咽了下去。

【C】

雷少辞又喝得烂醉，接近凌晨，酒馆里就只剩他一个人和柜台边翻着一本书的苏念。

她一声不吭地悄悄打量着，他端着酒瓶杯双眼猩红，但似乎……少了一分平日的锐气。昏暗的顶灯下，他摆弄着一只旧旧的镶钻怀表，她见了满脸惊讶："这不是你前阵子当礼物送给我姐的吗？怎么……"

他幽幽的笑像月光下的深井："激动什么？我送她一只，不代表这世间仅那一只，是吧？"他漫长地停顿，接着一腔酒气散在她鼻息间，"苏念，你说句真话，你心里就从没有过我？"

苏念像被点了穴似的盯住他，张嘴想说出什么，却终究狡黠地反问："那你呢，这么咄咄逼人，莫非你心里有我？"

他不触及她的视线，起身沉下脸率先出了酒馆，在离苏念十米的地方停下，声音听不出开心难过："我不逼你，你喜欢骗自己就最好能有一直骗下去的毅力，面具戴久了是摘不下来的。"说完他低头冥想了几秒，轻轻地扔掉了那只怀表。

她静静跟在后面，蹲下捡起它，轻轻旋转开，看着看着慢慢湿了眼眶，吃力地将脸扭向路灯背光的一面。

那之后雷少辞像是有意疏远她一样，整整一周没有来酒馆，直到苏苓回来的当天，他在雷家大宅里早早睡下，却意外地收到苏念的短信：想见你，能来酒馆一趟吗？他盯着屏幕愣住，良久才迷惑地笑了笑。

不出他所料，深夜坐在酒馆中央的灯下等自己的人，不是苏念。苏苓脸色苍白却化了浓妆，转过脸一笑："雷少，你一定知道是我用小念手机搞的小游戏喽。"

"当然，"他双手插着口袋，坐下就斟满清酒一饮而尽，接着又是两杯，很快冰凉的手指和脸颊就温热起来。他借着酒劲儿在昏暗的光线下打量苏苓，恍惚之中她好像几年后沧桑艳丽了几分的苏念。

"盯着我看什么？"苏苓刚开口就被他捂住嘴，他冷笑着的唇在她额头轻轻掠过，两个人都安静下来。她诧异地凝视他："雷少，你有多醉呀，我不是你心心念念的苏念，你看清楚。你再想她也没有用，横竖她心里都没有你。"

"我当然看得清楚，苏苓，"他灌下一大口酒，嗓音清晰逼人，"做我女友吧，反正你不是苏念，既然不是苏念，是哪个女人都无所谓，选了你我还能多见她几面。"

"唔……这么坦白，你凭什么有自信我想做你女友？"苏苓的心静静沉下去，却维持着无澜的笑容。他轻蔑一笑，低头答道："你的眼睛告诉我，你听到了岛上关于我将执掌雷家大权的风声，并且……你很感兴趣。"

他盯着玻璃杯，没有注意到苏苓脸上笑容隐藏下的难过，她宁愿被他当作势利的女子也不愿说出口，她苏苓是真的从心的最深处喜欢他的。

【D】

苏念生日当天大雨瓢泼，他精心准备了蛋糕，在校门口透过茶色车窗远远看到穿着一身短裙的苏念，她没带伞，望着人群和大雨一脸淡淡的怅惘，他静静下车绕到她身后，冷不丁站到了她面前，抱着蛋糕的脸笑意温柔。

"我以为没有人记得呢。"苏念的瞳孔微张，挂着青草味道的惊喜笑容。他努力轻轻拉起她，两个人一起上车："小念，这日子一年就一天，说好了今天别和我闹别扭，就把我当作一个普普通通的兄长吧，就一天。"

她一边系安全带一边浅笑着点头，转过脸不解地望望他："怎么好像在求我似的？"他却只专心开车，眼神里分明是细腻的柔软，却说不出“和你有关的事，哪一件我不求你？”这样娇情的话。

不一会儿就到了明岛最南端的港口，他们坐在海岸线边缘，很快黄昏就到了。她目光停在远处海与天的交界处，大口吞咽着蛋糕，良久才犹豫着转过脸，缓缓地问他：“外面都传你要去大马接管生意……你是真的要走了？”

原来长房当家的在棒球场出了意外，二房男丁太小，老太太这才想起被扔在岛上的他。他在漫长的停顿后云淡风轻地继续说：“母亲病逝前说过，当年父亲执意回大马，唯一牵动他的就是腹中的孩子。可惜父亲离岛后她滑了胎，于是从岛外抱了个男婴，那……就是我。”

她手里的蛋糕轻轻滑下，整个海边似乎骤然寂静了，她嗫嚅良久才轻轻抱住他，又很快触电般地松开：“我……只是想给你个干干净净的拥抱。”

他身体很暖，而她浑身透着雨水的凉气，他温热粗糙的手指滑过她的脸颊，像火焰扑在海水上。他掐住不断后退的苏念，将她紧紧揽入怀里：“我知道，我知道……你看，我假装雷家人二十年，其实不过是个孤儿。”

天色渐暗，两个人都默契地不说话，夜空无星，环岛的灯塔都亮了起来。他忽然伤感地在黑暗里转过身问苏念：“如果我走，你愿不愿意走？我是说如果。”

苏念潮湿的双眼复杂地盯着他，他那双侵略性极强的双眼也猛然注视着她的脸，一时间她感到不真实的晕眩。几秒短暂的愣神之后，她仰起头脸上堆砌着粉饰的笑：“当然不会，你不过是我的准姐夫，我怎么能跟着你走？”说完她自己已有点儿哽咽。

他沉默地望着她，最后难过地低声笑了：“明白了。”

当晚夜深，他开车送她回了酒馆，临下车她愣了愣，回过头冲他淡淡一笑，表情里有种他从未见过的快乐：“今天我非常开心，谢谢你……姐夫。”

他听到最后两个字略微失落地点点头准备离开，恰在这时，苏苓独自远远地走了过来，她浑身狼狈不堪，眼角似乎有细小的伤口，颤抖着肩膀逼近苏念和雷少辞，早已沙哑的嗓音听上去心灰意冷：“雷少辞，我打你电话给你发短信，你为什么不接不回？”

他这才看到手机上真有好多条求救的信息，跳下车震惊地问：“苏苓，你这是怎么了？”她抚摸着自己脸上的伤口，幽幽地冷笑着，缓缓说：“没什么，遇到小偷了。”

苏念生涩地靠上去，焦急地拉住她追问：“遇到小偷会这样？姐，到底怎么了……”苏苓仍僵着脸，不声不响地进了酒馆，良久才讽刺地回头撂下句：“苏念，还没和你说生日快乐呢。我知道，你今天必定很快乐。”又转向雷少辞：“你这个姐夫还真殷勤。”

他舒展的眉宇被她激得拧成“川”字，一字一句地质问：“苏念是你妹妹，我是你男友，她父亲不在了，我难道不该让她快乐一点儿？”苏苓言语间全是凉薄：“那如果我说，你另有所图呢？你真正应该做的，是让我苏苓快乐。”他绷着脸低声地扔下一句：“你要的不是快乐，你要的东西雷家很多，你尽管取。”

直到他的沃尔沃走远，苏苓才瘫坐在酒馆的门厅中央，顿时泪如雨下地对妹妹说：“检查结果说我没多少日子了，苏念。”

苏念猛然怔住，发不出声音，眼里很快涌出不可抑制的泪水，姐姐年少时已经苦难重重，如今一切还这么突然。苏苓早年辍学后在岛上的工厂干过几年，化工毒素潜伏多年终究没放过她。不久苏苓就住了院，雷少辞知道了之后负担了她所有的费用，又找了个阿嬷照顾她。

【E】

苏苓住院期间，苏念习惯了他开车接自己，晚自习下课没见他的沃尔沃，心里略略不安。刚拨通他电话时，冲过来几辆改装机车挡住前路，强光让她在混乱中迷失视线，一群人捂着她的嘴将她拖向对面一栋烂尾楼。

她醒来时躺在地上，满目漆黑，但能听见近在咫尺的走动声，不一会儿，有只手过来撤去了她嘴里的布条，她蓄足力气跳起咬住那只手，不料被狠狠甩了一巴掌，她的头顺势撞上墙，失去了意识。

雷少辞飞奔进来时，她的头发被几个人攥着，衣领被胡乱地扯开……他只觉浑身血管都炸了，猛地踹倒背对他的两个，一手揽住昏迷的她一手出拳。他焦灼地横抱起她，摸着黑冲下楼，将她轻轻放在后座上，抚过她光洁的额头，她昏迷时像个玩累了睡着的小女孩："幸好……你的电话一直没挂。"

他看着她在雷家卧室的床上睡熟才开车直奔医院，站在苏苓病床前，与苏苓对峙良久幽幽地问："苏念的事，你有什么要辩解的吗？"

"哈哈，苏念这事是我找人弄的，一点儿错没有。"

"你为什么要走到这一步？"他质问道。

"你的心在苏念那儿，我清楚，你为什么不在一切发生之前阻止呢？你置我于何处？你知道那晚你们过生日时我在经受什么？"她艰难地撸起袖子，手臂都是伤痕，又伸出自己的腿，两腿上都是烟烫的烙印，"有些事我从没提，我的过去你看这个大抵能知道，那些不干净的交易，我至今仍没法脱身……我在你身上有过多大希望，就有多恨，苏念。"

他怔怔地愣住，温柔地拂过苏苓枕上的发丝，口吻却锋利如剃刀："我惦记她是没错，可是苏苓，不是你那次借苏念的手机发短信给我，你能跟我到今天？……放心，你那些麻烦我会摆平。我走了。"

苏苓恨恨地盯住天花板，任心沉入冰湖，不出一个月便在深夜去世。直至葬礼结束，他也只是搂过苏念，她哭一场，他就深深地吻她肿起的眼睛一次，并未将有关她姐的真相透露。

夜里她不敢一个人睡，他就裹着厚大衣坐在她床边，凌晨时分，就在他熬不住打盹时，她清朗的嗓音响起："唉，雷少辞？"

"嗯……想喝水，还是饿了？"他睁开惺忪的眼，暖暖的手指滑过她的肩膀。

"我要走了，姐姐已经离开了，我也受够了在明岛困苦的日子，既然建酒馆时你出的钱姐姐都已经还清了，我想卖掉它到内陆去找个有钱人过更好的生活，你……应该不反对吧？"

"够了！"他沉下脸打断她，狠狠凝视着她黑暗中柔美的脸，捏住她瘦削的下巴，抬手照着那张脸扫过一个其实并不重的耳光，"你真想摆脱我，也不必说这些轻贱自己的话。"

她忍住喉咙里苦咸的液体，吃力地将笑容张扬地绽开："我没轻贱自己，是你不了解我罢了，我是个很物质的女孩子，你不会不知道吧？"

他蓦地起身，关门时他的手还在微微战栗："苏念，你不知道我在你身上有过多大的奢念，你却想方设法逃离我的视线，我明白。世上一定会再有人爱你，但不会有人像我这样爱你了。"

冲下楼的他没看到苏念咬着嘴唇泪流满面的样子，只听到她声嘶力竭地喊道："雷少辞！雷少辞……"但他终究头也不回。

【F】

打那之后雷少辞再没有来酒馆喝过酒，她唯有从客人醉后三言两语的谈论里听得一二，他回大马几乎是板上钉钉的事了，只要代理律师再负责验一下血，确认即可。

她在柜台旁听得心弦紧绷，除了她没人知道，一旦验血结果出来，一切都将灰飞烟灭。她暗暗地为他忧愁，却无计可施。

周宁就是在这时以酒馆买主的身份走进这段故事的。他见到她的第一印象是，一个年轻女生怎么会有这样悲伤绝望的脸，丝毫没有笑容。

商谈的时候，他疑惑地问：“苏小姐，这么好的一个酒馆，又处在明岛中心，为什么要卖给我呢？”

她闻声才抬起头打量周宁，蟹壳青色的嘴角，不羁的发际线，真像他。唯一也是最大的不同是，周宁脸上没有冷峻震慑人心的神色，而是一种令人不舒服的狡黠。她沉默片刻，淡淡地答：“我要离开明岛了，这里没有挂念我的人，也没有我挂念的人。”

周宁细细地听着，凝视着她低垂的眼睛忽而出了神：“其实也不一定立马走，因为苏小姐可能尚未弄清楚自己的心究竟怎么想。”

一语中的，她微微心悸。她怎会不清楚，那个人在胸口像一块刺青，岂是说不挂念就能不挂念的？

晚上她礼貌地留周宁吃饭，他酒过三巡后打破陌生的隔阂，当他说及自己父亲是负责雷家事宜的周律师时，她心里怔了几秒，转而释然一笑。

当周宁对着她清朗的笑容移不开视线时，她就明白，许多事在她可以掌握的范围里。果不其然，周宁开始频繁地来往酒馆，她也开始频繁地灌醉自己，因为醉了之后的模糊视线里，周宁的身影总能让她错以为是雷少辞回来了。

终于在某天，微醺的周宁温柔地轻轻执起她的手，眯着眼说道：“苏念，不如让我做那个挂念你的人吧，我会自始至终地挂念你，也可以保护你。我想和你一起守着这座酒馆。”

她深深地愣住，心里翻涌着许多复杂情绪，最终她没有把手抽离掉，而是低低地说：“不要守着这酒馆，我厌倦了这里的生活，你带我离开吧。”

他静静地望着她点点头，又从包里掏出一份化验结果不动声色地笑笑：“你想要这个，对不对？”她彻底沉默下来，良久才坦白地点头：“你一定知道了我与雷少辞的旧事，这是我最后想为那家伙做的，做完了这一件就等于彻底告别了。”

“我明白，”周宁幽幽地盯着她，“这份是我爸原本要递交的那份，我已经把文件里的化验结果换掉，一切应该没有问题。至于这份，我会在离开明岛之后给你的。”恰在这时，那张她最不敢见到的脸孔出现在了酒馆门口，冷冷逼视着她和周宁。

雷少辞进来便掐住她的肩膀，双目像黑洞似的要将她彻底吸进去：“他是周律师的儿子，我知道。自己解释吧，我懒得说我的猜测。”

她仰着下巴甩开他的手，巧笑倩兮：“就像你猜的那样，我需要给自己找条后路呀，不然等你到大马当正经少爷去了，我喝西北风？周宁比你温和成熟，他也很喜欢我……”

“你很会演这点我早就见识过了，”他深深皱眉，玩味的笑容覆盖住悲伤，“苏念，你为什么要这样做？我不是和你说过，我不去大马，也压根儿不想要掌管生意！”

她冷哼一声，战战兢兢地凝视着他，瘫坐在桌边，眼泪没有预兆地卷土重来：“你以为化验单暴露之后，仅仅是去不了大马？老太太会继续让你住在大宅里？甚至，你还能继续当雷少辞？”

他绝望地蹲下身子靠近她，沉默地将指甲陷进掌心，掐出血痕也不松开。她说得都对，一旦失去了雷家人这张万能护身符，他雷少辞一夜之间什么也不是。

“那如果，我不当雷少辞，就想要你留在我身边呢？”他负隅顽抗，冲上去扯住她的衣角，暴戾的声音分明藏着哀求。

“你当不当雷少辞和我无关，我是真的想走了。你为什么就是不懂？这世界上爱情啊执念啊，终究要排在身家性命后头的。”

他无望地瞪着双眼，深深愣住。她继续咄咄逼人地刺激他：“雷少辞，这些年你照顾我和我姐很多，可该还的我都还了。你不要一厢情愿了……”

寂静中他线条冷漠的双眼有点儿热热的潮湿，犹豫再三，终究什么也没说，淡淡地挥挥手：“上车我带你回去吧，雷家有你许多东西，你也该收拾收拾才能走得干净。”

【G】

她躲在卧室里收拾，推房门时才发现他竟从外面反锁了她的卧室。她实在恼极了，却出奇冷静地打开电影无声地看。天色暗下来，他推门进来，沙沙的嗓音很温柔：“今儿出去吃，去哪家听你的，选你喜欢的。”

她浅笑点头，表情里有他从未奢求的甜美，并且提前换好乳白色的洋装：“就在我们的小酒馆，好不好？”

坐在昏暗的顶灯下，酒水的色泽像是夜晚的深井，令人浑身汗津津的。她紧紧坐在他身边，亲手帮他倒了满满一杯。他失神地望着出奇温顺的她，一边将酒喝光，一边幽幽地贴着她馨香浮动的耳后浅笑：“苏念，别以为我不知道……”

她嗓子眼儿悄然一紧，他猛喝几杯后继续晃悠着说道：“你这丫头舍不得走，所以今儿温顺得跟猫似的……”她这才松了口气。

白酒、洋酒、清酒、啤酒的连番轰炸之下，如她所愿，他终于醉倒在木纹桌上，安稳地闭着俊朗的眉眼，呼吸沉甸甸的，发出细响。她用凉凉的手揉揉太阳穴，苦笑着凝视他落拓而性感的睡颜，难过地自言自语道：“少辞，你看你输了，你这个酒囊饭袋对我也太没戒心了吧？希望你醒来看到我走了，别发脾气。”

她弯下腰，轻轻吻了一下他胡子楂儿密布的嘴角，捂住自己的嘴飞快地出了酒馆。看了看手机时间，与周宁约定离岛的时间刚好。

一路上她提着行李泪流满面。姐姐去世她没大哭；被那群人困住时，她也没大哭。这一次她是为了他而哭。她不是选择了爱情，而是不幸被爱情击中了。

她忆起多年前的夏日，雷宅前法桐繁盛如梦，她偶然撞见他漆黑的眼睛，电光石火，他的目光死死锁住她，当时懵懂的苏念就隐约明白，这世上有的人只要出现在生命里，就注定不是一个喷嚏。

【H】

等到开船了，她才对周宁不温不火地说："按照之前说好的，你是不是该把少辞的那份化验结果给我了？"

周宁淡淡地牵住她的手，在她耳边说："急什么，下船就给你。"

她知道他防着自己，其实大可不必这样，为了堵住秘密已经成了这样的自己怎么可能还会留在少辞身边？

站在甲板上，她咬着牙告诉自己，一切已经尘埃落定。迎着海风站在栏杆边，回过头猛然撞上了一张过分平静沉寂的脸，是他。

她惊异地叫出声，而他却面无悲喜："你真以为我醉了？你忘了，我是一直将酒当水喝的。你真以为我看不出你的异常？苏念，我不死心。等轮渡靠岸，你如果想走，我明天就去大马，再也不想这事。"僵持良久，夜色里她温和地点头，凝视着他不羁的脸和深海般不可测的眼，眼泪直往喉咙里吞。

"唉，我心里不是有过你，而是一直有你。你也并非不在乎我，是不？"他朝着无垠的夜海淡淡说道。

"不提了，你放不下也罢，恨我也罢，我所做的是为了让你继续做雷少辞。你别不信，你最不能失去的不是我。姐夫。"她巧笑倩兮的样子生疏而僵硬，令他不舒服，他紧锁眉宇一字一顿地从牙缝里挤出："荒谬。你不是我，你怎会知道我最不能失去的是什么？"

她被堵得哑口无言。

夜空无星，零散的渔火在黑暗里遥相呼应，两个人陷入漫长的死寂。她最后一次踮起了脚，在他宽阔的额上凉凉地亲了一下，喃喃地在他耳边说："唉，你上次说的话，我信。"

他迟疑了一下。

"你忘了吗？你说世上会再有人爱我，但大概不会有人像你这样爱我了。这话我信。"她说完急忙扭过脸去，含混的尾音里浸着泪水。

他不敢伸手扳过她的身子来看，于是倚着甲板吹风，坚硬如他，也会长夜痛哭。直到和周宁上岸坐进车里，她都静静低着头，任雷少辞在后面绝望地嘶吼她的名字，她一次也没有回头。

他凝视着远处刺眼的灯塔，先是站直扯着喉咙喊，后来瘫坐在甲板上无望地接着喊，慢慢地，人走得干干净净，风里除了他的喊声，再无其他。她没看见，那双自己迷恋了多年的凛冽的眼睛涌出泪水是什么样子。

她坐在副驾驶座上逼问周宁："你不预备把化验结果给我？"周宁的脸沉在阴影里："给你？这么一块王牌轻易给了你，我还有什么能将你留在身边的？"

她一瞬间被激怒，蓦地从座椅上站起来死死卡住周宁的喉咙，一声刺耳的尖叫后彻底寂静下来。车不偏不倚地撞上了迎面而来的重型货车。

苏念的最后一口气花费在那份化验结果上，她挣扎着从断了呼吸的周宁身上找到它，并艰难地撕个粉碎。

一切圆满完成，她闭上眼睛。她担心的事情不会再发生，她挂念的人命运不会再颠沛。

在她猩红的视网膜里，满满的全是他。他蟹壳般青色的嘴角，不羁的发线，喝多了睡着的孩子模样，熬夜坐在自己床边疲惫而温情的眼神……

直至呼吸停止，她手心还紧紧攥着那只怀表。他不知道，这段日子她每晚都攥着它入睡，时间久了，怀表被摩挲得温润陈旧，但旋开来映入眼里的一个“念”字，始终清晰逼人。

是怀念的念，是执念的念。

这世上有的人只要出现在生命里，就注定不会是一个喷嚏，而是一场漫漫无期的绝症，至死方休。

这个她不是不懂，只是懂了也没法幸免。

【I】

他最终没有去大马掌管生意。得知了她去世的消息，他将自己锁在那家酒馆里喝得日夜颠倒，也难以抑制自己满腔的痛苦。

在那之后，雷家以及岛上的人都再也找不到他，他扔下了硕大的老宅和自己的沃尔沃，独自背包上路，试图用漫长的行走减轻内心的伤痛。

他在世界各地痴迷地搜寻各式各样的酒馆，不独自喝倒自己决不离开。这还不够，他每年至少回明岛两次，在她的小酒馆里，坐在窗口喝着清酒唱着很老的歌，忽然就陷入了不可抑制的痛哭之中。

酒精制造的幻觉里，他觉得一切清晰无比，清瘦的女孩笑容有淡淡的青草味，从盛夏繁盛如梦的法桐下走过，生涩清朗的声音很好听：“你好呀，我叫……苏念。”

他在这颗星球所有的酒馆里，在酒精无法安抚的时光里，想念着那个女孩，至死方休。

倾尽余生讨你欢

『从前我反复离开，是为了能早点儿成为最好的我，从此留你在身边不用再奔波……温梨，余生换我照顾你，你肯吗？』

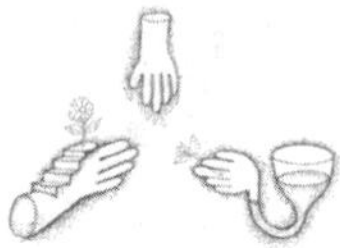

【A】

“白大摄影师，年历硬照你可得好好拍，今年女主角可是K大之光啊，微博两百万粉的网红女神！”

白书屿瞪大双眼看了十秒那笑容锋芒毕露的微博头像，才喃喃地念：“温梨……”

“没错没错，就叫温梨，你不会也是她粉丝吧？”

K大历来美女云集，年月久了，已成一绝。学校每年选一位女生拍年历，不仅年历在全城报刊亭大卖，而且凡是在校当过年历女郎的，很多都成了人气平面模特……好死不死的，不近女色的白书屿被狗友出卖，接了拍摄今年年历的活儿。

K大有百年历史的图书馆顶，四月白樱落满深红砖瓦，温梨本人比照片还明艳，一身黛色民国校服，美得让人倒吸冷气。

摄影师和模特都专业极了，蜻蜓点水地一握手，就投入拍摄。打光，取景，看原片，两个小时就飞速完成，之后众人一拥而上与温梨合影，惊叹如今微博“照骗”横飞，也还有真美女。

谁知女神刚从镜头中走出，立马画风突变，说起生意眉飞色舞，再三嚷嚷着要大家加她微信：“姑娘我副业念书，主业是一名光荣的微商，卖海量NB（新百伦）鞋和高仿裙子，您能找来官方图，就没我温梨复刻不了的版型！微商都是折翼小天使，可都别屏蔽我朋友圈啊！”

大家散去后，她才走近书屿，伸手抚摸了一下他脖子上挂着的旧单反，怅惘地笑：“这么多年，还用这台？”

“用惯了，不舍得换。”他冷不丁一怔，背起包要走。

“怎么，又要像小时候那样当我是一棵树？白书屿，瞧你那出息，又没逼你娶我。你以为只有你翻篇了？我也翻了啊！走，去吃个饭。”她蛮横地扯住他的手臂，傻笑着走在黄昏的街上。

他偏头望着眼圈红红的她，也艰难一笑，一面揉她的后脑勺儿，一面藏起满脸的欲言又止。

是啊，世界广大，难得再遇，虽然只能在彼此的世界躲个雨，落个脚，熬不过流年，但他起码该让她像年少时那样，开心地过完今晚。

【B】

“温梨她妈，您家搓麻将还是拆楼呢？小点儿声，书屿备战物理竞赛呢！”

温梨跳郑多燕减肥操正high（高涨），温梨妈瞪着跟脑卒中的鸭子似的她，气运丹田朝隔壁说：“书屿他爸，书屿大提琴拉得跟上吊似的，我也没说啥……”

温梨顿时奓毛，冲上去捂妈妈的嘴，一脸岩浆般喷涌的少女心：“我们家书屿弹棉花都好听！”

“小蹄子，书屿放屁你闻着都香！”

并非所有发小儿都像永琪小燕子，红尘做伴活得潇潇洒洒，总有些长歪的青梅，瘸掉的竹马，比如温梨和白书屿。

他们从小住一栋筒子楼，晴天照不进光，雨天漏得进水的老房子，煎炒烹炸嬉笑怒骂，谁家都没有隐私。

这两人就像猫和老鼠，温梨狂追十年，书屿守身如玉躲了十年，好在温梨继承了她妈的坚韧，刀山火海，什么都不怕。

她能记起的头一次悸动，在某年圣诞夜。小书屿一袭白衬衫拉大提琴，温梨虽不懂这大腿夹着的乐器美在哪儿，但那一刻他蹙眉抿嘴，满身自带光环就像电击棒，把她电得晕头转向。

见他在掌声里走下来，她咽下满嘴的橘子，勒住他脖子就要拥抱。

她的生猛吓坏了他，他一边退后一边剧烈地打起嗝。望着他的窘样，她笑得岔了气："书屿，你吃什么这么饱？还是被吓的？我又不会吃你。"

见她仍扑过来，他沉默地抓起半杯酸奶，挤得她满头都是。

太丢面子了！她抹了把黏糊糊的脸，恼火地和他扭打成一团。古怪的是他那么能忍，任她胡乱扑打，他都咬紧牙纹丝不动，那沉闷的小帅脸儿让她讨厌又欢喜。

最终闹剧惊动了老师和两方家长。温梨妈心疼地用毛巾揉着闺女狼狈的头发，而脸色铁青的书屿爸弯腰就给了小书屿一记耳光，他肩膀轻轻一抖，懂事地不出声。

"别打他！这一架是我自找的！"温梨冲到书屿身前，眼红红地望着他脸上清晰的五指印，张大嘴又发不出声，他却不领情地瞥了她一眼，扭过脸去。

他那目光，温梨长大了还仍记得，就像望着街边的垃圾池，一声不吭却充满嫌恶。小小的她垂下脸，闻着自己满身的酸奶味，生平第一次尝到什么叫挫败。

书屿爸拉走小书屿时，不冷不热道："和书屿都相处不好，估计也是您家温梨有毛病。"

温梨妈被堵得无言，路上忍不住问闺女："咱们温梨很漂亮，长大自有男孩喜欢，干吗这样？你让妈妈很尴尬。"

"可我喜欢书屿……只喜欢他一个……班里人人都有爸爸，就我没有，所以温梨喜欢谁就要让他知道，不想长大和妈妈一样可怜，永远一个人，病了没人管……”温梨很早就懂得，她和别人不一样。妈妈是留德的女博士，对婚姻毫无兴趣，在基因库选了最优的一份培育试管婴儿，也就是她。

“够了！”温梨妈将车停在路边吓唬她。

温梨犟起来绝对青胜于蓝，她跑下车，踮着脚猛关车门，穿着一身笨重的羽绒服，边跑边流眼泪，在大雪里头也不回。

这时，她一眼瞧见背着书包的书屿，他准备去上补习班，这家伙真怪，像一台不会累的永动机，圣诞夜都不休息。

俩孩子隔着街灯对望十秒，他细心地注意到她的两只核桃眼，却没问为什么，而是抛下往日不符年纪的漠然，伸手拍了拍她头顶的雪花：“温梨，刚刚……你为什么打我？我们不是邻居吗……”

天，原来这呆子把她的投怀送抱当成了攻击。

要理清男人的脑回路，真比登天难啊，小温梨顿时好有感触：“我……”

“温梨，打人永远不对。”他严肃地盯着她，两只漆黑的眼在橙色光晕里好看极了。

“这就是你不还手的原因？”

他老实点头，而她终于破涕为笑，心底某一块温暖地崩塌了。

他呆看着她在雪里笑得露出大门牙的傻样，一边骂她神经病，一边暗叹原来她挺可爱的，但想到他那严厉的物理老师爸爸正等他回去开小灶，便丢下她默默小跑。

他爸总说，人生是只准建一次的大厦，每滴汗水都会被证明价值，一砖一瓦不可失误，因此书屿不准自己为任何人分心。

她在后面攥紧拳头，小心翼翼地喊话：“书屿，你讨厌我吗？”

见他沉默地摇了头，她才开心地抿嘴，简单地认为，不讨厌就是喜欢吧？嗯，一定是这样。

当晚，温梨妈问："你喜欢白家那小子？"

彼时她不确定喜欢的意义究竟多重，却使劲"嗯"了一声。

"既然喜欢，就在心底藏好，就像……我带你在玩具店买娃娃，你一旦露出喜欢的样子，被老板瞧见了，就砍不下价。温梨，你记住，任何人都不如自己珍贵。"

她才不信呢，总有一天要向妈妈证明，一根筋地拿出最诚恳的自己，也可以很幸福。

【C】

天不遂人愿，接下来好几年白书屿都一心扑在功课上，虽一直同班，他却当她是透明人。

体育课她故意磨蹭，等大家分了组再半路杀出来，妄图和书屿一起揉腿捏肩，比翼双飞，谁知书屿临时被老师叫去，她一个人坐了冷板凳。

书屿课间去厕所总是独来独往，她看准时机溜到他眼前，一路胡侃到男厕门口，他漠然地问："你也进去站着尿？"她顿感周围男生都在对她行注目礼，这才两眼一黑，发现女厕在走廊另一端。

……

因为久无进展，花样作死冠军温梨决定豁出去，采取舆论攻势，不信众人口水冲不垮一颗少男心！

温梨妈一生没穿过婚纱，每次到别的女孩家做客，看到别人妈妈一身洁白的照片，温梨都特羡慕，无论数理化还是政史地课，她都埋头在纸上设计着属于她的那件，被前后桌瞧见，她就大大咧咧地宣扬：将来她要穿着它，和书屿一起站在教堂里。

很快全校都认识了温梨，一提她就是不爱学习，满脑子都是结婚。

但令她没料到的是，众人口水没喷死书屿，全冲她一个人来了。

那天傍晚，书屿下了德语辅导班走出地铁口，正撞见他们围攻她。在那些异样的眼光里，她还使劲地自信着，只是那自信突然显得有点儿单薄吃力："不想当将军的士兵不是好士兵，不想结婚的少女不是好少女！"

"活脱脱一疯子……"

墙倒众人推，她依旧仰着下巴，却快要撑不住这份理直气壮了。她扭头一望救星似的书屿，也不管他脸有多冷，高高地朝他挥手，俨然是妻子唤丈夫的正宫范儿："走，书屿，咱回家！"

大家傻了，妈呀，他们两家住一块儿？这不就是青梅竹马嘛。她听着身后的耳语，扯着他的袖口孤单地笑，笑着笑着眼睛被风一吹，又酸，又痒。

她没说出口，她很感激他这难得有义气的沉默，没有当场撇清，令她更难堪。

而书屿脸上无澜，心底也在嘀咕，为什么自己要当她的挡箭牌？这女神经满天下说要嫁他，他该避之不及才对，为什么望着她挺直后背孤军奋战的样子，会不忍心？

过了巷口，他淡淡地说："消停点儿，没事多念书。"

谁知她仰起脸凑近他，突兀地大声说："你爸没下班呢，去我家玩好吗？"

"忙着呢，明早学校见。"他任性高冷。

她却一眼盯住他手里的书："攻克德语呢？找我啊，我妈留德回国，我从小就会。"

他的脚步不由得慢了。他爸说德国制造业发达，学理科最好不过。等在大学争到公费名额再恶补德语就晚了，离高考还有四年，早拼早赢。

见他沉默地望过来，她更来劲了，幽然一笑，直戳要害：“而且我家有台大单反，来不来！”从初一至今，她每晚失眠了就用妈妈送她的观星望远镜对准书屿的学习室，跟踪狂可不是白当的，他少有爱好，唯独喜欢摄影。

他果然上钩，小帅脸拧巴了片刻，抓耳挠腮道：“那……就玩一会儿，可是温梨，你的脸别凑近我，成吗？”

“我一女生都没怕，你怕啥？”她欢天喜地拖他进门，而他掉了一地鸡皮疙瘩。她这神情让他想到小时候古装剧里，穿红戴绿的女孩铆足劲儿把路人往楼上拽：“客官进来嘛，进来坐坐嘛……”

那是书屿最快乐的一晚上。尽管他一求再求，他爸始终不肯添置一台相机，说那是玩物丧志，因此他整晚都在拍她，拍她的笑容、拍她睫毛颤抖的刹那……她是活得那样丰富多彩的姑娘，像个璀璨的万花筒，时而锐利，时而柔软，她德语说得极好，嘴唇一动一动的样子竟很迷人。

他从小沉默地活在他爸圈定的范围内，明明还是少年心性，却习惯像大人一样拘谨专心，日子久了，他觉得很落寞。多年前圣诞夜那次打架，他至今还怀念。

他说不上来为什么，只觉和她闹一闹有种特别的温暖。

临走他愣了愣，温柔地低下头悄悄说：“喂，我看到你课桌上那张设计图了，那件婚纱……很好看。”

呆子，那就是我将来要披着和你结婚的呀！她鼻子一酸，嘻嘻哈哈地凑近捶他的肩，一不留神她的呼吸拂过他的耳朵，霎时间往事重演，他涨红了脸，失控地打起嗝！

她拼命拍他的背，哭笑不得：“我长得是有多荤啊，你怎么一靠近我就饱呢？”

他恼羞成怒，像个傲娇小公主似的逃之夭夭。望着他的背影，她头一次认真地疑惑：他究竟怎么了？

【D】

那晚过后，两个人之间神奇地破了冰，但令温梨真正觉得书屿的心离她不远，是在年级里的“手机大血洗”运动中。

温梨这样的老油条，应对突然查手机驾轻就熟，她推开窗冲着上厕所刚出来的闺密千夏一眨眼，千夏就秒懂，站在楼后灌木丛等着温梨扔手机下来。

万万没想到，今儿值班老师是书屿爸，他牢牢站在窗口，一步不离。

她擦了擦额头的汗，瞥了眼身旁书屿的嘴巴：“把口香糖吐地上！快！”

他正做题呢，烦躁地翻个白眼，乖乖照做。她俯身抓起黏糊糊的口香糖，飞快地把袖口里的手机粘在了椅子底上。

“您不当特务真屈才。”他钦佩地瞪大眼。

“姐可不是白混的哟。”她猖狂一笑，学着港片用手指做了个抽烟的姿态。

书屿爸走过来时，两个人都屏住呼吸，无辜地微笑，谁料那团口香糖太不争气，在最后一刻手机清脆地掉了下来。

“温梨同学，这是怎么回事？”书屿爸脸色难看地盯住她。

“不是温梨！是我。你整天逼我补习，我偷偷攒下早餐钱，上星期刚买的。”没等她张嘴，他默默地站出来，一脸空前的坦然，这样盲目又勇敢的书屿，她是头一次看见。

周围同学都怀着看好戏的心情偷笑，堂堂老师管不了自己儿子。书屿爸惊诧地愣了很久才大声道：“书屿，你别护着她。她和你不一样，她这样的学生，只要不扰乱别人学习，我可以把手机还她。”

沉默中温梨眼圈一热，咬紧嘴唇。一口一个“她”，我不就在这儿吗？为什么不对我说？

书屿则异常硬气：“说了是我，您再问十遍一百遍，也还是我。”

倏忽间，一记耳光沉甸甸地落在书屿脸上：“还是你吗？”

“是我。”

“大点儿声，我听不清！”

少年脸上一片红，要强地昂头放声道：“是我！”

“去升旗台边站着好好想想，不放学别回来。”书屿爸气得肝疼，铁青着脸回办公室去。

当天一打铃，温梨就像离弦的箭似的冲下楼，任放学大军指指戳戳地从他俩身边走过，她始终不出声地陪着他站在太阳下，直到整个校园空了，她才小心地拉着腿麻掉的他往家走。

“还疼？”她踮起脚，内疚地要伸手摸他的脸。

“不了不了！”他不在乎地一笑，像小媳妇似的飞快躲开。

他一路时不时歪头望她，见她哭丧着脸，眼红得像兔子，他忍不住破例：“我……给你讲个秘密，让你开心开心，条件是我说完了你必须笑一笑。”

她吸吸鼻子，孩子气地竖起耳朵听：“不瞒你，温梨，你是头一个离我那么近的女孩。小时候我爸为了让我专心攻奥赛和大提琴，不准我和女孩说话。但凡和女孩说笑，回家总要被揍。我还记得他那凶巴巴的脸，他让我把女孩想象成一棵棵树，就当不存在，所以我……被女孩凑近就紧张，有人紧张会冒汗，有人结巴，而我……是止不住打嗝。”

如他所愿，她张大嘴笑得风中凌乱：“原来我在你眼里是棵会喘气的树啊！”

他默默瞧着她恢复元气的劲头，心里明明很温暖，脸却严肃地绷着：“还笑，再笑！别吓坏街边小孩儿！可长点儿心吧，温梨小姐！”

她狡猾地望着他，偏不作声，只是厚脸皮地扯住他的手臂。他们头顶是被风吹得哗哗作响的叶子，而两个人脚边是静静叠在一块儿的影子。

一切美妙得刚刚好。

【E】

为了报答白书屿为她背黑锅，温梨决心送他一台单反。九月升高一就是他生日，掐指一算，她有仨月时间可以铆足劲儿赚钱。

她深得女强人妈妈遗传，想要什么就自己去争，不在乎别人的目光。夏天，女生都恋恋不舍地在橱窗前看名牌裙子，那价格对她们是天文数字，平日爱设计又有缝制天赋的温梨就日夜赶工，做出A品按五分之一价格出货，依然大赚。

女生们虽一脸鄙夷，但耐不住臭美，所以温梨还算生意兴隆。

有一阵子流行曲奇饼里送人偶，七个一套，那年还没有淘宝，网购也刚起步，做事快狠准的她分不同城市从易趣网买，凑齐一套翻十倍价在体育课拍卖，班里男生马上就被她掏空了口袋，那叫一个踊跃。

那次她吃了整整十天曲奇当早餐，差点儿没吃吐，但望着铁罐里越来越厚的钞票，又想到书屿抱着相机在树下微笑的样子，她甘之如饴。

如此掏空心思，她自然累，课上常打瞌睡。书屿起初总是温柔地推推她的手肘，在老师走过来时低声咳嗽，在收作业时悄悄替她补一份……但时间久了，她死性不改，终于惹得他飙高声音："温梨，你能好好听哪怕一节课吗？你不是委屈我爸那样说你吗？可你呢，还是一样散漫，叫人怎么尊重你？"

几千块不是小数目，她刚通宵在快餐店打一夜工，此刻恍惚地盯着他紧皱的眉，又想起那年大雪里他伸手拍她头顶雪花的模样，忽觉他好陌生。

“白书屿，你觉得我很无耻，对吧？”

“至少虚度光阴很可耻。”他淡淡地接话，避开她的目光。

她伤心地笑，笑得脸颊涨红，睫毛一抖一抖的：“我还就爱虚度！你选择活得认真，我也可以活着玩，大家都在地球喘口气，有什么区别！”

“不可理喻。”他低下头飞快地算晦涩的物理题，整个下午沉默不言。

令她没料到的是，傍晚，她正心事重重地在卧室发呆，突觉窗子被撬动，起身一看，一贯高冷的大学霸正像只树袋熊似的顺着塑料水管伸出脑袋：“对不起，今天怪我，因为我爸最近肝病犯了，我心里很难受……”

她原本心底正酸，一瞧见衬衫总是一尘不染的他鼻子全是灰，笑容里小心地带着哄她的暖意，不禁哭出了声。

“求你了，温梨，你别哭啊。”他像个六神无主的小男孩，一只手扒住墙，一只手揉她的后脑勺儿。

“危险！你别掉下去！”她一担心他就忘了继续哭，刚凑近他的脸，他立刻就打起了响亮的嗝，由此两个人不约而同地笑起来。

她悄悄想，再等等，到了秋天，他就会明白为了他的快乐，她有多勇敢。

【F】

“大学霸，破壳日快乐！收下本姑娘的大礼，等地铁上学去！”

九月清晨，兴奋得一夜没睡的温梨“咚咚”地敲白家的门，见到的却不是书屿：“书屿去买车票了，温梨，你快去上课。我调动工作，书屿准备跟我转学去云南，高考前不会回来。”脸色蜡黄的他作势要关铁门。

“白叔！这个……您帮我给书屿，求您了。”她小心翼翼地将崭新的单反塞过去，像在维护一个易碎的梦。看着书屿爸勉强收下，她才飞快地下楼，抓紧书包带子一路伤心地狂奔。早点摊热闹非凡，人人在阳光下呼吸新鲜空气，谁都不会注意到这个小姑娘一脸的悲伤。

他活得那样用力，注定长大会是很厉害的人，所以他要先离开，她不怪他，但他为什么不早早告诉她？他们不是渐渐走近彼此了吗？她不配听他亲口的告别吗？

那年圣诞夜，妈妈说过：“既然喜欢，就在心底藏好，就像……我带你在玩具店买娃娃，你一旦露出喜欢的样子，被老板瞧见了，就砍不下价。”

彼时她死活不信，如今却不知所措地沉默着。或许，真是这样，这就是喜欢一个人该受的重量。

温梨也不懂自己为何那么倔强，任由书屿多内疚地来找她，她只顾掐断电话，放了学就反锁家门，一面都不肯再见他。

他明明还没走，她却已经开始想念。她又回到了每晚用观星望远镜对准他的学习室，远远地陪他熬夜的日子。心里的委屈，她也不肯说给妈妈听，只用圆珠笔在掌心写下来。她凡事都那么用力，挣钱用力，喜欢一个人用力，连下笔也过分用力，每写一个字，都又痒又疼。

“书屿离开倒数第五天。上小学的第一天，我就发誓要嫁给你，因为你的手很好看，比其他男孩的修长、干净。瞧，那时我以为余生和你在一起多简单，后来才明白，是我傻过头。

“倒数第三天。书屿，你一定不记得，有一次学校秋游，大巴位子好窄，我睡着睡着就歪倒在你肩上，而你没摇醒我，还让我拿你的大腿当枕头，那时我就想长大了嫁给你，一定很幸福。因为我妈常一个人在沙发上看电视，冷了没人拿毯子，我早上醒来看到她蜷缩着身子，显得那么凄凉。”

……

离开当天，书屿爸在楼下一吼再吼，书屿却静静地蹲在温梨家铁门外，不死心地说："温梨，你或许不理解，考上名校是我爸十几年对我唯一的期望，他肝病反复，还舟车劳顿去云南教书，为的就是让我在偏远的当地高考，享受那里的低分数线，我……没法拒绝。一直不告诉你，是因为我是胆小鬼，我怕看到你难过的样子。来日方长呢，温梨，再见。"

她在门内捂着嘴巴大哭起来，始终不敢透过缝隙看他的脸。

白书屿，我永远不及你的分数和理想重要，我只能在你的世界里躲个雨，落个脚，天亮必须走人，我懂了。

【G】

接下来整个高中时代都很沉默，像变了个人似的温梨如愿考上了K大的服装设计系，而连本科线都没达到的书屿终于独自回来，他随身就两样东西：当初她送的单反，以及书屿爸的骨灰盒。

深夜的巷口，她站在灯下一把使劲拥抱住他，听着一贯冷静的他大哭，就在这里，上完德语课回家的他温顺地被她挽着胳膊，仿佛还是昨天。

原来启程去云南时，书屿爸已是肝癌中期，这位不服输的物理老师不甘心将为儿子准备的一生积蓄花在治疗上，于是瞒着书屿，想等高考完再说，谁知他的病江河日下，最终没撑到六月。

他在他们从小一起走过的潮湿走廊里捏住她的肩，牙齿打着寒战说："温梨，我欠你一句对不起。"

"白书屿，你听好了，无论过去，现在，还是将来，你永远别对我道歉，无论你在哪里，干了什么，我都无条件原谅你，因为……你是白书屿啊。"

很长一段日子，他都不肯出门，窝在家里昏睡，发呆，颠倒日夜地看摄影书，沉默地抱着相机拍很多很多失焦的照片。

她为了安慰他，陪他坐火车去南方城市旅拍，两个人，半个月，全程硬座票，他像小时候一样拿自己的大腿给她当枕头，望着她安稳的睡颜，他忽然明白，尽管她不学无术，爱吹爱侃，有时疯狂得不像个女孩，但她就像扎根在他心底的一棵树，早就拔不掉了。

某一夜在青旅，她醒来到窗边喝水，瞧见他还在灯下温书，时而蹙起眉耐心演算。她终于明白，尽管此刻消沉的他正像旅拍摄影师一样居无定所地生活，但他内心深处对物理那种专心与热情，是从年少到如今，始终不变的。

他一定还想去德国，完成爸爸的心愿。

于是她思考许久，在次日清晨望着他惶惑的眼睛："书屿，我们不回去了，好不好？我也不念大学了，你就当个自由摄影师，一边练手一边旅拍，我也乐得陪你一起穷。我会像初中时那样努力赚钱，你还可以继续学你的物理，追逐你的理想，我真愿意……"

"可我不愿意！"他难以置信地打断她的幻想，一反常态地吼道，"温梨，你能不能有点儿追求？"

他是真急了，他头一次危险地感到眼前这个傻姑娘可能会一时脑热，为了他做出放弃未来的事。这些年，他始终记得她手绘的婚纱，那样夺人眼球，那不是谁都有的天赋，她该去追她的梦。

从小到大，她未曾见过他这样凶，想到自己在长大路上就这样一次次被他漠然推开，她使劲瞪大双眼，像个委屈的小孩儿一样盯着他沉寂的脸："白书屿，你不在乎我，你压根儿从未想过你未来的蓝图里有一个我，对吧？"

不知究竟沉默了多久，他才努力轻蔑地耸耸肩："啧啧，是啊，被你发现了。"

足够清楚了，不必再问。她仰着头不让眼泪流出，当天就买票回家，而他就站在人潮拥挤的站台上，默默瞧着她，她始终不肯说一句像样的告别。每一次，他们都没有个像样的告别。

但或许也正因如此，他们始终都能再相逢。

就在这个上K大前的夏日，微信一夜间窜进所有人的生活，而满心都想让书屿刮目相看的她成了最早的微商。

她自己充当模特，日夜颠倒一边拍图，一边盯住货源，整个寝室满地快递单。大二那年她不眠不休的最长纪录是100个小时，好在辛苦不算白费，姣好的容貌和纤细的身材让她意外收获了大量的微博粉丝，更有许多淘宝店家开始请她当模特……

【H】

大概拍年历太赶太累，在小小的旋转寿司店里，他筷子几乎没动，始终都在淡淡望着她埋头扫光一碟碟寿司。

她好久没如此开心过，吃到撑还嫌不爽，又大声叫了份清酒，仰头喝一大口之后才凑近他的脸，轻声微笑："你太聪明，我太迟钝，我花了两三年才弄懂，你当初赶我回家是为了让我乖乖来念大学……可现在不一样了，书屿，书屿，你睁开眼好好看看，我长大了，我为了配得上你的优秀，我每天都活得很努力很认真，我想和你……"

"温梨，对不起，我刚拿到offer（录取通知书），下个月就要去德国念书了，对不起，我还有很多一个人要做的事没完成。"他悬着心憋了一整晚，此刻终于低声地说出。

她先是呆呆地发愣，随后才起身大笑着往外走，不过一点点微醺罢了，她却觉得满眼的街灯都在晃。

他结了账飞快地追出来，一次次扶她，她却一次次用力甩开，倔强的模样一如十年前。

路人来来往往，没人明白为什么这个漂亮的姑娘一直狂笑，笑得眼泪都蹦出来了，却还是显得非常孤单："我当初就说了，你永远别对我道歉，无论在哪里，干了什么，我都无条件原谅你，因为……你是白书屿啊……书屿，再见。"

她回到宿舍彻夜未眠，越想越觉可笑，不是早就知道结果吗，为何要不死心地尝试？他的世界，永远没她落脚的地方。

都说一次绝望激起一次迸发，毕业前夕，她赌上做微商以来的全部积蓄做了属于她的婚纱品牌。她倔强地坚持只设计纯黑色的婚纱，以此隐喻婚姻是坟墓，谁知许是恰好满足很多女孩想与众不同的心思，竟越做越好，一发不可收拾。

从小女孩时幼稚的结婚狂，到如今常年的独身，唯有她自己明白她经历了什么。

一晃又四年，温梨的闺密千夏结婚，温梨被钦点跟到美国做高定婚纱，顺便观礼。拉斯维加斯的仲夏夜人人豪饮，团队里一伙95后没人见过温梨姐这样醉，更没人知道远处那与人相谈甚欢的黑西装男子，叫白书屿。

全世界任意谁与谁，透过七个人就能认识，更何况她与他一起长大，有那么多共同朋友。

她嘻嘻哈哈连灌数杯马提尼，拉起小鲜肉助理Luke往外冲。

原来她早瞄准角落里那台证婚机器，大概为了满足来度假的恋人大脑一热想永远在一起的冲动，按英文提示，投了币输入新娘新郎名字，机器就会吐出一纸精致的婚书。

"书屿，我们结婚吧……我十岁就想嫁给你，好多年啦，我等累了，不想等了……书屿，好不好？……"她一边目光迷离地盯着那刺眼的电子屏，一边捏住Luke的肩，满脸重回青春期的光芒，唇边是天真的笑意，眼角却在下雨。

小鲜肉不敢怠慢地苦笑：“老板……我是Luke啊。”

“你找我，温梨？”她闻声肩膀一抖，摇摇晃晃地望过去，轻轻捂紧了嘴巴。

真的是他。

她的脸颊霎时滚烫起来，从未觉得如此难堪，正当她克制住醉意想逃之夭夭时，忽然听见他温柔的嗓音：“如果现在求你给我第二次机会，会不会太迟？”

她仰头想起十年前那个厚着脸皮告诉全世界要嫁给他的自己，眼眶立刻热了，明明是想继续跑，脚却像被他下了咒，无论如何都挪不开。

他趁势牵住她颤抖的手腕，飞快地在机器上输入他俩的名字，然后单膝跪地，望着她轻声说：“从前我反复离开，是为了能早点儿成为最好的我，从此留你在身边不用再奔波……温梨，余生换我照顾你，你肯吗？”

眼泪堵得她说不出话，她只顾狠狠点头，听着投币机器上传来熟悉的婚礼进行曲，那真是她小半生里听过的最美的声音。

无双岁月不忍欺

他嘻嘻傻笑，脸颊滚烫，近在咫尺地望着她被焰火和眼泪交织点亮的瞳仁，那真是他打从出生开始见过的最美、最亮、最引人深陷的一双眼。

他方才知道，任余生多长，就是她了。

【一】

都说最近收视率爆表的真人秀《别墅厮杀》的嘉宾，个个都缺钱缺疯了。

若不缺钱，怎会接受这样的赛制：几十位选手被关在同一栋别墅里，摄像机二十四小时跟拍，大家在封闭空间里拉帮结派，每周投票淘汰一位，最后留下的人可获得二十万元奖金。

卢森和叶田田都是这样的人，因此隔了好几年，他们在这里碰面了。

新季开播，分外热闹，大家轮流说开场白时，两个人四目相对，皆是一半惊讶，一半沉默。

她在杳无音信的这些年，从读书时的瘦子变成了变态瘦，侧影像一枝修剪过千万次的树丫。

她过得不好，他暗暗猜。

轮到她了，她从钱夹里取出一张照片，是个目光清澈的小男孩。她幸福又心酸地咧嘴，嗓音骄傲："我儿子，刚两岁。作为一个单身妈妈，我是为他而战的，如果赢下这笔奖金，小家伙以后的路会好走一些。"

大家自发地为她鼓起掌，只有卢森像块又硬又冷的石头似的干坐，他忽觉四面的摄像机刺眼得要命，耳朵像灌了水似的嗡嗡作响。他不是该祝福她吗，为什么他眼前一浮起那个小家伙漆黑的瞳仁，就非常难过呢？

明明他也曾有过机会，明明她不必独自走这些荆棘密布的路。

“9号卢森呢？跟大家分享你的故事……卢先生？”

“我没有故事，谢谢。”他板起张臭脸，不愧是冷场小王子。

入住第一夜，大家早早睡下，卢森摸了摸满是胡子楂儿的下巴，摸黑去找剃须刀，却听到了一个熟悉的声音。

是叶田田，她蹲在淋浴房里压低嗓门儿打着电话，那是别墅里唯一没摄像机的地方。

他低头一笑，眉间满是脆弱的温柔，到底当妈了，明明要上交手机，她还偷藏了。正当他转身悄悄要上楼时，一句深水炸弹般的话钻进他的耳朵：“今天我一上场就打了亲情牌，貌似效果不错，之后节目组肯定会让那小孩儿和我视频连线，你一定要处理好，可别出岔子败露了！事成了，奖金咱俩五五开。”

他的肩膀在夜色中发抖，恨得牙痒痒，原来单身妈妈什么的都是鬼话！

他犹豫再三，沉默中几乎把拳头捏碎，最终也没捅破这层窗户纸。多年不见，他不愿两个人重逢的开场白如此难堪。

【二】

卢森每次回首在Q大的日子，都会懊恼得砸墙。那是他最好的岁月，却连一场恋爱都没谈，只因叶田田像张狗皮膏药似的黏着他。

那几年他担得起“骄子”二字，腿长颜好，成绩系里第一，在学生会身兼数职，球还踢得无敌，像个从玛丽苏小说里钻出来的男人。优秀成这样，倒也不傲，对谁都摆出一副和煦的笑脸，除了叶田田。

卢森最烦叶田田了。他和女生多搭一句话，叶田田就会撸起袖子，像手撕小三的正房似的蹿出来：“没断手没断脚的，好好找个男朋友不行吗，抢我老公干吗？”

卢森鸡皮疙瘩掉了一地：“我是你老公……我怎么不知道？”

这时女生往往会挽起卢森的手臂，重燃斗志：“我看是你叶田田一厢情愿吧，卢森对你从来都没个好脸子。”

“你追宫廷剧见过皇上对正宫娘娘有好脸子的？卢森是贪玩，但他早晚要收心的，懂吗？”

卢森一肚子话被噎得说不出来，咽了咽口水，瞪她：“说话能别这么风尘吗？”

“好的，老公。”叶田田笑靥如花，手指灵活地穿过他的夹克，安抚了一下他饱满的胸肌，她吃起他的豆腐来，从来都跟洗脸刷牙一样顺手。

起初女生们以为叶田田有妄想症，该和卢森暗送秋波，照送不误，直到Q大奖学金的赞助商卢爸来参加校庆那天，老先生一手牵着卢森，一手牵着叶田田，大家才终于心碎成渣，从此任由卢森如何撇清，再没人追他了。

而要问卢森为啥讨厌叶田田，比起她挡掉他无数桃花，更大的原因是他一直觉得叶田田是个俗人，大俗人。大学四年，她都在卢爸的保健品公司兼职，业绩好到全公司管她叫销售天后。

叶田田对卢森的垂涎，卢爸看在眼里，他早年亡妻，盼到这么个和卢森妈一样能干的准儿媳自然欢喜，大清早就一脚踹在卢森屁股上：“再躺四肢都退化了！滚去看看田田是怎么做销售的！实在不行，请田田看个电影也好啊！人家田田那么精明，咋就看上你了？你毕了业就娶她最好，公司给她管我放心。”

“老妈走了您也没续弦，既然这么喜欢，您自己娶呗！”

此话一出，逃不掉一顿揍，鼻青脸肿的卢森还是来跟叶田田学习了。

他震惊地旁观她熟门熟路地行骗：出没于各个社区，向打牌下棋的老人发放小礼品，用糖衣炮弹把他们击晕，再让他们一传十十传百，到大礼堂接受集体洗脑。她举着话筒站在台上，像只得了甲亢的芦花鸡，拼命蹦跶：“大爷大妈，咱先做个热身，深吸一口气，让我看到你们的双手！手举得越高，活得越长！”

大爷大妈们差点儿把手戳上天花板。

她时哭时笑，声情并茂，从按摩枕到电动洗脚桶，短短半个小时把所有产品叫卖一通，大气都不喘。

一散场，她就发现了最后排的他，冲过来揉了揉他健壮的肩膀，又捏了捏他严肃的脸蛋，笑道：“还说讨厌我，那大老远跑来看我干吗？有句话咋说来着，喜欢就和咳嗽一样无法隐藏，别装了，多累啊。见识完我的三寸不烂之舌，更喜欢我了吧？”

他移开她搭在他毛衣上的手，像躲瘟疫似的，冷冷地告诉她：“你跟我爸一样，钻钱眼儿里去了，大爷大妈都骗，我更讨厌你了。”

“话说好听点儿！这叫姜太公钓鱼，愿者上钩。”

“那我就告诉你，我不愿上钩，别钓我了，我瞧你就恶心，懂吗？还有，我们非亲非故，别对我动手动脚。”他满心烦躁，一失控，声音大了些。

“我……我看你每次只是翻个白眼，没多说啥，还以为你不讨厌我碰你。”她声音很小，气场被他戳瘪了大半。

“你以为？你每次捏我脸，我回去都用肥皂洗三遍，这下知道啦？”他自己也吓了一跳，不知是忍她太久，还是满肚子被他爸教训的余火，总之这不是平日那个他。

满头大汗还没晾干的她望着他的背影，心里开出了一朵又酸又凉的花，他平时说话没威力，带起刺来还挺伤人。

这家伙这副养尊处优不知疾苦，对人没轻没重的劲儿，真让她着迷呀。

【三】

大礼堂不欢而散后，卢森好多天没见到叶田田。吃饭没了她嬉皮笑脸抢着坐一桌，上厕所没了她一路废话连篇，就连下了课，她也没有举着他爱吃的轰炸大鱿鱼等他出来，嬉皮笑脸地拽他的手腕。

他抓耳挠腮，浑身不爽，像被一只吵人的蚊子盯了几百年，突然蚊子很酷地飞走了，他竟突然觉得好寂寞。

原来，除了她每天热烈的环绕，他并没什么朋友。

他正伤春悲秋着，校门口俩凶神恶煞的黑衣壮汉一人拽他一只胳臂，像提起件衣服似的把他扔进一辆车牌号被泥糊住的旧吉普里。

他听着油门踩动的声音，脸色惨白，又不敢造次，贱兮兮地干笑两声："大哥，咱抓错人了吧？弟弟我没得罪谁啊。"

"你是卢老板儿子不？"

"是……"

"那就没错！"

卢森机智地一边继续"嘿嘿"，一边人淡如菊地偷摸出手机拨了个110："警察叔叔，我被绑架了！车正经过仁爱路第二个红绿灯！"

"哎，你别报警啊，这就到了……"见俩壮汉服软了，卢森才狐疑地瞅了瞅窗外，只见街心公园中央站着的女生正是叶田田。她两手攥着红气球，每一只上面都是个"森"字，还化了个手残无比的妆，蓝眼影配红色唇膏，活像过年墙上贴的门神。

他疑惑又烦躁，走到她面前，捂住半边眼懒得看她："叶田田，你又作什么死呢？”

她满不在乎他的漠然，他太高，她踮起脚才伸手抚平他眉间的褶皱，然后咧嘴开心地笑了：“这下才帅嘛……生日快乐！喜欢这个惊喜吗？”

这是她琢磨老半天才想出的玩法，既然他讨厌她的市侩气，她就好好给他整点儿虚头巴脑的浪漫，让他刮目相看！

他近近地盯着她的睫毛因紧张而一抖一抖，她大概天真地以为穿得越少越时髦吧，都初秋了，身上就一件低领衬衫，尺码又不对，松松垮垮地被风吹得鼓起来，鼻头也泛着红，整个人夸张又滑稽。

他惊讶地发现，撇除丑丑的妆，她还挺好看的，薄唇细眼，眉毛如刀，别有一股清冷的味道。

原来今天是他的生日，他自己都不记得。妈妈离开后，他就很少当自己是个孩子了，也就很少再过生日。

他鼻子一热，眼眶跟着发痒，又怕被她发现，借此大作文章，于是他愣了愣，仰头转了几圈眼球，然后皮笑肉不笑道：“我喜欢，可惜呀，这生日你没法陪我过了。”

说着，他身后的警察走上来：“就是这姑娘雇人绑架你的？跟我们走一趟说清楚情况。”

“卢森，你告诉他们是个误会啊！卢森！……”

他沉默地站着，不理她的呼喊，将她硬塞进他掌心的那些气球轻轻松开，天空顿时浮起大片灿烂的红。

孩子们吵吵嚷嚷地指着头顶，欢声笑语，而他呆呆地坐在长椅上，莫名有些悲伤。

【四】

卢森本以为录个笔录吓唬叶田田一番，让她安生点儿，这事就算完了，谁知日报记者不知从哪儿得到了消息，次日新闻头条刺眼得要命：《Q大某女生为给男友庆生，公然上演绑架恶搞戏》。

脸都绿了的系主任将日报摔在桌上，指着站得笔直的叶田田："丢人丢你自己的，别连累学校！谈恋爱要有度！作为惩罚，这个月图书馆周围的落叶都归你扫！"

"好嘞！"明明作了个大死受了处分，却只因记者用了大写的"男友"二字，系主任又用了大写的"恋爱"二字，她就像白讨了便宜似的，一心窃喜。

与她哼着《青春修炼手册》清理落叶的热火朝天不同，躲在图书馆的卢森一脸苦恼。

啥叫拿砖头砸自己的脚，他算明白了。刚上了头条，系里就炸开了锅，所有人提起这件事都眉飞色舞："这对欢喜冤家玩挺大啊，都闹到派出所去了。"他无从辩解。

以阿浩为首的一众球友从书架旁经过，瞧见卢森就围过来，塞给他一瓶牛奶调侃他。

卢森一口老血吐在桌上，抓起牛奶瓶挨个儿把眼前这几个脑袋敲一遍："我和那个叶田田没半毛钱关系！"

阿浩坏笑："兄弟都懂。"

卢森烦躁地撸起袖子："我看要把你脑袋砸个坑，才能清静！"

这时另一个球友戳了戳卢森："啧，叶田田这不就在楼下扫落叶呢，森哥就这么留她一个人受惩罚？"

卢森停下了打闹，抿紧嘴巴，想起叶田田那天的样子，鼻头被风吹红，还咧着嘴冲他笑，对他说生日快乐……如此一来，气消了大半，又觉得两个人一起惹下的笑话，不该让她独自担着，于是他啥都没说，沉默地要下楼帮她。

"还是心疼了吧，嘴上说着不要，身体却很诚实。"

听到这话，他脑子里那根犟到死的神经又绷了起来，恶狠狠地退回去，俯身透过窗子盯着叶田田。

只见销售天后又一次变身甲亢芦花鸡，屁股欢快地一扭一扭，恨不得把扫帚翘天上去：“跟着我左手右手一个慢动作，右手左手慢动作重播，这首歌给你快乐，你有没有爱上我……”

他默默自嘲，还心软了呢，还从她的角度体会她的心情呢，这疯女人要真会伤心，才活见鬼。

他被她抽风的歌声搅得难受，心一横抓起那瓶牛奶，从高处一滴不剩地倒在她头上。他听着她从楼下发出一声哀号，却不肯低头看她，转过身冷冷盯住一圈看热闹的人：“看到没？相信了吧？我和叶田田，连朋友也不是。”

楼下的叶田田浑身都是又凉又黏的牛奶，打着寒战站着，隐约听到他的声音，却没有继续闹，垂下头飞快地往宿舍跑，像只伤心的鸵鸟。

【五】

卢森如何都没想到，以往总是他出一招，她必回一拳，这次叶田田却一直毫无动静，这让他突然难以心安。

一天天彼此打闹互损，早已成为习惯，甚至模模糊糊中叫他分不清自己到底是喜欢还是讨厌，突然她停手了，倒让他觉得自己这是在欺负人。

为了表示自己道歉的诚意，他早早打听好她上大课的教室和时间，里面还在讲着课，他就如一只忠心的秋田犬般站在门外等着。

隔着门，他能听到台上的严肃脸老师望着叶田田酣睡的模样，火冒三丈地把粉笔掰了好几段，朝着她的脸砸过去：“Q大响当当的头条之花，既然这么牛气，鄙人这门课你也别修了，等毕业清考吧！给我醒来！出去！”

他简直惊诧，这是那个整天跟打了鸡血似的厚脸皮女战士叶田田吗？她不一直都是那个尽管校外兼职千千万，次次考试还是拿第一的讨厌鬼吗？

她一声不吭地走出来，心情差加上大姨妈造访，像霜打的茄子似的，裹了两层羽绒服，还是觉得浑身发虚。

他小心翼翼地走过来，轻轻叫她："叶田田。"

"干吗？"他鲜少的温柔让她一下子警惕起来，生怕又是个大坑等着她跳呢。

"我……想……想带你去吃轰炸大鱿鱼。"

在他的世界里，轰炸大鱿鱼是最好吃的东西，这也是他能想到的最诚恳的对一个人好的法子。她曾厚着脸皮给他买过太多次，冬天夏天都站在教室外等他，即使他总是回以白眼，她依旧充满能量，从不灰心。

"你自己去吃吧。"她眼睛忽明忽暗，望了一下他好看的眉眼，又开心又难受地笑着，转身走掉。

他亲口说出这话，比几串鱿鱼珍贵多了。

热脸贴上冷屁股的他还真赌气一个人去校门口吃了，小摊老板一听他要"超级无敌变态辣"，嘿嘿一笑："有个姑娘每周都来买，说给她男朋友吃的，话都和你说得一模一样，你不会就是她男友吧？"

他一怔，沉默傻笑，接过鱿鱼大口大口咬下去，今天的辣椒粉似乎格外浓，直往他鼻子里钻，吃着吃着他的眼眶就发起热来。

在那一瞬，他捂住冒火的嘴巴，电光石火般地明白，他一直试图厌她，嫌她，疏远她，其实是喜欢她。

卢爸每次除夕夜喝高了想卢妈时，都会哆哆嗦嗦地说，如果你想到一个人，胸口像被卡车碾过似的，又疼又沉，她就真的在你心里。

他从小见过卢爸太多因为爱而痛苦的样子，他不要那样深陷其中的爱，一生都不要。

"叶田田，我要离你远远的，越远越好。"

【六】

"叶妹妹，有日子没见了。"放学路上，叶田田闻声抬头，是上次给卢森庆生联系的那伙壮汉的头儿，这条街最游手好闲的大胖子，文三。

她皱眉："干吗？庆生那天的账都结给你了。"

"这话多生分，文三我想叶妹妹了，既然妹妹入不了卢森那小子的眼，还不如跟哥哥玩去！啤酒，台球，都备着呢！"

"滚。"她见绕道跑开已不可能，只得一个深呼吸迎面动手，谁知她那点儿身手到文三这儿还不够塞牙缝，他如一座山似的堵着，纹丝不动。

"你快跑！这儿我对付！"她一扭头，是卢森。

他在前护住她，趁文三不留神摸出一瓶防狼喷雾，对准文三的脸就喷！

见文三方寸大乱，眼都睁不开，她忽然笑了，牵住他就跑："你一个大男人带着这个？为了防我？"

"我爸公司新产品，让我带来学校分给大家试用。"他尴尬地挠头。

"两人聊完了没？聊完了受死吧！"文三抹了把脸，后知后觉地发现那玩意跟漱口水似的，压根儿没毒性，一把揪住她的手腕。

卢森没得选择，唯有扑上去和文三扭打，准确地说，是被打。文三见卢森抱紧叶田田，丝毫没有逃跑的心思，只顾一拳接一拳泄愤，等文三扬长而去时，卢森从眼圈到下巴都被打得红肿起来，帅气没有了，嚣张不见了，整个人像个凄楚的散架人偶。

"咋回事？那不是防狼喷雾吗？"她蒙了。

“我爸公司的东西，你是他们的销售天后，你还不清楚那质量啊……”

深冬日落的橙色光线里，他被撕裂的羽绒服往外飞出好多好多白色的毛，甚为悲壮，见她毫发无损，他短暂地微笑了一下，就恢复漠然的脸：“回家去。”

她不想走，小心翼翼地踮起脚看着他一脸的伤，头一次像个女生的样子，用她从没对任何人施展过的温柔拉他的手腕，有点儿胆怯，有点儿甜：“还说不在乎我，那干吗不任由文三把我吃了？走，找个药店买点儿消毒水，我帮你擦擦。”

“我让你回家去！听不懂人话？”他提高音量，让她觉得好陌生。

“卢森……嘿嘿，你干吗呀？英雄救美之后就笑笑嘛，笑一笑多好看。”她拿出看家老把戏，嬉皮笑脸。

“笑个屁！滚啊，对着你这张烦人的脸我能笑得出来吗？扫把星，黏人精，丑八怪，你还要把我拖累到什么样子才罢休？”他只顾逆着心意咆哮，什么难听说什么。

“卢森，你如果是认真的，就点点头，我虽然是个疯子，但还是懂得点到为止的。”

他忍着伤口的疼，立刻点了点头。

她发着抖沉默了几秒，便抓起地上的书包飞快地跑开了，直到大四散伙，她都没有再去烦他。

从前他翻白眼，瞪她，怪她花样作死，她都可以当作是两小无猜的闹腾。

但这次不一样，她二十好几了，必须懂事了。

临毕业的饭局上，阿浩一眼瞧见孤身的她，有些可惜地问：“你和卢森真要闹成这样？其实握个手，做个普通朋友，也挺好。”

“在我叶田田的世界里，要什么就认准了什么，要不到就算了，别的我什么都不要。”

她灌了一大口啤酒，闭上眼仿佛回到了小时候。她酗酒的爸爸偶尔清醒一回，也想过过慈父的瘾，带她去超市买吃的，而她在心里认准了什么零食，找不到便坚决不肯拿其他的，她爸好说歹说没用，在货架边就一巴掌落在她脸上，她只觉耳朵嗡嗡作响，什么都听不见。

那就是她叶田田啊，不讨喜，也不可爱，从来都未变过。

【七】

“宝宝，在家乖乖等妈妈，妈妈在这儿什么都不怕，妈妈有你呢……”对着大屏幕远程连线小男孩，叶田田演技不逊当年，一把鼻涕一把泪，气势逼死孟姜女，加之导播猛放煽情音乐，别墅客厅几个女选手顿时被戳中，跟着哭成一片。

“今晚收视还能飙！”导播盯着监看器，打了个响指。

这时卢森飘过去，阴阳怪气地一撇嘴：“两周岁了，也该会叫一声‘妈’了吧，我是说……如果叶小姐真是孩子亲妈，而不是什么利用大家弱点，良心被狗吃的骗子的话……”

她心一惊，若无其事地对着小男孩深情呼唤：“宝宝，这里有个叔叔看不惯妈妈，挑刺儿，你快叫妈妈一声。”

这么招魂似的叫了一遍两遍三遍，小男孩终于瞪着这陌生女人号啕大哭，卢森正嘚瑟地冷笑，谁知她再一次用实力征服大众：“宝宝！妈妈知道你想妈妈！妈妈也想你！别这样，妈妈会心疼！”

大家纷纷揪心地望着卢森：“这是咱大人之间的比赛，残酷归残酷，别折磨小孩儿啊。”

卢森一脸误食了黄连咽不下去又吐不出来的凄楚，咬咬牙：“嗯，我的错。”

直到夜深，他才一把揪住到冰箱边喝水的她，将她直逼到墙角，轻声嘲讽："叶田田，这么久了，你还是狗改不了吃屎，脸比墙厚，不择手段。要拿孩子当摇钱树，有种就别扯谎啊！"

他对谁都温暖宽厚，唯独对她，能把任何话都讲到没法更难听，这是他一贯的残忍天赋。

她张大嘴，眼里有那么一两秒的方寸大乱，然后就憋住一肚子眼泪，抬高下巴望着他，轻轻嗤笑："一个人一个活法，卢森，我还就特喜欢瞧着你这副看不惯我，又灭不掉我的小样儿，特逗。"

他脸都气白了。

"所以……到底要不要向节目组揭发我，给个痛快话。"

他扯了扯她发热的耳朵，骄傲地坏笑："现在揭发多没意思，等终极对决吧，反正最后剩下的只会是我和你。"

他说完就走，她却叫住他，沉默中一眼洞穿他的脆弱："卢森，这些年你到底遭遇了什么？别跟我说你没故事，旁人也许会信，我死都不信。"

"那你就去死啊，我可没拦你。"他愣了一下，眼里似有痛苦的光，却一秒都懒得和她多待。

如卢森所料，他和她都是大写的牛人，几周厮杀后，别墅里只剩他俩。

热热闹闹一屋子人逐个离开，冬日的窗外又下起暴雨，气氛莫名哀伤起来。这时，一楼客厅大屏幕骤然亮起，毫无预兆地播出一段赛前录像，画面上就卢森一个人。

他悲伤地皱起眉，冲镜头轻轻笑："我念大学时，我爸保健品公司做得挺大，后来搞电视购物吃上了人命官司，他也一蹶不振，这老头儿肯定是当无良商人太久，一查尿毒症晚期，我来这儿，是要为老头儿挣一笔手术费，我是他儿子啊，我不救他，没人救了。"

她颤抖着站在楼梯口，眼泪不自觉地往下掉，她的直觉果然没错。

比起她自己毕业后摸爬滚打，狼狈度日，更令她难过的是，她喜欢了那么久的少年失去了骄傲的心性，和她过得一样辛苦。

而另一边的他脸色骤变，抓起水杯就砸，愤怒地低吼："说好这录像不到冠军产生都不泄露的！导演呢？给我一个解释……别拍了！"

玻璃碎片落了一地，导演组的人却一个都没出来，他们的目的已然达到：在决战之夜前，最后一次冲击收视率。

雨声喧哗，他失落地往卧室走，经过她身边时，他用冰凉的手捏住她的肩，咬牙道："叶田田，决战之夜你要敢放水，我一辈子都不原谅你。"

她抹了把眼泪，慵懒又尖厉地笑，像年少时一样，趁他不注意在他紧绷着的臭脸上啵了一口："你想太多了，我也缺钱，没心思让着你。"

他浑然不知的是，他刚睡下，她就悄无声息地脱下外套，只剩一身薄薄的睡衣，然后光着脚站在了别墅后庭露天的草地上。站累了，就顺势躺下，再冷都不进屋，一熬再熬终于到天亮，她一摸自己的脑门，烫得都能煮鸡蛋了，这才摇摇晃晃地推开导演组的门。

她明媚一笑，心满意足："我要退赛。按合同，我有权因病放弃真人秀的所有内容，你们找医生来检查吧，我发高烧了。"

她别无选择，为了对得起自己曾经那些年对他孤勇不回头的喜欢，她必须输，但又不能在决赛放水，所以她唯一的选择就是制造一场突来的重感冒，然后离开。

她知道，那一瞬所有导播都像望着一个疯子似的望着她，那场景和当初在Q大时一模一样。

但没关系，他即将成为冠军，骄傲地拿下那笔奖金，她真的好高兴，好高兴。

【八】

十二月末的赛后庆功宴，所有工作人员和被淘汰的选手都在场，卢森被围在中央，喝了很多。

酒过三巡，他的眼神突然变得脆弱、柔软，像个慌张的小孩儿似的在人群里找到沉默的她，望着她绯红的脸，小声问："为啥装病？别狡辩，叶田田，我太了解你。"

"你更需要那笔钱。"

"我可听说了，你过得也不好。"

"但我希望你过得好，希望你为你爸的病尽到全部的力量，就这么简单。"

他那么个大高个儿，突然被她说得鼻子一酸，眼圈就像那年挨了文三的拳头似的，火辣辣地疼。

这下轮到她问："为什么那么讨厌我？哦，不，这问题挺傻的，人人都讨厌我，如果你不讨厌，那我才该问一问。"

他忽然攥紧拳头，像是鼓起全部勇气似的，拼命摇头，眼角湿热："我……我其实……不讨厌你，我只是……胆小。"

她点点头，沉静中笑意盈盈，快言快语的爽朗样子和当初一样："我知道了。反正不讨厌也不是喜欢，我懂，大学那会儿不懂事，倔如牛，为了一个你，尊严啊学习啊友谊啊，什么都肯抛，卢森，现在我长大了，不会那样了，我这个大毒瘤终于被切掉了，你该浑身轻松了吧？"

"田田，我……"

不等他继续吞吞吐吐，她就端起半杯香槟，擦过他的肩走了过去。

夜深了，真人秀制片方在酒店草坪上放了大片红色的焰火，而路都走不直的他正躲在卫生间隔板里，认认真真练习着如何对她表白。

他透过窗口一见那些刺眼的红光，恍然想起那年的街心公园，初秋的凉风，她穿着滑稽的衣服，化着蹩脚的妆，瘦瘦的肩膀一个劲儿发抖，为他放了一整片天空的红气球，对他说生日快乐。

他再也不肯往后缩，他受够了当一个被爱情吓软了腿的小逃兵，他冲出去拽起叶田田的手，把她按在墙边，告诉她："叶田田，你听着，我喜欢你，非常非常喜欢你，没几天就要跨年了，这一次我想和你一起过！"

谁知没等他反应过来，她就飞快地在他额头上啵了一口，又伸手使劲拽了一下他温暖的耳垂，拍拍他的脸蛋，坏笑道："行啊，出息了，我可以答应你，但那要等你酒醒了再说，谁晓得你这迷迷糊糊的，明天还认不认账啊！"

他嘻嘻傻笑，脸颊滚烫，近在咫尺地望着她被焰火和眼泪交织点亮的瞳仁，那真是他打从出生开始见过的最美、最亮、最引人深陷的一双眼。

他方才知道，任余生多长，就是她了。

余生不念齐薇安

如果真有平行时空，那年的我们肯定正在星星笼罩的河岸上奔跑，只有笑容，没有眼泪。

【楔子】

终于熬到毕业，我坐夜航逃离多伦多，落地后搭大巴又转摩的，总算在天黑前抵达蓝蝶镇。

这里不像我遇见齐薇安时那么荒凉，还有了供背包客落脚的民宿。但推开木窗，夜色中的河水，空中的星群，都还一样。

我小心翼翼掏出她寄到加国的唯一一封信，牛皮纸上布满深深浅浅的邮戳，大概她对我的地址也不确定，反复打回，折腾，信到我手里时，我正收拾回国的行李。

薇安你看，我和你一如这封信，只是想抵达一个对的地方而已，却兜了太多圈。

【A】

十七岁，我最大的坎就是在我妈掌管的学校念高中。从我记事起，她就孤独地坐稳校长的交椅，藏蓝西装，脸色铁青，被一届届学生惧怕、埋怨，然后忘掉。

开学第一天我妈将同桌介绍给我，听说是这届新生最被寄予厚望的，被钦点进火箭班，一分钱学费都不必交。

我妈私下找她谈：“薇安啊，你想成为多厉害的人我都帮你，你也帮我一个忙，看住我不成器的儿子，你带着他点儿，别由他混日子。”

薇安第一次离开小镇，只顾默默点头。这是最好的私立高中，是她未见过的广阔天地，她的肩轻轻战栗，像怕生的小刺猬。

初次见面，我妈戳着我无精打采的脑袋：“这是齐薇安，除了个子什么都比你强，往后多学着点儿。”

谁谁谁比你强，我听过不下千回，自尊心作怪，我冷哼着斜睨薇安：“是吗？”

“顾浩你好。”她又矮又瘦，同样十七岁，短发黑肤的她抱着一大摞书，像尚未发育的小男孩。

我能感到她正凝视我，于是对自己方才的不友善稍感抱歉，下意识伸手帮她搬书，手臂却被她敏捷地一把挪开，她仰起下巴盯住我：“不必。”

我恍然一拍脑袋，咧嘴笑着冲她指了指我额头那道蜈蚣形状的疤：“喂，是我！想起来了吧，蓝蝶镇河岸上！”

“你俩认识？”

她漠然摇头，双瞳漆黑浑圆。但我百分百确信，她嘴唇那仓促的一抿，证明她记得我，记得暑假那个夏夜。

日落后的镇子静谧无声，我和几个哥们儿弄了顶帐篷野营，忽然透过毡布瞧见河面亮如光海，统统伸出脑袋。

女孩蹲在河岸边上放纸船，她太瘦，我只觉她颀长的背影快被光吞噬了，我冲她一边吹口哨一边狡黠地笑。

薇安就这么今生第一次朝我望过来，她目光极淡，但那种蔑视我捕捉得深刻。少年的恶劣本性怂恿着我在哥们儿面前挽回面子，抓起碎石头将她的灯船打个七零八落。

她站直身子盯住我，消沉的眼睛像个尖锐的铁钩，不必靠近，就把我挠得浑身发冷。之后她就悲伤地跑进巷子，头也不回。

我满心疑惑，盯着她离开的方向闷闷不乐。

我无法用语言表达，那夜我怀着如何一种心情，在所有人都在帐篷沉沉入睡后，独自卷起裤腿，在河岸上不知疲倦地捉着镇子有名的蓝蝴蝶，小小的玻璃罐像是怎么都装不满。

我累得满头大汗，呼哧呼哧地盯着头顶的星群，忽然笑起来。

次日临上大巴，我循着印象冲到她的住处。她警惕地过来，见是我立马冷下脸，但并没有关门。

她眼睛肿得厉害，仿佛一夜没睡，我不知发生了什么，只能挠挠汗湿的板寸头，努力让嗓音温柔："这个送你……昨天对不起。"

接下来的一幕我做梦都想不到，她淡淡地接过去，冷笑着扫了我一眼，然后狠狠将玻璃罐磕在我额头上！听着我嗷嗷直叫，她瞪着红红的眼，眼泪滚落在脸颊上，最终奋力关死了门。

我苦想了整个暑假也不懂，几只纸船而已，她为何那么讨厌我？

【B】

约莫是我对薇安还有愧疚，正巧高一那会儿便利店的转飞轮风靡全校，我像是走火入魔，不管转到什么都默不作声地塞给她。

无比幼稚的游戏，我却几乎把所有零花钱都砸在这儿，因为这让我有个冠冕堂皇的理由送她礼物。她每次一抬头，皱眉瞪着我，我就理直气壮道："转飞轮得的，都是女孩的玩意儿，扔掉多可惜！"

没多久，她抽屉里的糖果、发卡、卡片几乎堆成小山，但她并没为此感动，而是一次次忧愁地望着我，瞥见我空白一片的练习题，扫兴地沉默。

我和她的第一次裂痕，是因为这些我辛苦得来的小玩意儿，在某天出现在我妈办公桌上。

我诧异地张大嘴，脑袋嗡嗡作响，觉得被背叛了。我妈那暴脾气，直接将它们掀在我身上。

卡片砸得我手肘生疼，但我不躲，从我小时候我妈就说：“男孩子受训，躲就是懦夫，浩浩，你要当你爸那种懦夫？”听到“爸”这个字，我眼眶慢慢发热，使劲转动瞳孔，不让眼泪滚落。

所有怨气，我都一股脑撒在薇安身上。

我单腿跷在她椅子上，让她无处可坐：“有必要吗你？那些东西你都不喜欢，没关系，就像你不喜欢那一罐子蓝蝴蝶似的，扔掉不就成了！”

她倔强地迎上我的眼神：“别给我提暑假！你沉迷游戏，作业都不写。前天晚上答应我留下补习，结果我去做完值日回来，教室漆黑一片，你人影都没了，我以为你会记得，所以书包钥匙统统被锁住了！顾浩，让别人尊重你，起码你得有让人尊重的地方。”

那一瞬她丢下一贯的淡漠，鼻音像患了重感冒，混杂着似有似无的哭腔。

我哑口无言，脸一路涨红到脖子。

我的确满口答应她补习，但我怎会想到她并非装腔作势问一声，而是精心准备好帮我攻克所有要点，还用碳素笔列了满满两页笔记，花了她不止一晚的休息时间。

许是她口气太锋利，我可笑的自尊心再次作祟，心底明明在想那晚她自己的作业是怎么办的，出口的话却盖过她的嗓音：“我妈是你什么人？你什么都通报，这么奴性？”

她没和我继续吵，拿起手边的半瓶矿泉水，一滴不剩淋在我头上。

我更气急败坏了，抹了抹脸，一把将校服衬衫脱掉扔在桌上，腿横在她椅子上，谁知下节是我妈的语文课，她难堪地望着我：“站出去，举着你的椅子蹲马步。”

一整个上午，我在清冷的走廊上，艰难地撑着椅子，浑身因潮湿而发冷，脖子上的汗水却一个劲儿往下淌。我透过玻璃看着薇安，她竟也悄悄朝我这边转过头，弯弯的睫毛内疚地扑闪扑闪，像个可爱的小窃贼。

但我飞快转念一想，将自己打回现实：她为人乖戾，处处看不惯我，躲我都来不及，怎会对我有一丝一毫的关心？

"齐薇安，对你的忍耐到此结束，咱俩梁子结下了。"我避开她又大又圆的眼，牙痒痒地一锤定音。

【C】

大概尖子生和吊车尾本就兵刃相接，后排男生都很支持我整倒薇安。

物理老师最依赖她，吩咐她课前做好板书，我们就抓紧她去厕所的一分钟，将黑板擦个干净。

被老师问及，她瞥了我一眼，不急不慌："对不起，老师，我忘了……不过我有个更好的解法，稍稍讲一遍，大家就都明白了。"

老师连一句责怪都没有，看着她笃定地微笑："来，讲讲看，薇安同学身上最好的一点就是喜欢探索。"

无论我们如何惹她，她都视而不见，这种沉静一度让我抓狂。

她身上有类似麦子拔节朝着天空的力量，什么都无法让她摔倒，生活给她多少不美好，她就用多少美好去回击。

她一个人就能唱完整出戏，赢得满堂彩，就像我那严厉的妈妈一样，不需要任何人。而偏偏那些年的我，想要的就是她能服软，而我能有一个机会去保护她。

也就在我陷入困顿的那段日子，那件让我后悔与她宣战的事发生了。

我记得我抱着篮球大汗淋漓地回到教室，那几个男生正站在讲台中央，哄笑着读她的日记："开学第一天，撞见顾浩的脸，我第一反应竟然不是恨，相反还有一丝说不清的紧张，仿佛他是个特殊的存在，明明很坏，却浑身发光。我难道不该恨他吗？就是他用一把碎石砸沉了给外婆祈福的灯船，如果那些灯船能漂到下游，或许外婆就能熬过那个晚上，那样天冷了，放假了，我还有个家可以回……"

我陡然丧失了听觉。

这么久了，我抬手摸到额头那道小蜈蚣疤，终于懂得那个清晨在蓝蝶镇，她为何一脸悲伤。

读着读着大家都愣住了，而发疯一般冲过来的薇安像只愤怒的狮子，死死抿着嘴，双颊泛着绝望的青色，指甲失控地在空中挥舞，发狂地刺在男生们的手臂上。

男生们出于自我保护，用力甩开她，她实在太轻，一个踉跄被推倒在地。

这时我终于冲上去扶起她，她再次警惕地推开我的小臂，自己站起来，然后用尽力气冲着我的脸甩了一记耳光："顾浩，要怎样你们才罢手，直到我退学？"

我顾不上解释我对此不知情，本能地扯了扯她的袖口，眼神卑微到尘埃里，张大嘴却什么都说不出。

【D】

也因太年少，不知如何发泄内疚，我只凭冲动撂狠话，将男生们约到教学楼前的圆池边。

我心底塞满薇安那些话，束手束脚，平日的灵活狠准统统不见，几乎不战而败，头还被按进了池里。这一潭死水涮过拖把，还混着上季的烂树叶，又苦又酸。

除了愤怒，我更感到深深的耻辱。原来我并无真正的朋友，仰仗的不过是那个我总是讨厌的老妈。

薇安就在这时慢慢走过来，她沉默地靠近我，撂下一枚创可贴就赶忙掉头："你下巴磕到瓷砖了，在流血。"

"我会吃了你吗，学霸小姐？肘关节不知道是不是扭到了……抬不动。"我使劲晃着僵硬的手臂，一脸无辜。

"败给你了。"她认输地摇头，紧绷的嘴角悄悄扬起，虽只有几秒，却已是极少能在她脸上瞧见的明媚了。

她不吭声地蹲下，一只手抬高我的下巴，一只手小心翼翼地贴上创可贴，见我龇牙咧嘴，她害羞地愣了一下，像照顾小孩儿那样吹了吹我的伤口："我不傻，你肘关节好得很。"

我尴尬地苦笑："喂，你……会把今天这事捅给我妈吧？"

"我可以不说，但你答应我一个条件。"

见我认真地抬起头，她才深吸一口气，若无其事地说："从今天起到毕业，别再和我讲话，就当彼此不存在吧。"

话毕，她背起书包离开，我像个失落的败将一样瘫坐，我能清晰地听到她帆布鞋与地面的摩擦声，她的腿在发抖。

她一定也是难过的，一定——我这样自我安慰着。

我开始对她无休止地示好。每天往她课桌里塞早点，早读整齐响亮，因此她从不拒绝我，只是无论煮鸡蛋还是豆沙包，都会原封不动回到我中午放学的书包里。

我虽恼火，却也由衷佩服她，对付我总能如此不动声色。那么瘦小，竟有一颗坚硬的心。

后来我想大概她的心结还在灯船，于是我在我妈办公室翻到了入学表，得知她生日将至，我偷偷兴奋地忙碌，放学就把自己锁在卧室折灯船，总是折到夜深，倒在枕头上睡去。

我还拜托许多同学，希望他们星期天傍晚一起到护城河，帮我为她放灯船。

计划敲定，我的心依旧悬着。若她不肯到场，我总不能将她绑到那儿去吧，于是我傻愣愣地学台湾电影，自习课写满整本练习簿，密密麻麻的“对不起”。

“喏，给你的。”放学铃一打，我忐忑地像交考卷一样，轻轻将练习簿塞进她的掌心，瞥了眼她，抱起篮球落荒而逃。

接下来的等待更难受，我明白她一定看了，却无法从她的脸上看出任何端倪。正当我还在揣测，次日每班发了一份优秀习作，这讲义本是平常，无非是将尖子生的作文油印，让大家学习，但当我看到内容是我龙飞凤舞的一个个“对不起”时，脸色霎时变了。

【E】

只有齐薇安手里有这个，而油印习作权限在我妈那儿，一切不言而喻。我甚至能想象我妈的腔调：“这次就让这小子丢脸，挫挫锐气，看他改不改！”

我屏住呼吸，难以置信地盯着她。

她太聪明，太要强了：“说好当彼此不存在，你却还是整天想法子分散我的注意力，自己学习也一落千丈，我不管你每晚放学都干什么，但作为班长就不能看着你每节课都昏昏欲睡。”

我怔怔地后退，无言以对，良久才恶狠狠地憋出一句：“齐薇安，你别后悔！”

她永远都站在正义那一边，永远都是她对，在她眼里，我不过是个她举手之劳就能拯救的失败者。

偏偏我就是没出息，挤破头想走进她的世界，看一看她的心里除了那些公式方程定理，还装着些什么。

我撕碎提前写好的让她去护城河岸的字条，心底却放不下，那晚我独自蹲在人来人往的河岸上，一只只耐心地点亮那些灯船，晃动的火光让回忆蠢蠢欲动。

我父亲是因不务正业，驾车从稻城进藏时，碰上暴雨遇难的。往事我妈并不避讳，每每在我面前说起："顾浩，你长大了想成为你爸那样没用的男人，因贪玩丢了命，将整个家丢给一个女人担着？"

这和薇安教训我的口吻如出一辙。

想着想着，或许是情绪暗涌，我"嗖"地站起身抓起碎石，用力将那些灯船一盏一盏地击灭，河面重新陷入黑暗，难受的心情却没有转变。

"顾浩，你忙了那么久，就是为了当着我的面，在我生日当晚，将这些愿望再一次统统粉碎吗？你对我的侵略还不够多吗？从小镇到这所学校，你简直是一个我多有决心都逃不出去的噩梦！"我闻声瞪大双眼一转身，是浑身颤抖的薇安。

我大脑一片空白，放空了足有一分钟才凑近她，却难以解释。

我以为她不会知道我今晚这些准备，却忘了之前自己拜托过那么多同学，聪明如她，总能听到风声的。

她抢过话头，极度失望地凝视着我笑了起来，笑着笑着被夜风呛得打了个喷嚏，眼圈就泛起一片通红，嗓音慢慢被堵住，变得含混而低沉："顾浩，你永远都这样，幼稚，任性，愚蠢，自以为是！"

我从来就是众人眼里的坏孩子，这些刺耳的形容词不知曾多少次被扣在我头上，而我从来不曾像此刻这么难受。只因我以为，你和他们不一样，而原来……终究还是一样的。

不是从来都不在乎我吗，那你怎么哭了呢？

我不知为何特别怕她这样压抑的哽咽，就悲伤地试探着伸手轻轻拍她的背："你别哭啊，齐薇安……"见毫无效果，我又识趣地让步，小心翼翼地改口道："好，你哭，那你尽管放声哭，别憋着成吗？"

"还没看够我的脆弱？你休想。"她大约是横了心与我作对到底，陡然使劲收住全部的眼泪，抹了抹脸就跌跌撞撞地离开了护城河，下巴始终扬得高高的。

从此刻直到一年半后的高考，我们真的一句话都未曾说过。我难以相信两个人能倔强到如此境地，彼此课桌接壤，手臂相隔不到一分米，却能长久地避开彼此的眼神，一言不发地耗尽最后的同桌时光。

这期间，我妈严肃地与我长谈过一次，她很不容易地为我争得一个赴加留学的名额，劝我别执着眼前这个近乎无望的高考，转而攻克雅思。

而我始终只有不假思索的一句话："我要和齐薇安一起走过高考这段日子。"

【F】

六月七日至九日，我和齐薇安分别在城南城北两个考场，但我一点儿都不担心她，她百分之一万能满足所有人的预期，去她想去的北京。

我深知，离开这里，齐薇安的余生都会是她的黄金时代。她的努力程度和过人天赋，配得上任何一种生活。

公布成绩是在月底，当我汗流浃背地从询分热线听到自己稳当地考得一所在京的二本时，第一反应就是满操场发疯般地寻找齐薇安。

在人群尽头，我一眼锁定了黑黑瘦瘦的她，我抹了把满脸的潮湿，肆意地笑着朝她冲过去，我远远地能感受到她也在笑，从入学第一天到往后冷战的日子里，她从未朝我露出如此温暖柔软的笑。

"齐薇安！我终于可以和你一起去北京了！周末你如果不想跑，我就早起去换地铁，一直换到你的学校，还能顺便给你送早餐！你就只顾继续当学霸，继续做你喜欢的事……"我俯身望着她，语无伦次的样子很傻。

她垂下头还在笑着，却死守沉默。我扯了扯她的袖口，一脸焦急："这么久，咱俩之间的事也该翻篇了吧，你还生气？还怨我毁了你许的愿？"

她摇摇头，一边踮起脚仔细地拿面纸擦掉我额角的汗珠，一边淡淡地说："我落榜了。三道志愿统统落空，我哪儿也去不了，顾浩。"

这些年我最能体味晴天霹雳的莫过于那一刻。

我张大了嘴，幼稚地攥住她落在我肩胛骨上的两只手，失控地不停摇晃："齐薇安，你在逗我对不对！不然你怎么会笑呢，你从来不冲我笑的……"

"落榜归落榜，你考得好，还不准我为你开心吗？喏，别以为你为了我放弃去加国的机会我不知道，你看，只要我在你身旁，你总是这么没出息地以我为世界中心，一点儿都不对自己负责。所以你一个人去北京，我在这里重拾梦想，就是最好的结果。"她仰头望着我，眼睛被阳光刺得睁不开，弯成了一道桥。

这样细腻轻声的温柔放在她身上是如此格格不入，她两颊还挂着满满的笑，我一个大男生却捏着发酸的鼻子，哭出了声："不为了紧追你的踪迹，我去北京干吗？"

"顾浩，我最恨你这副无用的模样，你就没有自己的人生吗？"她瞪大双眼，像是猛然被我激怒了似的，低吼出这样掷地有声的一句话就无奈地背过了脸，再也不说话。

人心真奇怪，齐薇安只是没抵达大家的预期罢了，并不欠任何人的，而任何人都在一夜之间有了议论她的权利。

我妈心疼地将她带到家里，亲自下厨。即使落败，她身上依旧有那种沉静强韧的力量，说完感谢我妈之类的话，才闷头吃米饭。我与她脸对脸，如坐针毡，满肚子都是酸涩，一个劲儿地给她夹菜，夹了很多很多，将她的碗堆得像座小山。

她没有拒绝，统统沉默地吃完，还一直冲我微笑。那真是我年少时代最不忍看到的一种残忍笑容。

“顾浩，你出息点儿行不？我乐观得很呢，无非是重来一次。”她望着我的红眼圈，使劲拍我的肩。

当晚我执意送她，两个人穿过暮色里宽阔通亮的长街，时不时对望，却始终无言。

一直将她送到教室我才停住脚，掏出录取通知书，在黑暗里叫了一声她的名字，抬手飞快地将撕得粉碎的纸片抛了出去：“好了，齐薇安，现在我们可以一起复习了，你什么都不准多说，这次我就要陪你到底。”

我能感受到她倒吸了一口冷气，好久才从震惊里缓过来。出乎我意料的是，总是那么有原则的她真的没有多劝我，拉着我开灯便温书。

那是头一次我能感触到她的心原来离我并不远。

接下来好几天，我都陷入和她从早到晚相互陪伴的欣喜之中。只是我倔强地不接电话亦不回家，直到她抱着复习资料拉着我往我家去：“和你妈僵着也不是事，我去帮你说服她，咱俩刚巧就在你卧室复习，比这冷清的校园舒服。”

这世上没有她无法说服我妈的事，我沉思片刻点了点头。

彼时的我做梦都想不到，多次无声无息中杀我个措手不及的齐薇安又一次施展了她超群的演技，在耐心温和地陪着我上了楼之后，见我被我妈推搡着进了门，然后她就头也不回地离开，连一句话都不多留。

“齐薇安！我早就不该信你！……”我蹲在地板角落极度愤怒地低吼，但我深知我的狂躁与挣扎都是无用的，我妈如愿将我软禁在家。

追逐任何一个人，或一件事，说没有尽头，说不知疲倦，大抵都是假的。

八月末的一个傍晚，我望着卧室防盗窗外泛红的天空，淡淡地告诉我妈：“不用辛苦找人补录取通知书了，之前出国的那个名额我决定去。”

于是最终我孤身一人到了多伦多，第一学期的每一天都报满了课，不留一点儿时间让自己闲下来。每次畏难情绪包围住自己时，我就想起齐薇安掉头大步走的动作，想起她恍惚的微笑，从而一种绝望的力量就能重新支撑起我，破天荒地我竟在这里成了一个鲜少的全优生。

加拿大的冬天漫长深邃，寒冷而决绝，但我咬牙不联系任何人，包括我妈，包括齐薇安。

大概是我与她之间缺一个认真的告别，从这往后，真的就再也没见过。

直到这唯一的一封信。

【G】

齐薇安的字迹还是一如当初，娟秀有力。

除了薄薄的信纸，牛皮纸封里还装着零碎的糖果、发卡、卡片和一只因为反复摩挲而褪了漆皮的悠悠球。她说：

顾浩，你一定很惊讶吧，当年我假装那么那么厌恶你玩转飞轮，但你塞给我的那堆小玩意儿，我每样都忍不住偷偷藏了一份，用心收着。难受的时候，生病的时候，拿出它们握在掌心，就能错以为那个不知忧愁又年少轻狂的你，还坐在我身旁。

辗转这么久，它们统统还在我身边。

而信的结尾是这样的，字里行间，还是透出齐薇安那种少年时代就钻进骨子深处的偏执：顾浩，我可以心平气和地告诉你，我不喜欢你，从不曾喜欢你，一秒都没有。是，我无数次出卖你，让你失望，惹你恼火，但我都可以理直气壮地回首，每一次我都为你做出了更好的选择，你尽管怨我，可是你看，我终于将你推向了大洋彼岸，让你成了更勇敢更美好的男孩，让你的生命彻底脱离又瘦又黑且性子孤僻古怪的我了。

当我的目光转到这最后一行，已经一个字都看不清了，都说男孩不能哭，我滚烫的眼泪却难以抑制地砸下来，将视线弄得模糊一片。

到如今你还是这么充满主见，心意笃定。很好，这才是真正的你啊。

往后我都不会再想念你，因为在我心底某处，我们压根儿就从来都没有离开过彼此啊。

薇安你看，窗外静谧沉睡的蓝蝶镇，夜色中的河水，天空中的星群，都和我们初遇时一模一样，毫无改变。

如果世上真有平行时空，那年的我们，肯定正在星星笼罩的河岸上发疯地奔跑，拥抱，只有笑容，没有眼泪。

十年饮冰，难凉热血

十年很长，可以将一门外语说成母语，从一贫如洗到身家显赫，甚至足以奔赴死亡……但用十年喜欢一个人，很可能徒劳无功。

没关系，她甘之如饴。

A

2002年，南街四月倒春寒，火车墨绿的铁皮蹭在树梢上，将白梨花纷纷扬扬地撞下来，落满铁轨。

清明三天假，肖安拉着好朋友温沙沙和从小住她家隔壁的男生尤以齐，花六小时车程来看高中生游泳锦标赛。来一天，回一天，地下旅馆昏暗又潮湿，如此折腾不为别的，这届夺冠热门是他们南街一中的孙江宁，沙沙中意他很久了。

她肖安就是有义气。

候场时，肖安一直翻白眼：“崇拜谁不好啊，崇拜这营养不良的白斩鸡？”

沙沙温暾苦笑：“偏偏这家伙还对谁都爱搭不理的，放学擦肩而过，每次被他淡淡地无视掉，我就觉得上帝关紧了门。”

“上帝还顺手用那门夹了你脑袋呢。”

以齐幸灾乐祸地笑。

孙江宁是晚长的男生，瘦小寡言，混世的家伙把他当软柿子捏。他功课不错，大概因为父母双亡，总是一脸被命运压垮的颓废样，但进了泳池他就奋勇得像变了个人。

这不，赛道溅起一串整齐的水花，他双臂扫过五十米，像枚穿梭深海的鱼雷，泳镜下两只眸子犹如利刃。

他没费力气就这样稳赢，全场沸腾。

前排将湿漉漉的他高高举起，他阴霾的青春唯有在游泳馆才能得到一丝光亮。他沉默地咧嘴，笑容像晴朗的云朵，全落在肖安眼里，让她感到中暑似的恍惚，禁不住仰头大口喝冰水。

肖安趁乱拉起沙沙往前冲，飞快地塞给沙沙南街一中的校旗，让她纵起一跃骑到孙江宁身上去，表达祝贺。

“舍不得孩子套不着狼，他绝对印象深刻！心一横，跟爬树似的，没事。”

沙沙哪能和身手敏捷的肖安比呢，还没碰到孙江宁就摔倒在地，膝盖也破了。肖安一面喊以齐找创可贴，一面皱眉：“面对男神能刚强点儿不？”

“女王饶了我吧，你行你上啊！”

肖安望着被簇拥的孙江宁那种疏离在世界之外的眉眼，清浅一笑：“可我不喜欢他。”

以齐也捏住肖安的肩膀：“对啊，肖安又不喜欢那个孤僻的小鱼雷。”

无奈的肖安深吸一口气，气势磅礴地扯了扯刘海儿，露出骄矜笑容，朝围住江宁的男生们眨眼睛：“哥们儿，把我传到孙江宁那儿呗，我是他亲姐，来当亲友团！”

她像玩音乐的摇滚女生那样，豪迈地躺倒在人群上方的手掌中，如愿到了孙江宁身旁。

孙江宁冻得发抖，懒得搭理身后的喊声，只顾朝淋浴走去，她却不依不饶地跟着，像男生似的卷起裤脚，大咧咧站在淋浴旁，扭头避开他冲洗泳裤的画面：

“你不知道我是谁，但我认识你，我在你邻班。我闺密是你的忠实粉丝，刚才因为你受伤了，下周她生日，你能在场的话，她会高兴疯的……”

他生硬地打断她，抹了把鼻梁上热气腾腾的水珠，不冷不热地笑：“一中谁不认识你啊？大名鼎鼎的肖安。”

两个人极不相容的气场无声对峙，他像冷海，而她是火焰。

B

孙江宁深刻地记得自己见过她，在夏末分班时。年级主任在台阶旁一个个叫名字，他和她一前一后坐在走廊上。

日光灼热，他正垂着头补眠，后背就被不甘无聊的她伸手戳个不停。他愠怒地转头，麦色皮肤的少女笑容如热带稻田的风：“喂，来玩游戏吧。”

他向来懒得和陌生人有瓜葛，正要摇头，她却已飞快地说起规则：

“你别动，我用指尖在你校服背上写字，你猜出是什么字就告诉我。”

她顽皮地写，他心里却不耐烦，想赶紧打发了她，也没多想就轻声答出那个字：“妈。”

“乖，儿子真乖。”她捧腹大笑，手指得意地卷着自己的发梢，而他僵硬一笑扭过头去，不再吭声。

她就是他生平最讨厌的那种女生，聒噪，乐观，一看就是在完好的家庭里受尽娇宠而长大，血液里都淌着笑眯眯的自负。

当下，她望着他沉寂的脸，呼吸频率忽而有些急促，忐忑又倔强地追问：

“到底答不答应啊？给个痛快话。”

“明天决赛输了的话我就去生日会，当惩罚自己咯。”他说完就撇下她钻进更衣室，关死了门。反正又不会输，他嘴角漠然地抽动了一下。

肖安大小姐脾气犯了难收拾，沙沙和以齐从不敢给她吃闭门羹，此刻她却毫不生气，兴致勃勃地回想着他那不置可否的侧脸和放空的瞳孔，不自觉微笑。

沙沙听完肖安的转述，怕事地问："这是干什么呀？"

肖安扬起下巴，眼里全是无畏，燃起一种沙沙从没见过的斗志：

"木脑壳。生日是个多好的由头啊，先交朋友，等成朋友了就直接告诉他你的感觉，别怕做不成朋友，青春那么长，朋友没了以后再交，该说的话，哑了也要用手语统统说出来！"

沙沙迷惑地望着肖安，以齐则心事重重地沉默。

孙江宁万万没料到，这烦人的肖安当晚又来敲他房间的门。她抱着两块西瓜，弯着眼角明媚地坏笑：

"喏，咱一中的种子选手，预祝你明天旗开得胜。"

孙江宁一眼瞧出她身上那副不被请进门就不罢休的女流氓精神，只得懒洋洋地侧身让开一条道："你希望我赢？肖安，我不傻。"

她不急着争辩，盘腿坐在他房内，大口咬下一块西瓜，笑着将另一块递给他：

"爱信不信，我真心希望你赢，永远都是。你把人都想得那么坏，累不？孙江宁，有这么一句话，你认为这世界是怎样的，这世界就是怎样。"

他犹疑地盯着她顶灯下闪烁的瞳孔，有点儿不认识她了。

见他愣住，将信将疑地坐下吃起西瓜，她才眼珠狡黠一转，晓得自己浇上一大盆心灵鸡汤的抒情牌算是奏效了，阴谋该步入正轨了。

说来荒谬，是肖安下午开玩笑道：

"沙沙你生日礼物要啥，放胆子说！就算要孙江宁那原汁原味的泳裤，我也给你搞来！”祸从口出，沙沙眉开眼笑：“嗯，我就要那条跟他征战比赛的蓝泳裤当作纪念。”

她的计谋是趁聊开了假装房间通风差而胸闷，溜去阳台神不知鬼不觉地顺走泳裤。

谁知孙江宁当晚像讨厌和她共处一室似的，吃几口西瓜就钻进卫生间，抽水马桶隔一分钟哗啦啦响一次，她也得以顺利将他刚晾上的泳裤收入囊中。

她踮起脚尖飘出房间时格外心虚，一遍遍用人淡如菊的腔调在门外笑吟吟地喊：“孙江宁你晕在马桶上了吧？还是你在织毛衣？需要帮忙报警吗？”

几番打趣都没回应，她才悻悻地离开。

她说不出自己怎会失落，这不是正合她意吗？为何潜意识里，她竟希望被他抓住，百口莫辩，面子丢光，这样她才终于能在他脑海里留下一点儿别人比不上的痕迹。

被你嘲笑，好过被你漠视啊，孙江宁。

C

决赛现场，出乎所有人意料，孙江宁眼窝憔悴地深陷，裹着毛毯退了赛。

他一声不吭地在观众席拽起肖安，一改内敛的性子，冷冷地揪住她：“肖安，你干的好事。”

肖安性子直，尴尬地抱头一想完了东窗事发了，但他至于吗？就算认为姑娘我有特殊癖好，也不必这么凶吧？与其等这家伙说得难听，不如自己先招。她心一横，用怯生生的嗓音说：“我确实偷了你的泳裤。”

周围响起笑声。

怪了，他冷着的脸丝毫没有缓和，反而更失控地吼：“我虽一直晓得你是个无聊狂妄的富家女，但真没以为你为了什么生日会，会做出往西瓜里放泻药这么下三烂的事！”

他怒火中烧，空荡荡的肚子仍有绞痛，从昨晚就腹泻不止，彻夜未眠。

她张大嘴巴，委屈极了，无助地望了眼身后神情惊讶的沙沙和以齐，然后眼眶一热，悲伤地指着他：“对，就是我！你没和我同班过，所以不习惯我的诡计多端和厚脸皮。

“但是孙江宁，一码归一码，你这么骂我，就要付出代价。”

以齐愤怒地挥起拳头要砸向孙江宁，却被手快的她拦截住：“以齐你让开，我自己打。”

以齐毕竟是男生，一个俯冲力弄得她手腕生疼，她却一声也没吭，只顾波澜不惊地瞪着孙江宁，直到发颤的拳头落在他肩上才轻声说：

“好，该你了孙江宁，你打吧，是我先毁了你的比赛，你可以手脚并用，我肖安但凡哭一声都是死乌龟！”

“我不打，因为你不值。”他极度厌恶地瞥向她的脸，那种眼神让她感觉自己的心正像废弃的纸一样被用力揉皱，好煎熬。

“就这么怂？活该总被欺负，原因果然不在于个子矮。”她该死的倔强又从骨子里冲了出来。

她终于成功地伤到了他，他沉默好久才凌厉一笑，淡淡道：“肖安，不是人人都像你活得像团烂泥，想闹就闹，永远有人收拾烂摊子。

“世上并非你一个人不痛快，你的苦难在别人面前，什么都不算。恳请你，别和我玩下去了，我没兴趣也没资本，经不起你祸害。”

她鼻子一酸，不依不饶：“你凭什么说我不痛快？你了解我吗？我痛快着呢！”

“那挺好。”他轻飘飘吐出三个字。

他一边转身孤独地往游泳馆外走，一边不自觉地回想起他在学校里一次次看见的那个并不如表面这样豁达刚强的她。

他在邻班，常透过窗子瞧见她一个人默默大汗淋漓地做全班女生的值日，拖着巨大的垃圾桶穿过黄昏的操场。她们口口声声笑道：“反正肖安有本事叫男生帮她嘛。”

再比如班歌比赛那次，她满腔热血，忙前忙后想捍卫班级荣誉，谁知上台那天，大家合伙关了她领唱的麦克风，班主任兴师问罪时，没人帮她说话，等她受完训回到教室，前后门都已锁死……

她看似硬气十足，却总是吃力不讨好，满不在乎地笑着挨了许多冷枪。

孙江宁每每默默旁观，都不懂这女孩脑子究竟是什么构造。

回程的火车上，肖安缩起掌心憋了一路，终于开口问温沙沙：“你干的，对不对？”

“没错。”

肖安虽早有预感，还是瞪圆了眼，难以置信和她一同长大的沙沙会如此轻易地承认。

“肖安，你人缘反正也不好，牺牲点儿帮我一下不行吗？或许孙江宁赌气去了我的生日会，就会记住我，和我成为朋友……”

肖安打断了她：“可今天是他辛辛苦苦练了几个月的比赛！沙沙你明白这冠军对他意味着什么吗？他就一个奶奶，别无依靠，这冠军足以让他将来在大学减免所有费用！温沙沙，你疯了。”

沙沙什么都没再说，哑然一笑，掏出包里肖安买的滚热的茶叶蛋，一颗颗砸在肖安身上，将她洁白的衬衫染得难看极了，然后头也不回地到另一节车厢去："肖安，我俩掰了，永远掰了。"

肖安抓紧以齐的袖子痛哭了很久，她脖子瑟瑟发抖，似乎是冷，但以齐伸手一摸却是热的。

"肖安你还有我啊，不管谁走了，有我呢！你说的嘛，朋友没了还能再交，该说的话就要说！所以，从幼儿园憋到今天，我今天一定要说给你听。"

她惊诧地望向神色不同往日的以齐，敏感地大怒："我不听，不听！尤以齐你敢疏远我试试看！我说的是朋友，你不是啊，你是要和我一起走很远的路的唯一的尤以齐。"

他低头难受地一笑，早料到她会这么说，很快就不在乎地张开手臂把她搂紧："女王，你上次哭还是六岁时做阑尾炎手术时。其实沙沙悄悄和我说了，那两块西瓜里，更红的那块被注射了泻药，而你一直偷偷喜欢孙江宁，你一定会把好的给他吃，我不信她说的……我真不信……"

一边斩钉截铁地说，他一边想起很多她自以为藏得很好的秘密。

孙江宁的习题纸总莫名消失，其实都被她塞进书包带回家，放在了枕下，熄了灯摸着他字迹清秀的"孙江宁"三个字她就会很快入眠。

孙江宁每年生日都收到匿名的红手绳，那都是平时连鞋带都懒得系的她照手工书亲手编的，她固执地认为红色能改变他艰难的少年路……

"以齐你别扛了，我就是喜欢他啊，瘦小干瘪又不擅长说话的他，"她的嗓音陡然静极了，连哭腔都消失了，有种破罐子破摔的勇敢，"以齐，阑尾疼了割掉就行，可今天的疼不一样啊，他本能地怀疑我，觉得我是个差劲的女生，这是没办法的事。命运给的好的我都收下了，坏的来了，我也没理由逃。”

D

温沙沙生日，肖安竟被邀请了，一来瞧见了孙江宁，她这才苦笑着明白。

他常年泡在泳池，手臂白得发青，一条皱巴巴的旧牛仔裤，却耀眼如星辰。孤身站一旁的她望着他难过地想，这大概就是小时候囫囵吞枣读武侠，所谓的一见杨过误终身。

沙沙热情地把他介绍给朋友，他不住友好地笑，牙齿雪白晃眼，惹得肖安想哭。

众人送礼物时，他递给沙沙个小盒子，里面全是红手绳。一共七条，记录了肖安从十岁到十七岁都在做的同一个无声的梦：“沙沙，它们虽然不值钱，但都陪我参加过很多比赛，希望你喜欢。”

肖安脸上沉寂着鼓掌，随后默默把以齐的手腕越抓越紧。以齐也痛，却不吭声。

在沙沙家豪华的洗手间外，肖安撞上刚出来的孙江宁，她问：“你为什么这么讨厌我？”

孙江宁愣了愣，坦白道：“讨厌是直觉，没理由的。大概……是因为你让我看到人和人之间可以有多大悬殊吧。你的人生随时有资格重来，你有无所不能的父母当你的安全网，就好像……我们同样站在楼顶上，四面悬空，你不小心摔下去了，没事，尽兴就好，可我会没命的。”

肖安委屈地张嘴：“其实那泻药……”

“过去了我便懒得提了，各走各的路不好吗，肖安？”他撇下她往前，不耐烦道。

事出突然，他脾气暴躁，说话难听，她统统不在乎，但他始终没亲口问一问是不是她做的，这让她最寒心，也最恨。

生日会好漫长，她不堪被孤立，就躲到沙沙家前头的梨树下大口吃刨冰。她肠胃不好，往往吃一点儿就痛得直打滚，偏偏今天邪门，她铁了心自找罪受，身体却毫无反应。她气恼地使出全力踢了一脚树桩，趾甲总算感到了疼。

熬到大家散场，她推着以齐让他先走，然后才像小偷似的尾随孙江宁足有半条巷子，她横了心要与他说清一切。

“哟，这不是咱一中所向披靡的鱼雷吗？啧啧，这春风得意劲儿。”

“温沙沙心气高，都不请我们，偏请你这小杂碎。”

又是那几个成天在南街游窜的家伙，角落里的肖安咬牙撸起袖子就要冲出来，这时她却听到孙江宁淡淡的嗓音：“肖安派你们来的？她给了不少钱吧，对我还真舍得。来，我习惯了，放马过来别磨叽，我赶着回去照顾奶奶。”

一瞬间肖安的心更凉了，她红着眼大步流星地出来，放声痛快地笑：“你们这群蠢货，打他有什么意思？穷人不怕打，他们骨头硬，但他就这一辆单车，你们真有本事就砸了它！”

结果不言而喻，她硬气地捂着嘴在一旁冷眼看着，而他受了伤，车也没了。两个人沉默地一前一后快到他家了，她抱住自己的胳膊默默跟着，却不承认自己是担心他。

他浑身又疼又痒，懒得赶她，进了院子还轻声请她帮忙举水管，冲他的伤口。

她逞强不说话，望着汹涌的凉水隔着脏兮兮的衬衫把他清瘦的少年轮廓显现出来，她不敢想象，他该是过了多久这样黑暗的日子，才会如此平静，像被欺负出了经验似的。

她心底暗潮汹涌，一半是怨气，一半是内疚，终于扛不住地小声哭："你晓得那些红绳来自我，对吧？报复我爽吗？孙江宁，七条红绳，从小学到高中，七年了，我们一直在邻班，你离我不远。"

他接过她颤抖的手里的红药水，驾轻就熟地涂："嗯，织法那么粗糙，一看就是不动手的大小姐做的，除了你没别人。"

她难堪地破涕为笑："我尽力了。"

"无所谓，我不在乎。"

她当然听得懂他这凉薄的双关。是啊，这七年于她如此重要，像花尽力气攀越一座高山，但他却既不在乎红绳，也不在乎她。

很快包扎好自己的他边穿衣，边用一种她未曾见过的认真口吻低声道："肖安，我有更重要的事，我要使劲念书，又要奋力游泳，我父母的去世没表面那么简单，我是这个家翻盘的唯一希望，我别无选择。我们没恩怨啊，你为什么惹我？"

"因为我心里有你！"她终于脱口而出，心底有种荡气回肠的空洞。

他皱皱眉，更讨厌她了，果真是不知疾苦的女生，喜欢谁就由着性子搅和谁的生活。

他清了清嗓子，冷冷地问："你敢让全校知道吗？敢的话，我就和你在一块……我奶奶快回来了，你走吧。"

急转弯来得飞快，她一时发蒙，良久才好了伤疤忘了疼地一笔勾销所有的难过，狠狠点着头，怀揣摇摇欲坠的欢喜出了门："孙江宁你等着！"

E

"我要告诉大家，孙江宁一直在我心里，他是我见过的最好的少年，我喜欢他。"肖安闭眼听着耳边的凉风，在升旗台上一口气说完。

年级主任暴跳如雷地让校工掐音响，显然迟了。

她沉默着搜寻一圈也没瞧见孙江宁，却远远撞上以齐愤怒的眼神。以齐死死盯住她，终于明白为何她早上那么心虚。

学渣如她，连习题都追着他问个不休，方才升旗前他要帮她顺发言稿，她却笑着躲开："以齐大班长，你不忙着收班费嘛，别耽误了！"

就在四下哗然时，因感冒一直待在教室的江宁下了楼，穿过人群，跳上升旗台，淡淡地瞥了一下肖安因激动而湿润的眼睛，对着话筒大声说："我不明白肖安同学到底想干什么，也不希望再听到这些莫名其妙的话，我和她压根儿不熟，抱歉，见笑了。"

"江宁我……"所有的期待霎时粉碎，连眼泪都没来得及掉，她就被年级主任拉了过去："你不是爱出风头吗？好，让你出个够，现在就去校门口站着。"

倾心倾力喜欢一个人，就是爱出风头吗？肖安不懂。

她恍惚地站着，脚踝越来越酸，她不敢相信他如此残忍，设了局等她跳，不到她颜面尽失都不满意。望着头顶日光清冷，她只盼快点儿放学，她等不及让以齐带她回家。

直到被大片同学指指点点笑过一遍，整个一中安静了，她也没等来以齐。惶惑的她已有不好的预感，于是奋力冲回教学楼，却不见他和江宁的人影，也是到下午才从别人口中听到升旗结束后教室里发生的一切。

说来简单，以齐看到孙江宁那样对肖安，自然咬牙切齿，但他什么都没说，只是趁江宁班里上体育课，把收齐的班费塞进江宁的课桌，然后他便横下心闹大这桩乌龙戏。

1000块钱不是小数目，老师在排查了每位同学无果后，把疑心转到了隔壁班，这才通过搜索课桌找出了班费。

一时被所有人的目光围住的孙江宁什么话都没说，他从小没父母安抚，心性敏感如尘，什么都不怕，独独怕被人栽赃。

他望着一旁沉默微笑的以齐，捏紧手边一只易拉罐，用尽力气砸向以齐。

随着以齐捂着流血的脑门被送了医，江宁的校园生涯也被迫中断。他年迈的奶奶一求再求，校方却不松口："一中对暴力决不姑息。"

江宁听着默默笑，他想起自己身上深浅不一的伤，真讽刺啊。他不再低头，笃定地扶起奶奶往外走，淡淡地说："你们没机会开除我了，因为我退学。"

搬光所有东西离开之前，江宁找了肖安一次。他压根儿不理会她欲言又止的内疚脸色，开门见山道："不麻烦的话，请买辆自行车给我，当初没了它也有你的原因，而且你早就说了，我是穷人，东西比人重要。先谢谢你。"

她不敢接触他生冷的目光，用力点头，温顺照办，直到他彻底走远她才发现自己脸上全是狼狈四溢的泪。

先是沙沙，如今又是江宁，她明明一个都不想失去，却偏偏谁都要走。高考迫近，她心里的孤独像气球一样越吹越大，仿佛随时会把她炸得七零八落。有天深夜惊醒，她终于摸出手机拨了从初中起就用快捷键存的号码，憋住哭腔："沙沙，我好想你……"

温沙沙哑然失声，难受地安抚她："肖安我懂，我都懂，你我用尽力气争取的那颗心，本不属于我们俩任何一个。我们……多傻啊。"

F

直到毕业，肖安都没再见过江宁，只听以齐简略说起，他退学后像变了个人，个子开始蹿高，性情日渐激烈，渐渐成了街头少年里谁都打不倒的头儿，还凭一技之长进了游泳队，疯狂暗恋起一个姑娘。与之相反，大学时代的肖安倒磨平了嬉笑怒骂的性子。也许是出于内疚，她每周都起早坐车，去照顾江宁独居的奶奶。

她做梦也没想到，他也有温柔的一面，奶奶回忆说："江宁瞧着难接近，其实比谁都敏感懂事，下了课就为我做饭，稍吃一口又去游泳，从不问我要零花钱，受伤回家也不说，擦了药就忍着，他以为我老糊涂，其实我和他一样疼……"

难怪他永远一副没时间的样子。

两个人再遇到，已是隆冬。从以齐那里听闻他为了争取队里那姑娘的心，毅然要陪她去加拿大之后，她难过地重回当年锦标赛的游泳馆，恰好隔着一池蓝水瞧见临行的他。

许多误会她不愿再提，只吃力地仰望着比她高一大截的他，眼眶发红："对不起。"

见他沉默抿嘴，她又卑微地小声问："还讨厌我吗？过了这么久。"

他当即摇头，诚恳微笑："当然不，还有……谢谢你照顾我奶奶。"

原来他都知道。

"但肖安……不讨厌，并不是喜欢。这星球上有60亿人，绝大多数我都不讨厌，但我也不能统统喜欢，你明白吗？"

她沉默好久才点了头，抓着后脑勺儿释然一笑："说出来我就痛快了，好啦，祝你在北美洲过得开心，孙鱼雷同学。"

可惜世上情事千桩，终究是落败的多，2006年，依旧是春寒料峭，孙江宁孤身回国，他为那姑娘拼尽所有，她却与别人留在了北美。

后来，以齐问过肖安："觉得解恨吗？你曾受的煎熬，正原封不动地发生在他身上。"

她热泪盈眶地想起过往，好的，坏的，激烈的，寂静的，然后使劲摇了摇头。喜欢这件事没有对错，只有成败。她和江宁一样，虽败犹荣。

闭上眼她仿佛回到了2002年的4月，火车穿过雪白的梨树，她和沙沙还是好友，她还那么骄傲："先交朋友啊，等成了朋友就告诉他你的感觉，青春那么长，朋友没了就再交，该说的话就算哑了也要用手语统统说出来！"

"以齐，如果青春重来一次，我还这样过。"她的瞳孔灼灼发光，那个嬉笑怒骂的肖安短暂地复活了。

十年很长，可以将一门外语说成母语，从一贫如洗到身家显赫，甚至足以奔赴死亡……但用十年喜欢一个人，很可能徒劳无功。

没关系，她甘之如饴。

盖世女英雄的拥抱

这世上任何一份喜欢，任它曾浓烈如酒，抑或曾酣畅如歌，都逾期不候。

【不能坐在悲伤的你身旁】

2014年，从墨尔本回国的夜航中，林小玮缩在毛毯里睡不着，脑海乱得像冰与火在对峙。多少年了，她对于任何选择都主意坚定，这次却像丛林里迷路的鹿，不知往左往右。

一落地，骆然那个话痨的短信就唰唰地涌进手机，皆是些细微絮语，算算墨尔本还是凌晨，这呆子果然没好好睡觉。

你那个破胃，药都离不了，让陆之让千万别带你吃路边摊。

到上海给我打电话，照顾你的各项基本指南我都电邮给陆之让，让他提前学习着啦。

别笑我是咆哮帝，下机休想臭美，把箱子第三层里的大衣套在裙子外头！

……

骆然应该很难过吧，虽然他还是尽力做出很啰唆很大方的样子。她喉咙眼一阵莫名的咸涩，笑着笑着眼睛就湿了，恰在这刻一抬眼，瞧见了远远朝她张开手臂的陆之让。

三年时光在陆之让身上非但没有任何作用，反倒将他那股子清冷又礼貌、引人靠近却偏偏让人难以真正融入的气场，雕琢得令林小玮不由得悄然战栗。

“小玮，走，我们回家。”他的嗓音和拥抱都很凉，像在夜晚的海水里浸过，却还是让林小玮手里的行李陡然撒了一地，她不争气地动也不能动。

“回家”二字，曾是林小玮在陆之让身上许下的最大最远的梦想，现在她却恍了恍神，缓慢而笃定地望着他漆黑的瞳孔：“抱歉，我想这一路我考虑得够清楚了，我不能跟你走，骆然定居的地方才是我的家。之让，这世上任何一份喜欢，都逾期不候。”

陆之让木木地掉过头，走得极慢，极静，这一定是他十拿九稳的骄傲人生里非常非常鲜少的几次被拒，也一定会让他铭记很久很久。

这时到达通道旁的星巴克恰好响起一首老歌：I just can't sit by your side，to see your sorrow under such beautiful sunshine.（在如此美丽的阳光照耀下，你却在伤心难过。我无法只坐在你身边，袖手旁观。）

阳光充足的三千米，我突然明白，我不能坐在悲伤的你身旁。

【我人帅，蠢点儿不打紧】

2007年暑假，是即将升高中的学霸少女林小玮有史以来过得最糟心的一个假期。

中考揭榜当天，林小玮发现榜首赫然写着“陆之让”三个字，而自己则屈居第二，差点儿双眼一翻背过气去。一想到自己从幼儿园开始入学成绩就独孤求败的纪录被半路杀出的家伙打破了，她心有不甘哪。

这么回想着，她趴在男闺密骆然家宽得吓人的沙发上，仰头往冒烟的喉咙灌了一通冰的巴黎水，伸脚一踢骆然沙滩裤下的小毛腿：“喂，骆然，我算明白了，防火防盗防转校生才是真理！”

骆然正盘腿坐在地板上龇牙咧嘴地玩赛车游戏，被她这么一弄又死了条命，索性撂下游戏手柄，四仰八叉一倒，幽怨地瞪她：“啧啧，还念着那个陆之让？得了，您又不是待字闺中，急个什么劲儿，开了学准能撞见的。”

还别说，林小玮真是非常急。

她二话不说抓起抱枕朝着骆然的脑袋砸去，他飞速跃起，惬意一笑，大概想学那年曼联的欧文飞身射门来耍帅，却以狗啃泥的姿态栽在了地板上。

骆然倒是压根儿不尴尬，爬起来优雅地整理着用发蜡打得锃亮的莫西干头：“又在心里骂我蠢？没关系，我人帅，蠢点儿不打紧。”

在骆然心底，林小玮就是考神附体居里夫人在世，他霸道得不准任何人比她更聪明耀眼，包括自己。而自己的天然蠢反倒能让她开心，也算差生人生的一大亮点了。

这不，林小玮拍着他的肩膀笑得花枝乱颤，眼泪都快蹦出来了：“叫了你快十年呆子，果真没冤枉你啊。”

一向脸皮比墙还厚的骆然语调虽没个正经，但懒洋洋半睁半闭的眼睛逆着日光很好看，漆黑与明亮交织，像有人往里面撒了一把细碎的星辰：“十年了……那什么，古人不都说十年修得同船渡，百年都那啥了，咱俩再接再厉。”

有短短一瞬，林小玮认真地望着他，究竟是她迟钝还是看太透呢，从小到大，为何那么多女生纷纷中招于他这些傻里傻气的耍帅行为，他是有张俊朗阳光的好皮囊没错，但他身上哪儿写了“男神”二字了？分明是个呆子。

但林小玮也晓得，他是全世界对她最好最没原则的呆子了。

【东邪西毒】

开学已入秋，林小玮一大早在校门口与骆然会合。骆然从房车里出来就不由分说地将他家阿姨准备的煮鸡蛋塞给她，这习惯他保留多年。

一年级，矮矮的骆然瞧见像小女王般在国旗下讲话的林小玮，她站在人群顶端，字正腔圆，笑容无畏，和风把她的小刘海儿吹开，露出光洁饱满的额头，耀眼得如一枚冉冉红星。

小骆然笨拙地找不到对她崇拜示好的好方法，一把将煮鸡蛋塞给她。

“自己干吗不吃？”

他抓耳挠腮好半天才搪塞：“这玩意一股鸡屎味。”她“扑哧”一声笑起来，捶了捶他的肩：“挑食的臭毛病，打一顿包好。”

还是林小玮斗志昂扬的声音将他从往事里拽出来：“骆然同学，高中生涯就此开始，往后我负责埋头当学霸，你负责打杂。首先呢，你去找到陆之让，盯住他，知己知彼方能百战百胜嘛。”

说着，林小玮像特务似的摸出从报纸上剪下的陆之让的照片，标题赫然印着“奥赛冠军少年最终花落市二中”，油墨印刷并不清晰，但陆之让嘴角那一抹胜利笑容让人移不开视线。

花落？敢情这转校生来二中竟是二中的殊荣。都说女孩后劲不足，高中理科会慢慢落后，林小玮偏不信邪，她要漂漂亮亮地赢过陆之让。

骆然看过照片便大步流星地报到去，丢下一句装蒜的“Got it（收到）”。

林小玮刚要吐槽，却被迎面捧着书的男生一撞，男生瘦瘦高高，深蓝色毛衣配上和煦的眼神，连落在书脊上的手指也修长匀称得不像话：“对不起。”

是陆之让。

她莫名地慌起来，连“没关系”都忘了说，潦草地“嗯”一声便抬腿走开，谁知陆之让淡淡地在她身后喊："同学，你东西掉了。"

他清俊落拓的嘴角似笑非笑，掌心攥着她从报纸上剪下的那张小照片。

她咬咬牙接过照片，虽然陆之让只字没提，却像是看懂了一切，逼得她板着脸胡诌："这照片我拿来贴课桌的，你不知道二中传统吗？将自己最讨厌的人贴课桌上，激励自己奋斗。"

陆之让的脸平静如水，不以为意地一点头，朝教室走去。

被晾在一旁的她，心底蔓延着乱哄哄的疑惑：自己为何如此过分敏感，不过是张照片罢了，何必极力撇清？

她索性揉了揉太阳穴，大方地越过他，迈着更利落的步子往前，却冷不丁又被陆之让指了指走廊反方向："林同学，你的教室在那边。"

她默默在心底将自己骂了一遍，完全没承想第一回合在气势上就被陆之让甩了好几条街。

更可怕的是，他身上有种磁场，稍一靠近，便让她原本引以为豪的聪明统统失灵，甚至变得不知所措，畏手畏脚。

这时一脸看好戏神色的骆然玩世不恭地跳出来，冲她懒懒一笑："啧啧，学校把你俩分在相隔最远的俩教室，东邪西毒的节奏啊。"

埋头沉默的林小玮并没想到，"东邪西毒"的正面交锋来得这样快——两个月后台商赞助的物理竞赛，每班选送两个人到位于森林公园的活动基地比赛，顺便合影、爬山，方便学校拍摄新宣传片。

百分之九十九的新生尚未见过高中的物理课本，而对这门课极有兴趣且早已自学甚多的林小玮和陆之让，当然无悬念入选。

【陆之让的薄荷味】

林小玮没想到骆然这家伙还真神通广大，脖子上挂着参赛证就跷腿坐在了当天去物理竞赛的校车上。

没等她发问，他就自己嚷嚷起来："我热爱物理不行啊？再说了，明儿比完赛还要爬山，你累了还能当我是拐棍呢。"说着，他坏笑着亮了亮自己结实的肱二头肌。

午后出发，傍晚才抵达森林公园。学霸们深知明早恶战一场，分了房卡便匆匆散去，唯有林小玮和陆之让诡异地走到了同一个房间门口，两个人尴尬地四目相接。

林小玮找了一圈也没见到带队老师，只恨自己干吗叫个像男孩的名字呢，干吗不叫林小薇呢？

陆之让为难地挠挠头："先进来吧。"

偶然地同时伸手，令她发现他的手碰上去竟那么凉，模糊中只觉他身上的薄荷味很美好。

陆之让的心思全然在辅导资料上，她却像只没头苍蝇般转来转去："反正也不是夏天，将就一晚不打紧。两床中间就是楚河汉界，除了去卫生间不准越界。我……不当你是男的。"

"嗯，我也不当你是女的。"陆之让眼都没抬，无心地跟一句，话音落下方觉不妥，又淡淡地抱歉一笑，"我不是那个意思……"

她有点儿不知所措，只能尴尬地呵呵以对，一时气氛冷到极点，这时门被咚咚地剧烈敲响，骆然愤愤的脸一出现，林小玮暗自松了口气，世上没有骆然救不了的场，面上却奚落他："我还以为火灾了呢。"

骆然嗖地钻进屋，像一枚默默等待引爆的炸弹，一手攥着陆之让的书包，一手拉起陆之让的胳膊："陆同学，现在、立刻、马上走，和我睡！"

她忍不住"扑哧"一声笑了，略微担心地在后面问："你们仨男生能住下？"

楼道传来一阵骆然幽幽的笑声："得了，林小玮，要不再给你个选择，让陆之让去我房间，我来和你住？"

林小玮无奈地关上门，也确实累了，一晃便沉沉入睡。

而在骆然房内，闷声看了一整晚书的陆之让抬头盯着骆然，支支吾吾道："你和小玮是好友吧？能告诉我怎么做……才能让她不那么讨厌我吗？"

原来，陆之让是很在乎林小玮对他的态度的。

骆然微微失神地一愣，摸出一副扑克，邪恶地和陆之让勾肩搭背："不让她讨厌？你小子是想问怎么讨她喜欢吧？小玮虽也是学霸，但人家和你这书虫不一样，她爱玩，来，我也不藏着掖着，免费传授你！"

就这样，骆然拉着陆之让和另外一个男生玩了通宵，其间他靠着自己眼观六路、耳听八方和巧舌如簧的超群功夫，愣是没给陆之让一个推辞的机会。

天光微亮，挂着浓浓黑眼圈的骆然伸了伸腰，嫣然一笑，望着同样满脸倦容的陆之让，心底乐开了花：你小子到现场就忙补眠吧，小玮的冠军稳拿了。

【你是我心底的软刺】

"骆然！你果然没放过陆之让，阴谋家啊你。"林小玮并不傻，整场竞赛陆之让精神萎靡得像被催了眠一样，于是一出考场她便冷冷地质问骆然。

"天地良心，我没有啊，"骆然一脸无辜的邪气，"我和陆小兄弟相见恨晚，促膝长谈，一不小心就天亮了。"

"够了！我不想看到你这张脸！"或许是骆然嬉皮笑脸的样子激怒了她，她疲惫地瞪了他一眼便掉头跑远。

骆然脸上挂着的笑容终于彻底冷掉，他忽觉心尖上有那么一点儿难受，像是自己摇头摆尾地试图帮她，却因为愚蠢而被甩了一记无比响亮的耳光。

多年后骆然总觉得，或许就是从那一刻他开始懂了，林小玮需要的不是真正的赢，而是与陆之让一起互相奋力追赶的美好时光。

而这样的时光里，永远都不会有他骆然的一席之地。

林小玮犹豫半天还是走到陆之让面前，艰难地软下语气：“抱歉，真的很抱歉，我是发誓要赢你没错，但不是以这样的方式。”

他俯身望着她，面不改色，照例是礼貌而清冷的眼神，轻易便能摄人心魄：“别抱歉，赢没赢还未可知。”

恰在此刻，台上宣布了刚出炉的竞赛结果，最高分由陆之让摘得，林小玮以一分之差居于亚军。

她不知该恭喜还是沉默，他却始终是一副淡淡的模样，这让她难受，像用尽全力的一拳牢牢落在了棉花上，无声无息却令人窝火。

合影时倔强的她咬住牙，故意仰着下巴佯装傲慢，如何都不肯站在陆之让身旁，她不懂自己究竟怎么了。

老师似乎看出她的小情绪，默默让拿第三名的、和陆之让同班的女生许薇恩站过去。

彼时的林小玮当然不知，这个清瘦腼腆的许薇恩日后会在自己和陆之让的世界里如何叱咤风云，巧合的是，当她鼻酸地望着许薇恩和陆之让对着镜头一起微笑时，骆然也正悄然望着她，目光忧愁，一点儿都不像往常那个牙齿天天晒太阳的家伙。

午后爬山，两人一组，骆然对小玮的心情了如指掌，于是尽力发挥他厚脸皮的功力，拉起许薇恩便冲上山脚吊桥，拼了命地说笑。

林小玮却淡淡地叫了骆然一声，与陆之让站得远远的：“骆然，我们一组吧，陆同学和薇恩比较搭。”

骆然自然一路小心翼翼地护着她，脸色苍白的她却只顾攀爬，一言不发。

她慢慢地没劲儿了，骆然却始终元气满满，浓眉毛笑起来弯成一道温柔的桥，很好看。他不停地掏出湿巾、矿泉水给她，她也只得抛下心底的恼火，一边伸手拿面纸擦去他额头冒出的汗，打趣他：“背这么多不累呀，当你书包是哆啦A梦的万能口袋？”

“我要真是哆啦A梦，首先要用任意门到你心里瞧一瞧，也好对症下药，赶走你压在肚子里全部的不快乐。”他近在咫尺地盯着她的双眼，无心一说，却惹得她轻轻一怔。

这样有心有肺的骆大少，竟让她开始摸不透了，甚至有几分心绪紊乱。

不到日落，骆然和林小玮便率先抵达凉亭，陆陆续续大家都到了，却独独不见陆之让他们。

天光一寸寸暗下去，山风微凉，带队老师眉头紧锁一遍遍安抚大家再等等。黑暗中趁骆然上厕所的工夫，林小玮悄无声息地独自返回山间。

她并非不怕漫长未知的石级，只是更怕枯坐在这里悬着一颗心。

循着手机亮光，她壮起胆子不断往森林深处走，终于听到陆之让一如既往安宁的嗓音：“薇恩快一点儿，估计大家都等急了。”

许薇恩低头甜软地应声：“那你拉我一把，太累了。”陆之让苦笑着用力攥起薇恩的手腕，往林小玮这边攀过来。

那一瞬林小玮忽然很怕陆之让看到自己，像个心虚的窃贼似的往后躲，却不想脚一滑，荆棘扎在她脚踝上，很痛，她却愣是没出声。

可惜陆之让还是走过来发现了她。

两个人寂静地四目相接，他很快躲开她灼灼的目光，俯身背起她：“小玮，骆然呢？”她无力招架他的发问，垂下头在他的背上沉默，暗里没人看到她眼角难堪的湿热。

倒是他扭过头淡淡地问："小玮，有没有什么办法让我不再是你的眼中钉？"

他目光里的信息，她统统读得出：他虽只字未提，却已在心里认为昨晚骆然所为是她的主意，而今天她不愿合照，是因为即使她做了卑劣的干扰，属于他的冠军依旧没被动摇……

你从来都不是眼中钉，你是我心底的一根软刺，拔不掉却又忽略不了。

她抿住唇，不让喉咙深处的软弱泄露，良久才鼓足勇气："想休战？行啊，你去和老师申请让我调到你班里，我俩才好光明正大竞争嘛。"

陆之让迷惑地望着她恢复了傲慢的眼睛，点了点头。

【双份便当的温柔】

到新班级，老师大约也觉得两位佼佼者互相厮杀很好，于是他俩成了同桌。

而他们高中时代也只做了这短短一天同桌——次日清晨，骆然就大摇大摆地将年级特批的纸条和医院弱视报告拍在陆之让桌上，笑意狡黠："小兄弟看吧，我眼睛不好，因此被批准坐在你和小玮中间了。"

她给了骆然一个大白眼："你还真什么事都干得出来。"

"过奖过奖，我人帅嘛，自然思维灵活。"骆然只当她在夸自己，春风满面点头致意，却压根儿没想到这样也没能阻止他们俩继续较劲。

高二下学期，两个学霸将战火从课桌挪到黑板，数理化课上讲压轴题，他俩像形成默契般各占半面黑板，解法之妙常让老师发愣。

她渐渐找到陆之让的命脉，别看他总是对一切极其疏离，但只要她丢一句“之让同学，你这个思路也太笨了”就可惹得他在放学后听不见任何噪声，世界中央独剩洞悉符号的眼和沙沙作响的笔。

她占上风时，他当然会镇静地吸取她灵感的妙处，而更多时候，他总能推翻她的思路，和煦一笑，拍拍她的肩：“你输了。”

“嗯，我输了……”她默默感触他掌心的温度，脸上不落痕迹，心底却仿佛被暮春柳絮挠过，痒痒的，很想打个喷嚏。

陆之让爱独来独往，她曾偷瞄过他一个人打壁球的模样，颀长的身影连挥汗如雨都那么了无声息……那股寂静的力量让她心头一震。

到了高三，两个人放学后一起温书做题已成为不需开口的习惯。而紧张的学习氛围让骆然越发压抑，为了显得不那么落寞，他总在操场打球到天黑，然后带着阿姨做的热腾腾的便当去找她。

她最怕让陆之让看到她被别人照顾，怕陆之让认为她柔弱，她近乎偏执地认为唯有成为和陆之让一样耀眼的人，余生才有资格牢牢站在他身旁。

她总是望着窗外抱着篮球浑身是汗的骆然，一脸抱歉地示意他不必等，先回去。骆然如何能接受？十年，换了一所又一所学校，他和林小玮一道回家的传统从未被撼动。

于是后来，骆然虽恨得牙痒痒，还是让阿姨每日准备双份便当，提前塞进她的课桌，没好气地告诉她：“不吃饭又每天拼命到快八点，想英年早逝永垂二中校史？和陆之让那小子一起先吃了再研究，我等你回家。”

她并非不感动，也会大方地拥抱他：“骆然，我的坏脾气不值得你这么个称职的死党。”

“我说值得就值得。”他没忍住转瞬的鼻酸，嗓音一哑，也慢慢习惯独自在漆黑的走廊上插着耳机将歌单从第一首听到尽头，见教室灯熄了便一跃而起，扬起温暖的笑和她并肩往公交站走去。

车上，她不止一次因太累而倚窗睡去，骆然温柔地望着她抖动的小睫毛，不忍叫醒她，就轻轻地背过她的书包，一声不吭地用手臂圈起一小块地儿，让她稳稳地小憩。

城市夜色深邃，她细碎的发梢时不时蹭到他青筋暴起的手腕，让他的心轻轻一颤，又酸涩又甜美："小玮，这就是我们靠得最近的时候，也是唯一我觉得我能走进你心里的城池的时候。"

可惜这些时刻，林小玮从来不知道，她记得的是某日补习，自己鼓足勇气摸出课桌里的便当，想喊陆之让一起吃，陆之让却正望着手机短信，急匆匆地收拾书包，一脸她从未见过的细腻笑意："薇恩说她在对面鸡公煲等我呢，小玮要一起来吗？"

过了很久，小玮甚至不确定自己是否失态地怒吼"不要"，只记得那天之后直到一连串闹哄哄的毕业、高考、暑假小聚，倔强的她都没再和陆之让说话。

而当晚一声不吭地走进来，小心翼翼地捶了捶她颤抖的肩、坐在她身旁陪着她大口大口吃完便当的人，是骆然。

至于当晚那个挂着哭肿的眼圈絮絮叨叨了很久，把骆然的校服外套弄得一把鼻涕一把泪的人，是她自己。

【暗里花火】

最怕见谁，便冷不丁会见到谁。

九月，林小玮和陆之让在四百千米外的上海再次碰上。更戏剧的是，骆然和薇恩也像约好一般通过点招进了上海交大。

年少暗恋在她心底刚腐朽，本以为就此开始新生活了，他却再次靠近，让她触手不及。

她开始缺课，昏睡……直到骆然气急败坏地找到她宿舍，拽起头发凌乱的她，冷冷地盯着她惶惑的双眼，不留情面地嘲讽：“从小到大我心里的盖世女英雄就这么点儿出息，还没输就往后退了？薇恩在追之让，你为什么不能？”

说着，他默默将公费读墨尔本大学的通知撂给她：系里最终会产生两个名额。这成了暗里的一束花火，重燃林小玮曾在陆之让身上许下的种种梦想。

许是默契仍在，公选课上陆之让在她的座位前停下：“小玮，墨尔本的那两个名额，我总觉得……舍我们其谁，你说呢？”

“墨尔本，不见不散。”那闪亮的一刻，她的眼停驻在他骄傲的脸上，往后多年念念不忘。

她深信幸福有两种，一种是天生获得的比如父母的爱，另一种则是后天努力才能拥有，而陆之让，便需要她忘掉所有阻力，拼命争取。

仿佛回到高三，通宵攻克雅思成了她生活的重心，而与二中岁月里如出一辙的是，骆然依旧是那个清晨在图书馆楼下听着耳机里的音乐，耐心等她的少年。

每当骆然一脸心疼地将准备好的大衣披在她身上，她都忍不住在心底质问：陆之让真值得自己穿越那么多孤独和寒冷？眼前眉眼清俊的骆然呢，他何尝不比陆之让更懂得自己，也更细致温柔？

不知从何时起，骆然仿佛会了读心术，一边将她凉丝丝的手放在掌心慢慢焐热，一边低声安慰：“有日子没见之让了吧？他一定也想见你，只是太忙，和你一样夜以继日呢。”

她不愿让为她辛苦的骆然看到眼泪，只得拼命憋住，浅浅地一笑带过。

一切似乎都朝着圆满的方向前行，直到三个月后宣布选拔结果，系主任毫无悬念地念完林小玮的名字，紧随其后的竟是个陌生人。

原来陆之让在一周前已悄悄退出选拔。

满脸泪水的林小玮感到被欺骗，不顾满座复杂的目光，冲到陆之让身旁，死死揪住他洁白的衬衫领子，声嘶力竭地质问他："说好一起走的路，你却偷偷返航了，为什么不告诉我一声，让我一个人傻愣愣地往前冲？"

陆之让垂下头，任由她摇晃身体，始终一声不吭。

他当然说不出口，早在他刚刚和林小玮约好目标墨尔本不久，他便彻底在许薇恩锲而不舍的温柔攻势下妥协了。

而当他告诉了骆然，骆然在漫长而冰冷的沉默之后，反反复复地警告他："千万别向小玮透露一个字。你虽不值得她那么努力，但她独自熬过那么多夜晚，闯过那么多难关，理应到墨尔本去看更广的世界，追求更高的理想！"

……

深冬，林小玮飞往的正是明媚夏季的澳大利亚，没一个朋友送机。

在父母的注视之下，她尽力撑着小孩子般的兴奋笑容，过了安检才钻进卫生间，关死了隔板却发现自己身体里并无急需宣泄的眼泪，有的只是无尽的荒凉和孤单。

关机前一刻，她来回翻着通讯录，翻了很久，硬着头皮拨通了骆然的号码。

"您拨打的电话暂时无法接通。"紧随其后便是漫长的忙音，再无其他。活到二十岁，竟没有人是真正在她身旁的，她第一次如此绝望。

骆然没出现，这让她稍稍意外，然而更令她意外的是，抵达当日，没等她将大堆行李塞进Homestay（寄宿家庭）安排给她的那个拥挤无比的小阁楼，一个熟悉的声音就在她身后响起："小玮！"

她愣愣地望着站在日光里冲她微笑的骆然，说不出话。

他大大咧咧地拥抱住她，再无犹疑："小玮，你那么拼命地想要和你喜欢的人一起到陌生的国度去，仿佛这会儿是独独只有你们两个人的无人之境，这样一来，你们就理所当然是彼此的唯一选择了……而这样不能说出口的私心，其实我也有啊。"

原来他还是不放心留她一个人在南半球，于是厚着脸皮求家里给他想法子得到offer（录取通知），马不停蹄地追着她的航班而来，只为给她惊喜。

她心悄然一震，仿佛有些原本坚不可摧的角落，因为骆然的坚持而慢慢地在瓦解。

其实在陆之让心里，自己又何尝不和骆然一样，像个卑微又锲而不舍的苍蝇，一圈圈飞旋，奢望陆之让能感动，从而让自己获得永久停留。

他不由分说地抓起她的行李就往自己的越野车里塞，口吻豪气万丈："在这儿当房客也是当，当骆大少我的房客也是当，走，跟我住去。"

隔着不足五米的距离，她第一次认真地打量这个日渐成熟的大男孩，眉头越皱越紧，慢慢地就肩膀轻微一抖，低低地哭出了声音："骆然，谢谢你还在这里。"

"不客气，只要你不赶我走，我会一直在这里……不对，你赶我我也不走。"他玩世不恭地清了清嗓子，凑近她问道，"我给你搬箱子的样子是不是很帅？"

【我在家等你】

向来懒散的骆然竟一反常态地开车过来，只为购进她喜欢的天蓝色的墙漆和家具，趁小玮忙于上课和打工，他独自在家戴着口罩忙里忙外好多天。

入夜，累得快散架的她一进门便笑着问："你这穷折腾什么呢？"

他盯着她的双眼挠了挠头，有点儿羞涩又极认真地说："我一个人住就罢了，怎么乱都可以，但你在这里，我就希望能尽可能地让这栋大房子像个家的样子，让你舒服一点儿，也不至于想家。"

"还是那么蠢，没救了你。"她听了便双目灼热，忍不住踮起脚伸手拂去骆然鼻尖细小的油漆，笑得眼红红的。

就这样，两个人在墨尔本的日子过得简单而飞快，就在林小玮自以为自己的世界里已经没有了陆之让的任何一寸领土，就在她想要开口告诉骆然，她想要就这么和骆然过一生的时候，陆之让的电话开始在凌晨不断轰炸她。

故事再简单不过，薇恩对他的崇拜与恋慕随着成为恋人而退去，相反，她慢慢看清了陆之让身上那种彻骨的清冷和礼貌，灰心来得极快。

而陆之让从未告诉任何人，当时他接受薇恩，是他不敢继续让自己的心沦陷在林小玮身上，林小玮太倔强，强势，事事都当作一场必胜的赛跑，令他心动却也抗拒。

陆之让在越洋电话里的嗓音听上去一片颓然："小玮，你回来吧，我希望你回来。"

于是她决定回国探望父母，顺便见他，抛去那一份喜欢不说，光凭着高一起的七年相识，她也愿意看看他如今的模样。

骆然听到她要回国一趟，温柔的神色坦然无比："看看父母嘛，天经地义，住够了便回来，我在家等你。"

林小玮冷不丁一怔，心底又酸又暖，骆然口中的那个字眼如此清晰，家，然而她还是横下心诚实地戳穿骆然始终不提的那个名字：

“骆然，我不想骗你，这次回去我约了陆之让见面，他有话想说。”

他却依旧笑容慵懒，眼神自信：“还是那句话，小玮，我在家等你。”

夜航十个小时，穿过无尽的陆地与海洋，离地三千千米的林小玮一刻不停地盯着漆黑的舷窗，脑海却渐渐明亮起来：

闭上眼细细回首这些年，所有温暖的、快乐的、被照顾的瞬间，都是骆然为她制造的。而陆之让虽然耀眼，却终究和记忆里的一张偶像海报无异。

在机场告别陆之让后，林小玮一边打车回父母那儿，一边急切地拨通骆然的电话，凭着直觉放声告诉他：“骆然，你听着，不管往后我们在哪里，也不管时间去哪儿了，只要你还在我身边，我就没什么好怕的。”

而他欠扁地开怀大笑，笑着笑着就热泪盈眶，声音亦一如既往地喑瑟：“迷途少女林小玮，你花了这么多年总算懂事咯，骆大少我很满意。”

你若尚在场，四季该很好

能同途偶遇在这星球上，是某种缘分，我多么幸运。
如离别，你亦长处心灵上。
宁愿有遗憾，亦愿和你远亦近。
春天该很好，你若尚在场。
——张国荣《春夏秋冬》

【春】

梁音像从未那般疲倦一般，入夜时睡去，次日黄昏才醒来。她睁开惺忪的眼，摸到身旁枕头空荡荡的，这才陡然起了身。

明明睡前他还在，记忆在她脑海里清晰得惊人。

他垂着脸恬静地望着她，脖子间男士收敛水的清冽味道钻进她的鼻息。

他宽宽的眉毛颜色很深，目光如秋日无风的湖，单手搂住她，柔声催促："安心睡，我就在这儿，等你睡着我再睡。"

他暖暖的手指压在她脸颊上，又滑到她敏感的耳际。

她不安地说："修远，我总觉得……和你在一起的所有时间都是我赚来的，我很怕一觉醒来，你就忽然不见了。"

他歪歪嘴角冷冷一笑，将她搂得更紧一些："梁前辈，你知道我这个二十岁和你这个三十岁的人，最大的区别在哪里吗？"

他见她的脸上闪过一丝淡淡的忧愁，就顺势俯身在她额头亲了一口："就是你总是会想太多……快睡吧。"

没想到竟是一语成谶。

梁音光着脚在屋里歇斯底里地跑。他的POLO衫不见了，他的沐浴露不见了，连他的牙刷拖鞋也统统不见了。所有属于沈修远的痕迹都消失干净。

“沈修远，你一定趁我睡着悄悄回岛城了，对不对？”她无助地陷入哽咽，嘟哝一句就抓起车钥匙出了门。

宁城和岛城之间的距离，她和沈修远都太熟悉，347千米。想念对方时，两个人都恨不得一秒就跨过这段距离。

沈修远总是不声不响独自坐飞机来看她，她也会甜蜜地嗔怪：“忙专业的精力都耗在机场，沈修远同学，你简直就是胸无大志的男人典范啊！”他便像个小男孩挠着头，干净的目光锁在她的身上：“想见你的时候，我就会变得很焦虑，坐立不安，容不得自己等下去。”

她明明红了眼睛，却开玩笑：“你这败家子每周坐飞机来回，好在有个有钱的老爸供你啃。”

沈修远总是温柔地笑着点头，从不开口告诉梁音，自己已经很久不向家里要钱了，而且他是每晚在教授办公室兼职到凌晨，才赚够这笔来看她的钱的。

机场高速上，一桩桩往事令她越想越头痛，索性抿着唇握住了方向盘，边开车边转头，茫然地看着擦身而过的车，希冀能在某个窗口瞥见沈修远的脸。

她麻木地踩油门，恍然瞥见雷绍宇的路虎正逼近自己才猛然刹车。

她仰在座上倒吸了一口冷气，雷绍宇冲下来敲她车窗：“梁音，你一醒来就这样闹，你真想不清楚？你自己看。”

他将一堆明信片塞给她，有来自新疆的，伊斯坦布尔的，最近日期的一张来自纳木错。

她倔强地咬住唇不吭声，大滴大滴的眼泪砸在墨绿色的邮戳上，将那些陌生的地标晕染得像一朵朵瘀青的花。

“绍宇，我自己也不知道我怎么了……”她绝望地垮下身子。

雷绍宇也无奈，只好耐心地将她扶起来，抱住泪如雨下的她，清晰感到她的锁骨在颤抖着。

沈修远刚到报社实习那阵子，刚巧她得重感冒，整天戴着白口罩，双眼泛泪光。

90后的他穿着利落的白色POLO衫，腕间是阿迪三叶草的运动手环，总是歪着嘴角：“梁前辈。”

彼时梁音作为一个行业前辈，需要故作沉静，独处的时光也只淡淡和他说了一堆无关痛痒的行规：“我们这行有很多不能报道、无法触碰的灰色地带，都是约定俗成的，你慢慢也就明白了。”

后来她每每回想，都记得沈修远带给自己心里的那种暗涌的波澜。

他那张五官立体的脸，虽年轻却不怯懦，望向她的目光甚至是犀利的，彼此熟悉了之后，她曾将情绪藏在专业的口吻里，赞赏道：“修远，你的目光真的很适合当记者。”

他幽幽地接道：“被我的电眼倾倒了？”

她不禁浅笑着拍他：“到底年轻，自恋症很严重哩。走，跟我跑一条新闻去吧。”

拥挤的公交车上，英挺的他用手臂在车厢里圈出了一小块地方，好让她比较舒服地站着，她尴尬地紧贴着他的胸口，因为怕把感冒传染给他。

他却安静地拍了拍她，将提前准备的保温杯递给她：“多喝水，才能好得快。”

她不得不说，头昏昏沉沉而手脚冰凉的自己在接过水的那一刻，心里的某块地方被轻易击溃了大半。

有点儿像小时候过马路，手忽然被人暖暖握紧的那种感觉。

他们到达现场时情况很混乱，在宁城声名狼藉的富少雷绍宇刚和一伙人大打出手，他的手下毫发无伤，而对方伤势却很重。

没等修远反应过来，梁音就举着相机穿过人群，咔嚓咔嚓照着车牌闪了几张。

雷绍宇快速发动了车要离开，正当她愤怒地拍着车窗时，修远嗖地蹿了出来，决然地横在了雷家车前，车这才猛一刹，梁音便默契地对着车窗里的雷绍宇拍个不停。

雷绍宇气急败坏地夺她手里的相机，修远见了就一把推开了他，将梁音牢牢地护着，倔强地将相机举得很高，冷笑着躲过保镖混乱袭来的手。

这时盛怒的雷绍宇颇有深意地盯住梁音，浅笑着逼近她，轻佻地扯下了她的口罩："这就是宁城有名的铁记梁小姐吧，久仰久仰。其实……梁小姐可以跟我上车，好好来个专访的。"

修远听了便不假思索地将相机扔给保镖，二话没说冲上去稳稳拉住梁音，趁势给了雷绍宇重重一拳，在所有人愣住的一刻，拉着她飞快地跳上了人潮汹涌的公交车，这才稍稍放松下来。

她失望地盯着他："相机就这么给他们了？"

他这才得意地从兜里掏出一枚小小的记忆卡，得意扬扬地冲她挑眉："梁前辈，你也太低估我的智商了呀！"

她刚显宽慰，却忽见他抬起的手臂上有块狭长的伤口汩汩地冒出刺眼的血，他瞧见她目光里的慌张，连忙将手臂收回去，微笑着说："回去包扎下就行了。倒是你……脸色好差，该好好休息了。"

她确实疲惫，脑袋沉重而晕眩，抬起干涩的双眼，却迎上了他温柔而丝毫不躲闪的目光，瞬间心有点儿乱，嘴巴一张一合地答了句：

“这么有牺牲精神，你会成为好记者的。”

她回到报社就从抽屉里拿出了酒精，帮他处理伤口时，手指触碰到他麦色手臂时有一丝尴尬，只好有一搭没一搭地说：“做记者有点儿小擦伤是难免的，所以备了些。”

他忍着痛，寂静细腻地注视她密密低垂的睫毛，淡淡接了一句：“我如果是你的男友，铁定不会让你干这行的，真不适合女孩子。”

她的心跳清晰地漏了一拍，耳朵嗡嗡地听不见声音，却只轻笑着埋头赶稿。

交完稿她回望编辑部，他的声音在黑暗里听上去柔软而有磁性：“梁音，我送你回家。”

身在陌生的城市，多年来没人对自己说过“送你回家”这样平淡却温情的话。然而瞬间她只觉血往脑后冲，不由自主地倒向座椅。

她尚存意识的最后一幅画面，是沈修远惊慌地向着自己冲了过来。

【夏】

“唉，你一个已经三十岁的女人，居然不知道自己在发烧？”

她迷糊中感到自己像一块吸满了水的海绵，沉甸甸坠落在床上出了一身汗，睁眼便见他滑稽地围着围裙。

他端着烟掉的粥，像孩子似的有点儿羞怯地轻声道：“这个粥……真的确实是粥哦，我认真地问了百度，也尽力了，你凑合吃一点儿吧。”

她接过它，明明咸得要命，却连眉头都没皱，末了只不吭声地将脸埋在碗里，停顿后才低声答道：“我知道我发烧，可是在这行请假的话，该自己做的事可不会有人帮你做。”

他望着她苍白的脸色，愣了愣才问：“我早上来报社时，你不是说那些不能报道的灰色地带就不触碰吗，那今天那么拼命干吗？”

她自嘲地浅笑，凝视着他澄澈的双瞳：“可是心会不停地叩问自己，这大概就是理智和情感的对立……你一定觉得我很不成熟吧？”

两个人静默的间隙，她的电话突兀地响起。

她沉默地听了很久，终于失落地撂下了手机：“稿子进厂印刷前被撤了下去，瞧瞧，还是我太自信了。主编警告了我，再这样头脑发热就让我搬东西走人，哈哈……”

“难过就别笑了，”他怔怔看着她僵硬地笑个不停，忍不住靠近她，轻柔地摇摇她的肩膀，“梁音，我知道你不是真的快乐。”

她执拗地拿开他的手，低头从柜里拿出一瓶赫柏湾，快速转开软木塞，独自仰头大口地喝：“等你到了我这个年纪就会知道，活着本来就是孤单的，快不快乐不是什么大事。”

他在一旁盯着她，漆黑的目光里似乎糅着一丝心疼，担心地伸手夺她手里的酒，说话的分贝也渐渐随情绪迅疾升高：“你烧刚退，喝哪门子酒？还有，梁音，我不准你动不动就说自己老，你明明还很年轻……”

她死死守住倔强，继续锁着眉咕嘟咕嘟地喝，被红酒的酸劲激得嗓子眼疼痛，才一字一顿地红着双眼告诉他：“沈修远，别和我谈心事什么的，我治疗自己的方式就一个，喝到不省人事然后让头彻底疼上一整晚，早上就能忘干净好好上班！”

刹那间，他用力将酒夺过来喝个干净，然后深吸一口气，一声不吭地吻住她。

他带着温度的手指拂过她潮湿的脸颊，战战兢兢地逼近她，盯着她流泪的双眼，戏谑地说道：“既然你不喜欢聊心事，这个法子怎么样？至少比一个人嗜酒要健康些吧。”

两个人都愣住，最终她丢盔弃甲，哭笑不得地圈住他的脖子。

他转而微醺地笑着，将自己青涩的脸藏在她的头发中，年轻的手臂将她箍得很紧很紧：“‘我喜欢你’这四个字……虽然很俗套，但的确是真的呀。”

她愣愣地将目光锁定在他眼睛里，不可置信地确认很多遍，才终于在他衣襟上哭得像个初恋的小女孩。

这是他们认识的第七天，他用一个吻告诉她，原来过去十年，她一遇到伤心事就灌酒，并不是用最好的药。

大约一周后，雷绍宇气势汹汹地带人直奔助理办公室，所有人都替梁音和修远捏了把冷汗。

雷少找上门，从来就没好事。

雷绍宇走近修远，稍稍弯下腰：“得罪沈少了，那天您受的伤大可今儿在我身上打回来，雷某绝不会还手的。”

梁音听得云里雾里，目瞪口呆地看着修远，他淡淡皱眉，将声音压低：“你不用这样，我根本不愿受他庇佑。没事你可以走了。”

雷绍宇也不负赘，离开前走近梁音，痞气的目光里竟有一丝的诚恳：“梁小姐，其实那天我打那群人是因为他们企图勒索我，并不是你想的那个样子……”

她浅浅一笑：“我从没想过你是怎样的，你没义务向我解释。”雷绍宇愣了愣，戴上墨镜进了电梯。

当天直到下班，沈修远都异常沉默。

办公室里，他心不在焉地修着图，直到她凉凉的手搭在他肩上才蓦然回头，目光很落寞。

她半开玩笑：“还说我不快乐，那你这……就是真正的快乐吗？”

他怔了怔，猛然站起身牵住她的手，她无力挣脱，只好跟着他从二十九楼的编辑部一路冲下黑暗的楼梯。

还没到尽头，两个人就都已经累得直喘气，他将她揽入怀里，温热的呼吸一点点吹在她的耳后："我承认，我也不快乐，所以我才很容易在那么复杂的人群里，一眼就看出了你的不快乐呀。"

她伸出手，战战兢兢地触摸到了他棱角分明的脸颊，犹豫再三还是问道："修远，为什么今天雷绍宇来给你道歉？"

他垂下头，温柔地噤了声，停顿很久才开口，眼睛盛满了难过："我爸是沈荣昌，生意人没几个交易是干净的，雷绍宇正巧认得我，自然是要好好寒暄一番的。"

她听到"沈荣昌"三个字，瞬间本能地被电击一般地失神，垂下头忐忑地小声问："宁城最大的地头蛇……沈荣昌？"

他无奈地点了点头，又忍不住焦灼地补充道："我从小就看惯了复杂人事，很早就想脱离那个家。我想做一个背景干净、自力更生的人。梁音，你能明白吗？"

她苍白的脸色努力恢复常态，颤抖着轻拍了他的肩，苦涩一笑："有家人总是幸运的，如何也好过我很早就一个人，在偌大的城市里挣扎着生存。"

他无声无息间心头一酸，笨拙地伸手，将微微颤抖着的她环抱住，支支吾吾地和她咬耳朵道："我才不愿让你一个人下去。"

她揪心地闭着眼沉思良久，挣扎了几秒最终清醒地陡然推开他，冷冷的口吻一字一顿地与他对峙："沈修远，那晚不过是我俩都被那瓶该死的赫柏湾怂恿得丧失了意识，醒来就该彼此不要再提了。我以为你能明白的。"

电光石火间，他像是被她决绝地推进了深海，不死心地伸手拉住她的手腕。

她却头也不回地撒开，高跟鞋在漆黑的楼道里"嗒嗒嗒嗒"：

“回去洗洗睡吧，明早还得上班呢。”

他在原地不断回想她那一句如剃刀般锋利的话，愠怒着冲她放声低吼道：“梁音，这些话你说出来，连你自己都不相信吧？”

她始终背对着他，哆嗦着脚步丝毫不愿停顿。

她疲惫的脸上汹涌而出的眼泪，他看不见，声音里却有着一种掩盖不掉的哀伤：“是！我就是个言不由衷、自欺欺人的老女人！所以往后请你离我远一点儿……”

他战栗着靠在墙壁上，手指用力划过一道白色的痕迹，细细咀嚼着她说过的每个字，像被猛然扔进了荒野里，内心一片荒凉却无处发泄，着实是百爪挠心：“你如果以为你这样挨着一份痛苦，率先离场，就能让我俩之间的故事从此停滞下来，那你未免太小看我沈修远了吧。”

【秋】

那夜争吵后，她便像躲着一个过分美丽的泡沫似的躲着他，无论他多用力想踏入她的世界，她始终在门后紧紧抵着。

他实习期满那天，她请了病假没来聚餐。

他抵不过大家的盛情，涨红了脸，被一杯接着一杯灌得连直线也走不了，却在散场后执拗地跳上了末班的公交车，凭着记忆和直觉摇摇晃晃地到了她租的房子。

她早已睡下，隐约听到急促的敲门声才披着睡衣开门，做梦也没想到自己猛然被浑身浓烈酒气的他死死抱紧。

他早已烂醉不堪，却异常坚决地抓紧她的衣角，像是再也不预备松开：“梁前辈……我没有醉哦，我清楚自己要去哪儿……很清楚！”

她愣愣地被他压在了鞋柜的边缘，寂然凝视着他漂亮的眼睛里密布的血丝和弥散着酒气的瘦削嘴角，不觉间就湿了眼眶："沈修远同学，他们欺负你是新来的，就把你灌成这个样子。你若以后真进了这行，岂不要天天都不省人事啦……"

"梁音！"他忽而歇斯底里地打断她，撑住手臂将她卡在墙角，口吻失了往日的温柔，"我沈修远究竟是致命瘟疫还是外星病毒啊？那么小的一个编辑部，你就整天那么躲着我，不嫌累吗……"

她低下头捂住自己哽咽的嘴，缓慢地自语："是啊，沈修远，你是瘟疫，是不能碰的病毒，比起以后的日子我泥足深陷，我宁可痛苦现在这短短的一时。我的立场，我的担心，我的不安全感，你能懂哪怕一点点吗？"

说着她用尽全身力气，将人高马大的他扶到长沙发上。

他闭着双眼，猛地向后这么一栽，随着巨响磕在沙发边缘的木质把手上，整个人瞬间松弛下来，一副很难受的样子。

她惊慌地摇他的脸颊，一个踉跄倒在他身上。

就在这一刻，他突然睁开眼睛，伸手箍紧了她，蹙着眉无限凑近她，吻住她，盯住她的模样泄露出一丝大男孩的调皮："梁前辈，这……就叫兵不厌诈。"

两束潮湿的目光交会，又无声无息地冷却了一会儿，她这才舒缓了下呼吸，用残余哽咽的嗓音，低声贴着他的耳朵慢吞吞地说道："修远，我答应你，以后我不会再挣扎了，我愿意为你……完全相信一次自己的直觉，对于幸福的直觉。"

身处两座接壤的城市之中，汽车和火车都太慢了，跟不上沈修远想念梁音的频率，所以他只能笨拙地砸钱在一张张的机票上。

临近毕业期，他仍旧雷打不动地去兼职挣钱，周五晚上从岛城飞过去见了面，周日再连夜从宁城飞回去。

作息的颠倒，让他常常累得在飞机上就沉沉地睡去，最终都是被空姐摇醒的。

慢慢成了默契，梁音每周都会在机场国内到达的出口等着他。

她起初总是焦急地眺望着，一见他就像个戏剧化的小女生似的跳上去一把抱住他，脸埋在他干净清新的POLO衫里，良久地沉默。

而他一脸宠溺的表情牢牢圈住她，用鼻子蹭她的脸："你以后不嫁给我，我可就亏大了，砸了这么多的机票，而且我频繁地做空中超人，很容易遇到空难的呀……"

而她总是很脆弱敏感地捂住他的嘴，眼睛里滑过一丝潮湿的恐惧，被他安慰平息了才笑着回他道："等修远你长大了，我才能嫁给你哦。"

不知为何，他每一次听到她说这句无心的玩笑话的时候，心里都会咯噔地隐隐难过一下，而且持续好一会儿才能散去。

年轻的他沉浸在这段爱情里，不知疲倦，而她望向他的双眼渐渐变得担心，满脸写着喜忧参半的复杂情绪："修远，你不能总这样啊，那你的专业要怎么办才好？我不能成为那个让你丧失未来的人呀，我决不能。"

他猛然怔了怔，犹疑地盯着她，很快他蜷缩起来的掌心溢满冰凉的汗水，最终他缄默不语，将她抱得非常非常紧，紧到自己胸口就贴着她的锁骨，仿佛要索性无声地将她糅进身体里，让自己带走一样。

他一心以为，她也很享受这样的相聚，可那天，当他又一次风尘仆仆站到她面前的时候，只看到她哀伤地扬起了一张灰蒙蒙的脸孔，深显疲惫地低声说道："修远，我们能不能……别一直这么疯狂？"

他先是难以置信地盯着她的瞳孔，那种目光她从未见过，真称得上是深如寒潭，隐隐约约还含着一种锋利的失落。

他就那样凝望良久后，转过了自己痛苦的脸，把自己锁在了机场的卫生间里，像个不懂事的小男孩似的将手臂撑在狭窄的隔板里，痛哭得上气不接下气："坚持的人一直是我，疯狂的人也一直是我，我都没有喊累，我都在咬着牙坚持，你却要就此松手了？"

这一次分开，简直死寂无声。

她内疚地握住他宽大的手，想解释清楚一切，又发觉那个秘密绝不能让他得知半分。

孤单的回程飞机上，他寂静地望着舷窗外一片片拥挤的云层，忽觉自己的整个世界都被上帝关了灯。

而刚下了飞机，他就猛然接到了梁音的电话，她在电话那头困难地支支吾吾了良久，百般痛苦地挣扎后，只是轻轻地叫了一声他的名字，嗓音里蕴着哭腔："修远，我……"

他攥紧拳头，听着她的声音，瞬间被打回了原形，所有的委屈不解都在短短一个停顿间消散干净。

他鼓起勇气："我会好好完成我的毕业答辩，这个你放心。但是你也要答应我……这段短暂分开的时间里，你只准和我一个人发短信，也只准和我一个人说晚安，总而言之，只准想我。"

她听着他幼稚而带着光芒的嗓音，捂住了自己哽咽的嘴，让自己紊乱的呼吸远离听筒，愣了愣才终于尴尬一笑："嗯。"

心思简单直接的他，全然没发现端倪，深情地告诉她："王菲有首歌这样唱，两个人的巧合，总有个人坚持。梁音，我们之间，就让我做那个一直坚持的人吧。"

【冬】

不知究竟是从哪一天开始，富少雷绍宇对梁音公开地穷追不舍。

俗套的砸钱方式，他都一一做尽，拉着她的手，去看他在路虎的后备厢里弄的几百朵娇艳的蓝色妖姬，用电台的全城广播向她高调地告了白……甚至在报纸上买下了大版面，戏谑地求交往。

正当流连花丛无数的他都感到有些黔驴技穷的时候，她淡淡地走到他身边，手搭在他丝绒西装的领上浅浅一笑："我答应你。不过容我先和他分手。"

雷绍宇猛一拍手："梁小姐，你不就怕伤害他嘛？那咱先不说，等他安然毕业再提。"

她苍白的脸了无波澜，静静点头。

又到周五，沈修远焦灼地登上飞往宁城的航班，抵达后在机场人群里搜寻了很久，始终没看到她那张笑着的脸。

他打出租到报社，却被梁音的助理告知，她三天前就辞了职。

这一瞬间，他深深地蹙起了眉，密密麻麻的不安渐渐爬上了心头。

他坐了两个小时的巴士到她住处，还没敲门便在夜色里彻底怔住，手里给她买的夜宵撒了一地。

雷绍宇在房前大片大片的冬青掩映下，沉醉地拥吻着梁音，而她被他扼住呼吸却丝毫不反抗，纤细的手轻轻伏在了雷绍宇的背脊上。

整条街都是死寂无声的，他拼命地砸着黑色的铁栅栏，直到手臂上沁出了刺眼的血珠也不停下，筋疲力尽了才缓缓地自言自语："梁音……我是真的恨你，也是真的放不下你……"

见他走远了之后，梁音才轻轻地推开了雷绍宇，压低声音喃喃道："他大概已经走远了。"

雷绍宇见她浑身悲伤与失落，也不多说，带着她开车在闹市区转悠，一直到凌晨两点，沉默如斯的她将自己灰色的脸靠向了车窗，正要昏昏欲睡时，猛然听见车载电台播送出的一条空难消息：

"晚上7点40分由宁城飞往岛城的K75次航班在胶州湾处坠海，事故原因尚在调查中……"

她沉入可怕的寂静里短短几秒，一瞬间爆发出低吼：“他在那架飞机上。”

雷绍宇猛然掉转车头直奔机场，一路漆黑的高速上，她蜷曲着身体一言不发，一下车便歇斯底里地甩下高跟鞋混乱地奔跑在大厅里。

不断有遇难者的家属发出哭声，她推开了扶着自己的雷绍宇，置身在天旋地转的灯火里，慢慢地跌坐，漫长地痛哭起来。

一只冰冷的手温柔地伸过来拨开她泪流满面的脸上那几缕凌乱的碎发，她头也不抬地低声从牙缝里挤出一句：“绍宇，什么也不要跟我说……”

而那人却仍旧逼近，沉默地拉着她站了起来，她恍然奇迹般地看到了一张同样泪流满面的脸，是他。

她一时间惊恐地后退，怀疑这是自己的幻觉。

他又轻轻走近了她一步，黑眼圈很深很深，低垂的双眼满是细细的血丝，棱角分明的脸既年轻又隐隐透出一种一夜之间陡然沉寂的苍老：“我买的的确是这个航班的机票，但最后我没上那一班飞机，只因为心情太沉重，于是就一直坐在那边的长椅上。”

雷绍宇默默退到吸烟区独坐，让他们能够好好说话。

她用尽力气压抑着夺眶而出的泪水，麻木地问：“都看到了吧？我和雷绍宇……”

他疲倦地点头：“看到了。”

“好聚好散吧，修远。不必我再解释了，是我贱，你要是想扇我一耳光，我也丝毫不会皱眉，痛痛快快打完我就好好回去忙毕业吧，接着找个年纪相仿的姑娘谈个像样的恋爱……”

他再也无法忍受，单手捂住她的嘴，将她按在安检边缘，蹙着眉质问：“梁音，你有苦衷，对不对？”

她垂着无澜的脸果断地摇头，一丝台阶也不给他：“我们根本不合适，别再争辩了，这个你总会明白的。如果你还有理智，别再为了我熬夜赚机票钱，多回家看看你的父母，任何人都没有理由和自己的家彻底脱离，不然等你到了像我这样独身在世上的时候，一定会后悔的。”

他清晰地感到自己心里响起一阵轻轻的玻璃碾碎的声音，心脏中央传来真实逼人的深重痛觉，微凉的手却还执拗地死死攥着她的手腕。

而她一把甩开他，冲身后的雷绍宇淡淡道：“我们走。”

回市区的路很黑，雷绍宇将车停在路边听她在副驾驶座上啜泣，心疼地抱住她。

她没吵闹，只是气若游丝地推开他，悲伤而直接地说：“绍宇，你不必对我耗时间了。这漫长的一生，属于我的激烈爱情已经过去了，刚刚过去，所以以后任凭我有多虔诚，最多也只能爱你爱到三分而已。”

“三分还不错啊，我愿意。我懂你对沈修远的感情，就像我一样，从前每周有五天忙着飙车把妹，直到遇见素面朝天，常常臭脸的你，竟然真的再也不想玩了，”他继续自嘲地笑，“这要放在过去，我自己都不敢相信呢。”

她落寞一笑，忽而听见他认真地问：“为什么就是不告诉他真相？他深爱你，一定愿意为你和家里断干净。”

她狠狠摇头，急促地驳斥：“我不愿意。我十几岁就独自在宁城沉浮，太知道没家人的感觉是怎样……”

所谓的真相其实很俗套，却足以让他和她此生都无法拥抱在一起。

修远的父亲沈荣昌，是她内心最深的禁忌。

就是这个人，在梁氏夫妇的公司做助手，在博得信任后将产业掏了个空，钻着法律空子转移了所有的钱，将巨额债款扣在了梁氏夫妇头上，骄傲的梁父一蹶不振，当年就去世了。不久沈荣昌便两道都混得风生水起，免不了将梁母这个隐患清理干净。而这一切发生时，年幼的梁音已被送到岛城的远亲家。

猛然忆起往事依旧头痛欲裂，她将脸贴在黑暗的车窗上，苍凉落寞的声音恍若隔世："绍宇你看，我自己回忆这些都足够痛苦到骨子里，我要是还让他做出这样冰冷的选择，是不是太残忍了？"

绍宇默默听着，忍住心酸眼泪将车发动，淡淡凝望着她道："梁音，我会尽我所能守护你的余生。"

往后的日子，绍宇没有食言，时刻陪着她，却仍无法拯救她那颗残破不堪的心。

她开始和整个世界疏离，每每昏睡到午后便会情不自已地错以为修远还在自己身边，还凭空臆想着修远在她睡前的床边吻过她，和她温柔地道过晚安……

周而复始，不知疲倦。

偶尔清醒的时刻，她就会不自控地流泪。

绍宇联系了心理医生每周来为她治疗。而任凭医生如何试图打开她的心房，她始终只有冷冷而决绝的一句话："你根本帮不了我，能帮我的人在很远很远的远方，我们这一生都没法再见面了。"

至于沈修远，他始终以为她的离开是因为年龄障碍，抑或是自己远不够成熟，于是他背包上路，忍受寒冷孤独，跨过无数陌生国度的山峰、峡谷、海洋来历练自己的灵魂。

某个深秋，萧瑟的夜晚，他停留在西藏一家照进月光的客栈，听到阁楼上一句隐隐的歌声——"春天该很好，你若尚在场"，如此应景，使得他无端地想到了她的脸，忽然就失控地陷入痛哭之中。

她和他，就像宁城与岛城，曾彼此接壤，也曾温柔对望，却终究无法拥抱到永恒。

岁月何其长，若依旧寂静相守，或许四季都会很美。

亲爱的陆怪人，我才没有很想你

陆怪人，因我喜欢怪人，所以你是……
全宇宙最美好的家伙。

【楔子】

陆宇星独自乘夜航从L.A.（洛杉矶）回来，出了机场已是凌晨。他飞快地拖着行李上了出租车，家都赶不及回地去见一个人。

如果他找到这个人，便就此安定，如果这个人消失不见了，他也打算回去念硕士，甚至还让熟悉的教授给他留了名额。

这就是陆宇星，即使在做着深情的事，心里也随时有plan B（备选方案）。

困倦的司机开着电台深夜节目，叫《给Mr.不高兴的情书》（《给不高兴先生的情书》）。主播声音甜美如安眠曲，但陆宇星听着脸色便渐渐僵掉了。

【他是混在黑山老怪中的一朵白莲】

这是2006年，你在岛城一中随便问一个同学，夏纵歌最讨厌谁，答案绝对是陆、宇、星。

而你如果问这位教导主任的宝贝女儿、新生里最瘦最白一颦一笑最高调的夏纵歌，为什么最讨厌陆宇星，她一定会不屑地哼一下鼻子，带着少女特有的甜美与狂妄说：

“他是君子，我是学校著名的歪风，能是一路人吗？”

夏纵歌和陆宇星的梁子是在军训最后一晚结下的。

篝火晚会上，夏纵歌的男闺密许天天端着绚烂的蛋糕，挤进人群嗲嗲地喊：“夏纵歌生日快乐！”于是晚会成了夏纵歌的私人派对。

她戴着寿星王冠，女王一样地站在中央，笑容里并无过多的惊喜。许是爸爸给的优越感，许是自身不可掩的光芒，她对此早就习以为常。

画面里唯一的bug（漏洞）是独自坐在椅子上的那个男生。

她好奇地望去，男生恹恹的表情像全世界都欠他钱似的，而剑眉星目的五官和军训烈日后依旧赛女生的白皙侧脸，以及鼻梁上那副清秀的银框眼镜，在勾肩搭背的糙汉子中如同混在黑山老怪中的一朵白莲，怎能叫人忽略？

他低着头，很蔑视眼前的热闹，夏纵歌深觉这威胁到了自己的“统治”，于是狠狠盯住他，盯着盯着嘴角竟没出息地上扬起来，直到与他懒洋洋的视线撞上才连忙恢复黑天鹅般锋利的冷脸。

正巧许天天张罗着要谁站出来唱歌，夏纵歌略过嬉笑起哄的男生，仰着锥子般的小下巴，径直走向“白莲花”：

“同学，出来给大家献一曲吧！”

他面瘫似的摇了摇头，不习惯那些唰唰地投在他身上的目光，起身撂下一句：“我困了，想回去洗洗睡了。那个……夏什么同学，抱歉。”

居然直接拒绝，居然还不知道她名字！优雅的女王一秒变狮子：“牛什么！不就是得过七次物理竞赛第一的怪才陆、宇、星吗？”她爸落在家里的新生名册上，这个陆宇星的照片被加了星号。

他回头瞥她一眼，皮笑肉不笑地拍手：“好记性，这是要找我相亲的节奏？”

四周随之发出笑声，他这一冷枪放得夏纵歌胸口发闷，她在心里早已把这朵“白莲花”踩个稀巴烂。当然，这只是第一回合。

【不高兴先生是全世界最好的男孩】

当夏纵歌发现陆宇星与自己同班且就坐自己前桌时，她倒吸一口冷气发出“江湖太小，狭路相逢”的默叹。

“喂，怪人。”正上着课，她悄悄用笔戳了戳他的校服。

见他埋头奋笔疾书没反应，又使劲伸脚踢了踢他的椅子。

她暗暗憋住脚尖的疼，见陆宇星转过脸冷冷扫了她一秒，然后回头写了张字条塞给她：

“夏纵歌同学，那天你生日是我害你尴尬，但请你就此打住，放过我。我来这所学校只想念书，没资本和你一样整天浪费时间、吃零食、睡觉、欺负人。”

夏纵歌愣了一会儿才缓过来，冲着他清瘦的背撇了撇嘴，成绩领先又爱谈时间谈抱负的人最讨厌，最讨厌了。

不过……他的字还真漂亮，娟秀得不像出自男生之手。

她张了张嘴，还是没说其实她并非蓄意烦他，不过想借一支黑水笔而已。

往后很久，他们没再说话。

她忙于弄校园电台，剩余时光便大多昏睡。慢慢地，他回头或起身出教室时，会有意无意地注意到变得沉默的她。

她剪了梁咏琪那样利落的短发，趴在课桌上时像骄傲的小刺猬，睫毛覆下来形成一小片不太像她的温柔阴影。

黄昏是陆宇星每天唯一放下习题休息的时间，同学三五成群相约吃饭，他就打开抽屉里的便当，边吃边听广播里夏纵歌甜美的嗓音。放歌的间隙她常常提起一个她所暗恋的不高兴先生，在她细致入微的描述中，不高兴先生简直是全世界最好的男孩。

他每次听完总是哼哼鼻子，飞快地将注意力重新放回习题去：“教导主任的千金果然蛮横，拿学校电台播自己的少女心事。”

到底还是陆宇星先打破了两个人的僵局。

他不知怎么，强迫症似的回想自己写的那张字条，是不是说得太过分？于是他笨拙地酝酿良久，在某天交作业前伸手晃了晃睡着的她。

她抬头盯着他藏不住羞涩却又刻意板着的脸，口气恹恹的：“怪人。”

“叫我陆宇星。”

“噢，”她貌似顺从地点了点头，“陆怪人，有何贵干？”

“距离交代数作业还有十五分钟，自己看着办吧。”他机械地一口气说完。

“我昨晚准备了一晚上电台稿子，现在美丽而憔悴的女主播最需要闭目养神，而不是学霸赤裸裸的威胁。”她打了个响亮的哈欠，插科打诨。

果然和他设想的如出一辙，他僵着嘴角说：“把书翻到第122页，看完画线公式和旁注要点，五分钟足以填完那几个题。”

她这才惊讶地翻出课本，伸手触了触他留下的好看字迹，密密麻麻的笔记条理清晰，甚至算是赏心悦目。

她忍不住戳他的背想聊表感谢之情，他却怎么也不理她，静静地埋头温着书。她只好垂下头柔软地一笑，真是个不折不扣的怪人。

她也曾试探性地问他：“喂，陆怪人，你听过我的电台节目吗？”

“音乐那么吵，不感兴趣。”他也不懂自己为什么要撒谎。

“噢。”她点了点头，良久才反射弧超长地无理取闹。

“你以为别人就对呆子很感兴趣吗？你又不是女生青睐的运动

男，字还那么娘，论长相既不像流川枫又不像彭于晏！”说完她就大步流星地下楼买零食去了。

他脑海里不断浮现她那双嚣张的眼睛，想着大概不高兴先生就是个狂恋运动，写一手潇洒草书，长得像流川枫又像彭于晏的家伙吧……

从广播里陆宇星能轻易听出那份美好，这个年纪的女孩说起自己的Mr.Right（真命天子）时的嗓音，明媚得如暮春樱花，叫他悄然心悸。

【原来女王的胆子也没有很大嘛】

除了上天有眼没有第二种解释，陆宇星和夏纵歌三句话讲不到一块儿去，体育课却被分到同一组。

“喂，陆怪人，你怎么都一个人吃饭？

“不如……我们溜去对面的7-11买张君雅小妹妹吃吧，我请客！

“你怎么不说话呢，陆怪人？当我是空气啊你……”

她慢慢停下了声音，也不知怎么成了曾经自己最讨厌的那种女生，啰唆幼稚得像只没头苍蝇。而他脚下踩着足球，眼神模糊，远远地一字一顿道：

“这是一节课，你端正态度好好上。”

果真没劲到爆，她脑袋里忽而冒出了新点子，冲他嫣然一笑：“好，我们来练习。”

陆宇星一丝不苟地将球踢过去。她坏笑着猝不及防地纵身一跃，将球高高地踢回去，吃奶的劲儿都使出来了：

“接招……现在我够认真了吧？”

“啊……”她怎么也没想到一个男生的体育会差成这样，陆宇星木然地瞧着球砸向自己竟然还赶不及躲开。她三步并作两步冲过去，只见陆宇星坐在墙角，沉默地捂住左眼。

两三秒的寂静中，她忐忑地扯着他的校服衣角急得快哭了：“陆宇星，你怎么样了？让我看看吧……你有没有点儿男孩子气！我对你这么坏，你都不会冲我吼啊……”

他浓浓的鼻音让她有点儿说不下去。

他不咸不淡地望着她夺眶而出的眼泪，懒洋洋地松了手，眼睛安然无恙，只是眼镜腿断掉一半。

他半开玩笑地讽刺她：“原来女王的胆子也没有很大嘛。”

“我陪你去修眼镜吧。”她咬咬牙，憋住气温暾地说。

“我自己可以。”他转身笨拙地抱着足球走开，理都不理她。

她再一次不幸躺枪，怪人总是出其不意攻其不备。

有那么一瞬，她放空地望着陆宇星钻进教学楼的背影，瘦瘦高高，校服上衣被风吹起，真像一棵不爱搭理人的白杨树，酷酷的又很……美好。

夏纵歌以为此事到此为止，谁知晚上她闻声一开门，是面无表情的陆宇星。他不会是来告体育课暴力事件的状的吧？她连忙低声吼：“我们明天私了吧，我爸知道我会死得很惨的！”

他淡淡地笑着摇头，她这才注意到他左边的眼镜腿用透明胶带反复缠了几圈，内疚一下涌上了心头，他尴尬地站在门口，大约弄懂了她的眼神，低声补了句：“没事，你看这样其实看不太出来。”

这时，纵歌听到身后爸爸迫近的嗓音：

“是宇星来啦，小歌，你还不快让他进来……小歌，我忘了告诉你，爸爸决定以后每晚给宇星补习一个小时的奥赛强化，他可是我们这一级的种子选手。然后我常常要去学校忙事情，刚好让宇星给你辅导作业。”

这一席话说完，夏纵歌垂着头，脸色已经很难看了。

总是这样，永远是这样。

打小爸爸这个工作狂就一心扑在成绩卓越的学生身上，重点培养，比亲爹还尽责。后来妈妈受不了对家庭太淡漠的他，离开了这个家，他却依旧如此。

纵歌的记忆里爸爸对于她的吃穿用度一直很大方，只是极少像个真正的父亲一样陪伴她而已。

这次轮到陆宇星与她分割她的爸爸。

“陆怪人，之前几回合都是花絮，战争现在才正式开始！”看着陆宇星和爸爸亲密地钻进书房还关紧了门，她在心里狠狠默念。

【他笑起来露出的虎牙皓白如星光】

那天刚巧夏爸爸下班晚，陆宇星来到夏家时，家里就夏纵歌一个人。

他一进门，她就并不温柔地将一副眼镜递给他：“之前配错的一直没戴，你戴吧，应该比被我打坏之后粘起来的……舒服点儿。”

陆宇星愣了愣，沉默地接过去。

她当然不会说出这是自己趁他午休，蹑手蹑脚地把眼镜“偷”出去配的同度数的新眼镜。

她固执地要找到一模一样的银框，因此顶着大太阳逛了一中午才如愿。

陆宇星刚在书房坐稳，她就反常地端来一块提拉米苏。巧克力的甜蜜直往鼻子里钻，她上扬的嘴角也温和得不像话，一切在他眼里都扫描成叮叮叮的预警信号。

他仔细盯着蛋糕，试图用肉眼鉴别出被她悄悄撒上的辣椒粉，良久才放下戒心拿起叉子：“谢啦，善意来得太突然，我接受无力啊。”

她戳在一旁急得快爹毛了，该死的军师许天天不是拿节操担保提拉米苏的弹跳装置绝不出错吗！不是说足以飞陆怪人一脸奶油吗！

她蹙着眉，傲慢地从他手里抢过蛋糕，凑近了东看西看。

“噗……”一个清脆的响声证明了许天天技术宅的称号绝非浪得虚名，软吸盘像剑雨一样裹着奶油射到了她脸上，鼻孔都被牢牢堵住了。

她战栗着攥紧拳头，瞪着一旁大笑的陆宇星，神色沉闷的他很少这么上气不接下气地笑：“算的时间不太准哦。”

他随手拿起张面巾纸轻轻擦去她脸上厚厚的巧克力，不经意地凑近她，他比她高半个头，漆黑的眼睛往下望着她时，露出的一点儿虎牙，皓白如星光。

不知为何她上蹿下跳的呼吸就拂在他单薄的衣领上，他只觉像凉凉的小虫子爬过一样，脸颊竟然悄然红了。

于是很快触电般地退后好几步：“自己擦吧。”

她弄不懂自己在这么狼狈屈辱的时刻怎还会被陆怪人的好皮囊蛊惑着！想着便气急败坏地走出书房，谁知夏爸爸正进门换了鞋，瞧着她惊讶地说：“小歌……这是玩哪一出啊？”

她欲哭无泪地轻描淡写：“地太滑，脸不小心栽蛋糕里去了！”

这之后，夏纵歌又不死心地策划了好几个阴谋，可惜统统被陆宇星识破。

斗不过就赶走他，这样想着她邪恶地和爸爸旁敲侧击：“爸，你总是晚上给陆宇星补习完就去忙工作，放我和陆宇星两个人在家待着，你就一丁点儿都不担心？”

“担心什么？担心你这个女霸王会吃了我的得意门生？”夏爸爸揉着她的脑袋问道。

她和许天天凄苦地诉说这一切："我决定举白旗，赶走他！"

许天天狐疑地似笑非笑："你不是喜欢上怪人了吧？夏纵歌，根据你的成长历程我敢推断，你碰上恶人绝对会更恶一筹，只有碰上喜欢的人才会没出息地逃之夭夭。"

"才没有呢，我喜欢的人只有不高兴先生。"她心头一紧，结结巴巴地驳斥。

【陆怪人，你今天很男孩子气！】

夏纵歌开始对陆宇星采取视而不见的政策。

她猜想，只要她一点儿也不顾及他的感受，我行我素地展示出自己最偏执最糟糕也最真实的一面，他应该也会自然而然与自己形同陌路吧？

于是她索性避免与他单独在家相处，去电台找了深夜兼职，凭借甜美的嗓音顺利被录用，领导还让一个比她大五岁的实习生Sean带她熟悉环境。

某天，陆宇星站在她家门口盯着她一声不吭出去，轻轻拽住她："这么晚你去哪儿？你爸让我辅导你功课。"

她冷冷瞥他一眼，无声地下楼梯。他扔下书包紧跟着，在她身后闷声道："我不问你去哪儿，我和你一起去。"

她戏谑地望着他的瞳孔，轻轻一笑胡诌道："喂，我去谈恋爱，你个呆子也要跟着？"

他静静听着，一下就不说话了，在原地远远望了一会儿便抬脚慢慢上了楼。

当她到达电台时，Sean已在顶层寂静的广播室等她了。男生熟稔地不停冲她笑，这让她有些不舒服，却还是虚心地听他讲操作台上的各个音键。

“小夏，你就是太紧张，深夜节目都是司机收听的，你一定要舒缓，舒缓懂吧……”说着他的手就搭上夏纵歌的肩，她只觉头皮发麻，于是塞上耳机努力集中精神录音，谁知Sean竟以为得到了默许，歪着嘴角用手触着她的腰。

那一瞬间她总算还是那个敢怒敢言的夏纵歌，倏忽跳起身，一声不吭抓起耳麦敲在Sean的后脑勺儿上，头也不回地下了电台大楼。空洞洞的电梯里，她不知道自己在怕什么，只是忽然很害怕，便轻轻抱起自己的手臂。

夜间十一点，整条街连出租车都没有，她当然不敢打电话给她爸，而困意又渐渐袭来，实在没办法的她犹豫着拨了陆宇星的号码。

不到十分钟，坐在街边的她就看到他焦急地骑着一辆红色哈雷出现，那么个文弱的呆子居然敢骑这么男人的机车？

她默默坐上去，奇怪地拽着他的衣角问：“陆宇星，一切……都对不起……你怎么这么快？”

他支支吾吾了一下，还是老实说：“你走了没多久我就想，你是不是因为上次蛋糕那事赌气，挺担心你那火暴脾气的，于是就骑着车出来，看看能不能找到你……”

她鼻子闷闷地掠过一阵酸：“你八点那会儿就在外面转着圈找我啦？”

见他慢慢点了点头，她才使劲憋住喉咙里不知为何特别想哭的冲动，嗓音嗡嗡地凑在他的头盔旁，努力比带哨的风更大声，“我、没、赌、气，”又转而小声呢喃道，“陆怪人，你今天……真的很男孩子气欸。”

他没听清后半句，呆呆地转过头问她说什么。她红着眼睛边笑边摇头，悄悄伸手从后面帮陆宇星拉上了单薄上衣的拉链：“这样会不会不那么冷了？”

她能清晰地感触到少年的背轻轻一颤，从后视镜里还能看到他偷偷扬起的嘴角，于是两个人都默契地维持着这种躁动的沉默。

就在他俩蹑手蹑脚开了门锁进入夏家，庆幸着夏爸爸还没回来时，灯一瞬间亮起，夏爸爸一脸了然笑意，带着纠察队队长的严肃眼神瞪着他们："这么晚两个家伙到哪儿野去了？"

【如果有一天他去了远方】

到底知女莫若父，夏爸爸自然懂要治的是女儿的任性，正好手头有两个名额，于是顺势宣布："这样，你俩一起去英文封闭训练营，不磨炼磨炼都不知天高地厚！"

去往海滨城市，为期一个月，不用上课，还有陆怪人保驾护航，这是哪门子的惩罚？她露出了庆幸的灿烂笑容。

谁知抵达营地她这差生才有当头一棒的感觉。

这简直是量产学霸的魔鬼工厂，五点打铃，清晨六点到下午六点不间断放声齐诵常用句，晚上则是连番英文辩论赛。

每一餐前墙上都挂着六十个单词，越早默写出就能越早吃饭。

陆宇星拍拍一见这景象脸都发紫了的她："夏女王，这可是你提升人生质感的大好机会啊。"她无言地瞪了他一眼，欲哭无泪："怪人，我背不过单词饿晕了你才得意吧？"

他竟一反常态，挺起背高调地直视着她："是啊，十年河东十年河西没听过吗？英文可是我的天下！"陆宇星像个威风的超人，略读三遍就能复述，还不动声色地瞥着一旁也在咬牙发愤的她。

"平时可劲欺负陆怪人，这次算是全被报复回来了……"她捕捉到他悠然无压力的目光更是气得肺炸，赛跑一般大声地加紧背。

既然是赛跑，就有龟兔之分。时钟敲过十二点，陆宇星就已手插口袋坐在一旁。到了一点半，饥肠辘辘的夏纵歌抬头猛然发现陆宇星还没去吃饭，没好气地问：“干吗，陆天才同学？”

他淡淡笑着不回答，默默朝她伸出一只手：“跟我出来！”

她将信将疑地任他拉着自己，一口气越过了数不清的台阶，最终停在无人的天台。

她饿得直发虚，简直觉得眼前的陆宇星都在打转：“不会要传授什么爬天台背诵大法吧你！”他不说话，白皙的脸掠过欠扁的笑容，幽幽地从口袋里变戏法般掏出一堆小零食，清一色是7-11才能买到的张君雅小妹妹！

她也顾不上和他置气，狼吞虎咽着不禁想，体育课她只偶然提过一次，他竟记住了，对于他这种从不逛那种讲究的便利店，即使去也只买了泡面就走的怪人，真难得。

他默默垂着头，似乎不习惯与她独处，良久才憋出一句：

“其实纵歌……我知道你今天尽力了，真的很棒。”

原来上午那个嚣张高调的陆宇星，是他为了鞭策她而友情客串的假角色。

她不由得柔软而失神地凝视着他的侧脸，又忽然想起校内的传闻说过他是作为学校交换生去美国的最热门人选……

于是她塞着满嘴的零食屑，佯作一副不在乎的语调问他：“喂，陆怪人，你英文学那么好……是为了什么？”

他是那么不善于开玩笑的人，甚至一本正经地思考了一会儿才答道：“家里条件很有限，我从小见到的世界就很狭窄，希望着练好英文能出国去。”

放在岛城一中，哪个好学生这么和她说，夏纵歌一定会很傲慢地奚落：“心怀志向的祖国好青年啊！狂点赞！”此刻她却愣了很久，不禁惆怅地想，如果有一天陆宇星独自去了远方，会是什么样子呢？

【你是全宇宙最美好的】

闭营那晚不知为何，夏纵歌在他身旁厚着脸皮一遍遍怂恿：“喂，陆怪人，你有点儿义气啊，我忍痛陪你当一个月的学霸啦，你就陪我出去玩一次呗！”

他困窘地愣住，不知所措地挠挠头，最终架不住她甜美又倔强的笑容，还是投降了：“嗯，就一次。”

许天天为女王接风，订了个灯光够刺眼的特大包间。一圈都是夏纵歌最熟的玩伴，她却心不在焉。

她真后悔，还以为他能像自己一样乐在其中呢，而此刻他拘谨沉默地坐在沙发最边缘，侧脸被荧幕闪得迷离，连手都不知往哪儿放。

中途他还急促地出去接了个电话，回到包厢变得更沉默了。

她穿过人群坐到他身旁，用心为他点了首她在教室浅睡时听他哼过的歌，陈奕迅的《打回原形》。

他勉强地微笑着摇头，嗓音温柔：“纵歌，你帮我唱吧，我最喜欢听你唱歌了。”

她盯着局外人一样的他，懂得他很煎熬，忽然难受地冲出包厢：“我去一下卫生间。”许天天不动声色地快速跟出来，叫住她：“纵歌，说好这首歌完了你跟陆宇星告白呢！我忙了一下午才在MV（一种用动态画面配合歌曲演唱的艺术形式）后插播了你为他准备的惊喜！”

“天天，快去切掉那首歌，我后悔了……后悔难道不行吗？”她用力低吼，见许天天走远了才坐在吧台边抓起一罐加多宝灌下去。

包厢里闷闷地传出陈奕迅的歌声：愿赤裸相对时，能够不伤你。若你喜欢怪人，其实我很美。

许天天晚了一步，回到包厢时荧幕上已放出了那么多陆宇星的照片，都是夏纵歌在他身边上课下课时拿手机偷偷拍下的，少年沉默的笑容，听课时清瘦挺拔的背影，解题时无声皱起的眉宇，体育课上的迟钝和笨拙……

最终黑色背景上出现一行小小的白字，是她学他那样娟秀的字体亲手写的：陆怪人，因我喜欢怪人，所以你是……全宇宙最美好的家伙。

大家都寂静下来，没人猜到夏纵歌会喜欢一个书呆子。可惜，陆宇星并没看到这一切，他放心不下她，此刻早已经冲出了包厢。

陆宇星找到她时，她一个人低头沉默着。当看到陆怪人时，夏纵歌一下子湿了眼眶，她有千万句话在口中呼之欲出，却只蹦出来了一句："陆怪人，陪我回家吧。"

一路上，他们都没有说话。

终于，在快到她家时陆宇星悄然按住她的肩，低声问："你今儿不高兴……对吧？"

她飞快地摇头，戏谑地盯着他沉静的眼睛反问道："不高兴的是你才对吧？怪我，强迫你玩这些虚华的东西，你当然不会高兴……"

"我……纵歌，我……"他用力张了张嘴，似乎有什么异常重要的事想说。

"晚安，陆怪人！"她怯弱地抢过他呼之欲出的话头，道晚安时轻轻揪住他的外套领子，在与他的脸悄然接近的瞬间，她忽然害怕地发现，陆宇星的脸和她的不高兴先生的样子竟然无声无息地重叠吻合起来……

她像个怕黑的胆小鬼一样冲上楼，到家才做贼似的透过窗口盯着他看，他不吭声地独自在街灯下站了很久才悻悻地转身。

她轻轻捂住嘴巴，有种直觉要失去他了，但转念又自嘲道，呵呵，说得跟拥有过似的。

【他在街灯旁站那么久，像在告别】

那晚过后，陆宇星病了好几天没来学校。也好，她需要时间冷静冷静。

她在自己的圈子采取“铁腕政治”，那天在KTV（配有卡拉OK和电视设备的房间）的人都被她逼得发誓不走漏风声，特别是不让陆宇星知道。不怕死的许天天不屈不挠地把她拽到走廊，一口气说很长：“你抽屉里藏着他那副坏眼镜，也小心翼翼留下他给你记的每一页笔记……”

她手微微一抖，许天天继续质问：“承认喜欢他，就那么难吗？你的女王范儿都哪儿去了？”

她索性比许天天更大声地吼：“但你想过吗？陆怪人和我在一起根本就不开心……他本来就很少能没心没肺地大笑，和我这个成长环境、人生方向都截然不同的坏女孩混一块儿，就更少能开心了……我没办法让他轻松地生活，就不该以告白的名义绑架他……”

这时许天天的电话突然响了，他低头一看愣是不敢接。

这使得她敏感地冲过去，一把按下了接听键：“天天，我是陆宇星。憋了很久还是决定说出来，学校选定我交换去美国，一周后启程。”

“我……做不到亲口告诉纵歌，我怕自己失控。她当然不在乎，她一定很开心以后没人和她作对，没人很烦地一遍遍催她交作业，也没人去占用她爸爸陪她的时间了……

“但她或许不知道我舍不得。等过一段时间，请你告诉纵歌，和她前后桌的时光，很美好。

“喂，许天天，你在听吗？喂？……”

夏纵歌感到视线越发模糊，她像个断线的木头人似的愣了很久很久，然后将手机一把重重地塞还给许天天，用尽全身力气，傲慢地缓缓掉头进了教室。

怪不得当天他出包厢接了电话后就更沉默了；怪不得他温柔地将她送到楼下，张着嘴似乎想说什么重要的事；怪不得他在街灯旁站那么久，像在告别……

她告诫自己不能去找他，他这样优秀的人必须毫无悬念地去留学，去触及他自己梦想的高度。

陆宇星启程是在一个周末，许天天提醒夏纵歌陆宇星起飞时间的短信一条条执着地飞进来，终于将她的理智统统赶走，她悄然溜出门打车赶向了机场。

陆宇星并没直接去机场，他终究想见见她，哪怕听她毒舌嘲讽两句也好。

夏纵歌用尽力气在候机室里来回地狂奔，安检都快关闭了，她也没看到他的身影。

而另一头的他等了又等，打她电话没人接，夏家的门也始终紧锁。眼看着快要误航班了，他才逃亡般地爬上了一辆出租车。

他们一个从4号门匆匆进，一个从6号门失落地出，都没有转过脸瞧一瞧。

【尾声】

当陆宇星从往事里挣脱出来时，出租车已停在灯火寥寥的电台楼下。

他不再是那个单薄的少年，白色校服成了黑色西装，狂奔起来却依旧那么笨拙，那么用力。

电梯飞速上升，却轻轻停在了22楼。他如此近距离地盯着同样僵住的夏纵歌。刚录完节目的她一脸疲倦，抬头与他猛然直视的一瞬成了不会说话的木头人。

他也一声不吭，本能地上前一步，伸手用力抱紧了她。

这是2013年，她终于可以轻轻告诉他，“陆怪人”与“不高兴先生”是青春期的她玩的文字游戏，他们自始至终，都是一个人。

他搂着她，两个人静静地走在马路上，街灯下一对年少恋人摇晃着走在一起，女孩喝多了就嚷着：“你谁啊？”

男孩不回答，她又继续大声嚷：“你到底谁啊……”

“别闹，是我。”男孩终于温柔地开口。

旁观着这平淡的一瞬，夏纵歌露出了暖暖的笑容，忽然就伏在陆宇星怀里小声哭了起来。

房客小姐，我不愿让你一个人

有你在隔壁陪着我，哪怕一声不吭，我也能松开拳头，安睡得像小孩儿。

【楔子】

陆轻寒消失在我与他合租的公寓的次年，成了业界最年轻的独立导演，一时纸媒铺天盖地都是他那张笑得漫不经心的脸。

而我那个一向强势的妈妈在离青岛很远的县城生了大病，大小便失禁，不辨日夜。我憋住哭腔，没想到电话那头暴脾气的我爸抢先哽咽了。

撂下电话，我开始收拾东西。他们照顾我二十年，该换我照顾他们了。

我想起陆轻寒的话："姬小路，你自以为父母在梦想面前不算什么，也就是你根本没真正失去！"当时我打心眼里讨厌他的说教，此刻才知一语成谶的意思。

我锁上公寓，一封快递正巧送到手里。

是汇款单和一盒录影带。陆轻寒自导自演的处女作火了，由我的小说改编而成。他竟找了个与我从笑容到哭脸都像极了的女主角，带着她把我们经历的起落统统走一遍，长镜头里，我红着双眼错以为银幕上是我。

关掉DVD（数字激光视盘），我没停留，像个逃之夭夭的胆小鬼，头也不回地去了火车站。

【女汉子撞上细节控】

我与陆轻寒相遇时，青岛大雪弥天，我饿着肚子走了一个半小时，敲开他的门时像乞丐一样脸色发青，冷得直跺脚，活像只脏兮兮的猫。

我难以忍受在父母选择的财会专业浑浑噩噩地垫底，大二横了心要趁着年轻靠我执着地写作养活自己。

听到死党小烟对我求收留的满口答应，我一声不吭地休学，却被电话告知：我不能住她那儿了，她父母突然检查她的单身生活。

小烟抱歉地给了我一个地址，说我可以商量合租。我耸耸肩，说没关系。出校园后的每件事一定都不易，我是打不死的姬小路，要大步流星走下去！

男生留着蟹壳青的小胡子，不苟言笑，嫌弃地打量我，从雪白袖口到身上的须后水味无不透露他是个细节控。

我憋住喉咙里的酸涩："我叫姬小路……小烟说可以和你合租……"

将视线移上他的脸我才猛拍脑袋，摆出拙劣的江湖气："陆师兄啊！还记得我吧，大一客串过你的戏。"我记得他，大我好多届，校内无人不知的胶片怪才，没毕业就凭实验作品拿了新人奖。

他却硬邦邦地答："我不太记得。"我就此闭嘴，心里也动摇了。我粗枝大叶，他却显然讲究又难搞……

他怜悯地扫了我一眼，将横在门上的手移开："进来。"

我如获大赦，这才意识到自己累得快散架，径直朝卧室走，被他叫住也连忙摆手："房东先生，租金啥的明儿再说，我现在脑子像糨糊。"

他懒洋洋地笑："我是想问……你不饿吗？"

我狠狠地点头，他不一会儿便端出一碗其貌不扬的一锅烧，摇醒了在桌边睡着的我。

不知是味道好还是我太饿，我连汤底都没放过，擦干嘴才拿起手机，又努努嘴，指着他正振动个不停的手机。他教养很好，当我是提醒他屏幕来电："吃完再回，没关系。"

我尴尬地呵呵一声，厚着脸皮解释："是我打的，我号码你麻利点儿存下来。"他木讷地点了点头。

【清一色暗黑料理啊】

第二天我才怀疑昨晚那个充满人性的房东先生，是不是我疲劳过度臆想出来的？

陆轻寒坐在我对面，不苟言笑，一堆巨细问题俨然五百强面试的架势。

我讨厌对于生活过分挑剔的男生，他就是一个，不许在屋里喝酒，雨伞不许放水槽里，冰箱不许放吃一半的食物……可叹我寄人篱下也只好撇嘴点头。

他的最后一个问题是："会做饭吗？"我没多思考："会！"

他幽幽一笑："那小路同学，中午你就露一手。"天，我弯着腰左摆弄右摆弄好不容易把电磁炉打开，他就交叉手臂瞧着我火急火燎的模样，似笑非笑，眼神优哉。

当我炒好菜，额头冒汗地端上桌时，他一边盯着菜一边拍手叫好，尾音故意拖长："番茄炒韭菜，羊肉炖苹果，咸肉蜂蜜汤，清一色都是我出娘胎就没见过的暗黑料理。"

我冷冷地瞪着他："瞧不上就自己做呀。"

他竟真的不一会儿就做出几道香死人不偿命的菜，将我和他做的菜以楚河汉界摆在两边，礼貌一笑："刚好，我们口味相差蛮大，自食其力，以后就这样。”

我对于他的奇招哑口无言，愤慨地埋头咽下自己滋味古怪的劳动成果，而他那几道菜飘来的香气像长了腿似的不停往我鼻子里钻……

【他背人一点儿都不温柔】

陆轻寒看起来斯斯文文的，收房租倒毫不含糊。

他昂着脑袋逼近我，漫不经心地说：“你不是小烟的闺密嘛，她在你合租前跟我说起过你，说你文静优雅聪明爱干净，家庭条件又特好，我才勉强觉得能同住一屋，时间证明了前四条都是谎话，难不成你连钱都没有？”

我夸张地张了张嘴，发不出任何声音。

我没法告诉一个半生半熟的房东，我逃离了原本什么都不缺的日子，现在没有经济来源。我不怕被奚落，却很怕被怜悯。

于是我一脸不在乎地硬着嗓音：“家里忘了打钱，晚两天给你会死啊。”

于是那年冬天我雷打不动地摸黑出门，厚着脸皮在咖啡馆蹭暖气，对着电脑一口气写到十点，然后在路边吃碗滚烫的面，同时照顾到早餐和午餐，巧妙地省一顿。下午则在餐厅打工到晚上。

隔一周我会发短信和家里报平安，平日却丝毫不敢接爸妈电话，生怕自己的脆弱一发不可收拾。

我与陆轻寒的关系并没因朝夕相处而融洽，我们像两座没联系的孤岛，冷暖自知。

他是难接近的男生，卧室紧锁，因为是独立导演，我睡觉时他或在暗房整夜捣鼓，或一声不吭地剪片。

我夜里去卫生间撞见他，冲他客气地嘻嘻一笑，也只得到一个冷脸，配上他硬朗的五官和青色的小胡子，特阴森。

第二天被我问起，他只蹙着眉老实答：“我创作时对外界开休眠模式，忘了对你笑。你就当我梦游吧。”

“休眠模式？那您能调成振动模式吗？碰上地震火灾好歹能跑。”我暗叹他是怪人一只，他却歪着嘴角瞥我一眼，悠然自得地蔑视我：“不能。”

每次天黑回家，我都得藏起一个难民赤裸裸的想吃肉的心，和他继续保持楚河汉界，直到那次我生生被他从餐厅里揪出来。他死不承认，但我一直笃定他是跟踪狂。

当时我正挨饿拖地，以为自己产生幻觉了，餐厅中央一堵人墙纹丝不动地戳在我面前，我恼火地直起腰，一抬头是陆轻寒。他手插口袋，皮笑肉不笑：“那什么，路过看你在打工，就来打个招呼。”

简直没法更糗了，我心魔作怪，看不惯他毫不费力就能优雅生活，想用力还击他一个白眼，却没想一使劲两眼一黑栽了下去。

他背人一点儿都不温柔，硬邦邦的态度仿佛我是一袋货物。但好歹他承受着我并不乐观的体重踩在雪里，我免不了要感激：“房东先生，你是好人啊……咱这是去医院？”

他默默望了望我，不屑地呵呵：“不用，回去喝个葡萄糖就行，你这就是饿出来的低血糖。”我想省钱的念头被他一下看透，之前的坚强算是都打水漂了。

我尴尬到极点，眼眶一热，强迫自己打起精神：“我这不醒过来了嘛，放我下来自己走。”他稳稳的脚步并不停下，回头瞪着我淡淡驳斥：“逞强吧你，万一你倒在雪地里，我找谁要房租？”

他停顿一下，略显不自然地说：“以后晚上回来吃，我一个人的饭也是做，两个人也是做。”我鼻子一热，但看着他佯装严肃的侧脸又想笑，索性任他背着。

无意间凑近他的领口，我才暗叹男生竟能干净到一丝体味都没有，能闻到的只有清冷的须后水的味道，真矫情。

【他的眼睛是秋天的湖】

不久，小烟在我爸妈的连番责令下疯狂地打电话劝我：“小路快别闹了，我现在就是旧社会的丫鬟，小姐一犯错，夫人老爷就收拾我啊！”

我也只好见招拆招，能躲则躲：“为了生生不息的友谊，你先招架着呗。”话虽如此，我仍有不祥的预感，夫人老爷极有可能杀来青岛逮捕我。

唯一令我稍稍安心的是，或许是被我的穷感动了，陆轻寒变得没那么防备我。

冰箱里悄然出现我习惯喝的牛奶，我打完工回来就能立马吃到晚餐，走进卫生间还发现电热水器被他一声不吭提前打开了。

久而久之，细微感动堆积成歉疚，我终于憋不住：“房东先生，你老去超市采购，不如我们合办一张卡，各存一笔钱进去，这样我才安心。”说着我将仅有的几张大票子拍在桌上。

他皱皱眉，说话都不拐弯，“在我这儿装大尾巴狼，回头活不下去还找小烟借，”见我在一旁涨红了脸，他才稍稍温和地笑，“你不是未来的作家嘛，我相信你是潜力股，就当我先借你的，我都清清楚楚记着呢。”

我咬着唇恨不得海扁小烟一顿，不接济我就算了，还给陆轻寒通风报信！

我哑然地与他对视，良久还是他昭然的坏笑打破沉默：“你要实在过意不去，哥们儿也就……勉为其难帮你出一主意，帮我的微电影写个剧本呗。”

我并非不愿意，而是怕做不好，但瞧着淡漠的他难得笑着露出皓白的牙齿，还是妥协地点头：“果然天上掉的馅饼都标了价呀，老板，我听你的。”

他双眼弯成一道桥，显得很开心：“下午就带你去片场。”

他这人特别犟，在拥挤的地铁站执意和我一前一后站，紧盯着我，怕我走丢却又不愿和我挨近点儿，我一问他就小声说：“我一不折不扣的大叔，被人误会和你恋爱的话多糗。”

我被他偶尔这么一萌逗乐了，玩闹般伸手触过他嘴角的胡子楂儿：“胡子刮掉，你绝对是高龄小帅哥一枚。”他也愣愣地笑，我忽然发现他的眼像秋天的湖，一望见底。

一片旧厂房，铁窗外还躺着废弃的绿皮火车，文艺气十足。陆轻寒缺钱，全靠朋友撑场，连小烟也被拉来当群演，我一见她就不紧张了，很快排好了故事。

他听我讲情节的神色很认真，不躲不闪地与我四目相接，眉宇皱成川字，但随后选女主却让他犯了愁，似乎在场几位驾驭这人物都欠点儿火候。

小烟在一旁笑：“不如就小路来！”

我连忙将头摇成了拨浪鼓，没想到他沉吟片刻，寂静中歪起了嘴角，拍了拍我：“好主意。”

我被连推带拉弄到镜头前，好在是自己写的故事，演着也就进入了情景，加上监看器后的他很耐心，我眼一晃，甚至能瞥见他嘴角的浅笑。

天暗下来大家都散了，唯有他专心盯着屏幕重看，我和他一路，也只好等着。

四下很黑，他的脸被映得异常明亮，发现我在盯着他才挠挠头，眼神不像往常那样绷着，甚至有点儿小温柔：“女主角饿了吧，走，回家。”

后来我总在回忆，如果要我给出一个喜欢上陆轻寒的准确时间点，一定是此刻。

我喜欢他在快三十岁时，仍不在乎买车买房，在复杂的城市紧握着他的摄像机，有种当一个敢追梦的小孩子的那股劲儿。

【世上没有朝夕就能到手的梦想】

那部微电影让我和陆轻寒悄然走近，第一次争吵却也接踵而来。

如我所料，纸包不住火，小烟经不住我爸妈锲而不舍的拷问招了我的行踪，某天我在那家咖啡馆的角落里小说正写到一半，被我爸怒吼着揪了出去。

我以为顶多是一顿训斥，撒娇便能混过去，却没想一家三口在街口闹得很难看，任他们软硬兼施，我就是站在那儿与他们直直对视，不肯回头："你们放弃吧，什么都拦不住我！"

我爸虽沉默地一挡，我妈的一巴掌还是落在了我脸上。

我用拔凉的手捂着脸，在春寒料峭的晚上顺着栈桥漫长地踱步，进门时陆轻寒正独守一桌菜，冷冷逼视着我。

我处在浑身带刺的情绪中，回赠他一个同样尖锐的目光，任性地将电视开到最大音量，眼红红地沉默。

他盯着我，打破了两个人之间的冷暴力，额头的青筋都暴了起来："姬小路，你知道现在几点了吗？说好一起吃晚饭，你不回来也不打个电话？说话啊……"

我一个没忍住昂起头驳斥，也顾不上说出的话是否伤人："你只说收留我吃晚饭，可没说我要每天像家人一样向你报备，你好好说……朝我凶什么？"

他"噌"地站起身，不吭声地怔了怔，瘦瘦高高的背影钻进卧室，显得有点儿落寞："对啊……我们又不是家人，我为什么要死犟着等你，还推掉制片的饭局，怕你累坏了敲门没人在家？姬小路，是我弄错了。”

我惊慌地站在客厅中央，心里已乖乖退让，但我如何也说不出服软的话，听到他将门轰然关上，我也不甘示弱地关了门。

我们像两个主动钻进笼子里的困兽，翻来覆去睡不着，不约而同地关了灯。

不一会儿，他的短信居然在黑暗中传过来：饿了吗？

我鼻子一酸，回想他做的那一桌菜和灯下他一脸的孤单，不禁内疚地回道：嗯。

没想到这家伙呛我：活该。

我皱了皱眉，发现自己已经不生气了，说话不毒他还是陆轻寒吗？我厚着脸皮拨通他的手机，带着哭腔结结巴巴地傻笑：“我知道和就在隔壁的人打电话很傻，但是……大度善良的房东先生，对不起。”

我能想象他板着的脸也在偷偷傻笑：“你不是很穷嘛，还敢浪费电话费，开门！”我跳下床打开门，惊讶地看着他端着饭菜静静站在我面前。

我们盘坐在地板上，不顾形象地狼吞虎咽，吃饱了就倚墙聊天。不等我开口他便低低地问：“今天怎么了？我知道……你不开心。”

原来他并非不关心我，只是闷着不说。我苍白而艰难地开口：“我爸妈……要抢回我人生的掌控权，而我……”他轻轻拍了拍我，示意我不必强迫自己说下去。

许是灯光暗，四下寂静，极少敞开心扉的陆轻寒竟和我讲了一夜他的故事。

我以为他靠着才华就能优雅生活，而其实多年前他初来青岛，也像流浪儿一样彷徨。在校没钱拍摄，也曾半年每天只吃两顿饭，为了拉赞助和弟兄灌着冷风踩两个小时的单车。

往后何时何地，觉得路途艰难，我都会咬牙想起他温柔的小胡子，和他旧收音机般好听的嗓音："姬小路，世上没有朝夕就能到手的梦想，但绝非没有梦想。"

【你特像一只大沙皮狗】

青岛春季渐暖，我的生日也随之临近。为了感谢陆轻寒对我的照顾，我没说那天是我生日，只说请他吃一顿。

谁知当晚餐厅出了状况，等我火急火燎赶回家时，他已经等我很久了。我不停抱歉，他却显得心情奇好，凑近我疲惫的脸问："饿不？"

怎会不饿？姑娘我干的都是铁铮铮的体力活！不过我还是挠挠头："还好。"

他怪怪地点了点头，转身穿上围裙："不如在家吃吧，就当你雇我当厨师做顿大餐如何？"我的直觉是他想给我省钱，于是坚持道："说好我请客的呢！"

他直视着我倔强的双眼，胸有成竹地笑，笑容里甚至有种宠溺："你是只嘴硬的死鸭子，根据这么久的合租经验，你说'还好'时，就代表很饿很饿了，我们现在出去，再算上堵车的时间，等吃上的时候大小姐你还尚在人间？"

我承认那一瞬间我早已默默被感动击溃。

谁知他的招数还不止一顿好吃得让人想哭的大餐，饭后他神秘地将公寓的灯灭掉，不顾我的惊异，轻描淡写："姬小路，躺下。"

"房东先生，我租金交迟了，您也不能这样呀！"我差点儿没跳起来，但见他一直沉默地笑，我还是小心翼翼地照做。他在角落轻松地摆弄着，刹那间黑暗的房顶投影成璀璨的银幕，是那次那一部他导演我当女主的微电影！

我怕自己激动的样子太丢脸，死死捂住嘴。他蹲下身，陪我一起仰着脑袋专心地看，直到剧终才笨拙地咽了咽口水，慢吞吞地和我说：“生日快乐，不……是往后的每一天都要快乐，我的……房客小姐。”

“你怎么会知道今天是我生日……又是小烟！她真是不折不扣的大叛徒……”为了掩饰兔子似的红眼睛，我心虚地乱扯，他却不躲不闪地盯着我：“这些都不重要，我想知道的，就会努力知道。”

陆轻寒其实并不知道，他的房客小姐用了一冬天写这微电影的故事时，下意识在脑中将女孩当成自己，将男孩当成家里那个不好相处但偶尔也很温柔的房东先生。

于是有了那些温暖的画面：她狡黠地假装跌倒崴了脚，然后趁机踮起脚尖一把搂紧他；她在大雨天里让他用手臂扣住自己的脖子，被他笨拙地塞在了拥挤的伞下……

客厅重新陷入黑暗，就像烟火结束的夜，让我俩都有短暂的无所适从。

凭着女生的直觉，我知道陆轻寒有话想说，于是我隐隐期待着，或是简单的四个字，或是寂静的一吻，但等了半天他依旧坐在我身旁。他大概也觉得我侧过脸望他的眼神不对劲，无辜地问：“寿星，你一直瞪我干吗？”

“因为突然发现你特像大沙皮狗，就是眼皮耷拉下来，特迟钝的那种！”我哼了一声，幽幽说着将抱枕砸向他的脑袋。他“扑哧”一声笑了，懒洋洋地还击：“喊，我第一次见你，你就是只邋遢的猫。”

我也忍不住笑，这家伙却忽然不说话了，我起身一瞧，他竟顺势抱着枕头睡着了。他应该很累了，熬夜忙完工作又马不停蹄给我庆生。

或许是我急性子，故事还没到那一步呢。

【如果拥抱一直不松开】

就在那夜，我睡到一半，猛然发现自己被陆轻寒像件行李似的快速拽起来。

他一言不发，紧拉住我的手腕将我往门外带，我惊慌地问怎么了，他也不太清楚："下面在紧急鸣笛，好像是十四楼那户失火……"

直到跑到一楼楼道口我才想起了落在家里的电脑，里面有我全部的小说稿和出版商的合同。他皱着眉听我说完，没有劝我也就算了，而是用力攥紧我的手，趁着消防员不注意冲上楼去。

一瞬间，我的话根本还没来得及说："陆轻寒！比起你活着那些其实不重要……"

时间一秒秒晃过，我一看楼道口被拉起封锁线，再也抑制不住心里的害怕。我索性横冲直撞地咬住消防员的手臂，却不想还是被拽了回去。

我倔强地抓住封锁线，慢慢看着楼梯被浓烟淹没，眼泪一点儿预兆都没有地扑落下来。

又过了好久，我已经没有力气站直身体，这时我感到有人拍了拍我的肩，身后一个温暖踏实的声音传过来："请问……小姐，你是在等一只叫陆轻寒的沙皮狗吗？"

我不可置信地转过头，撞见了他那张依旧戏谑得没个正经的脸，才终于松了口气："你已经下来了啊！我快被吓死了……"他垂下头，见自己没能逗乐我，反而弄得我攥紧他的衬衫袖口哭得更凶了，连忙淡淡地凑近我，给了我一个直白的拥抱。

我终于慢慢地缓过来，破涕为笑地将脸埋在他的须后水味道里。他像安抚一个失眠的小孩子，悄悄地问："比起那部微电影，你更想要的礼物是这个，我没说错吧？现在……还怪我迟钝吗？"

我还以为这拥抱能一直不松开，直到我爸妈再一次闯进我们平静的小生活。

【记得要快乐】

那本是我最快乐的一天，我奔上楼梯想给陆轻寒惊喜，推门跳上去告诉他我的小说要出版啦，然而我一环视屋内才彻底沉默了。

我爸抽着烟坐在沙发边，我妈匆忙出入我的卧室，将衣物统统装箱，而陆轻寒也不阻拦，还和我妈有一搭没一搭地聊着。

我默默瞪着陆轻寒，接下来是漫长的沉默。

他淡淡地将我的手握在掌心："小路……我不是刻意瞒你，是不知怎么面对你。但你要相信，我不过是希望你有好的人生，念完大学是通往任何梦想的基础……小路……"

我冷笑着甩开他的手。

天知道我有多绝望，那样一个男孩，你与他共同在大大的城市里小小地努力着，你迫不及待与他分享喜悦，你笃信只要你勇敢往前走，他都会陪你。

此刻他却帮忙捉我回那个消磨意志的牢笼去。

我忍住鼻酸撒开了箱子："我不离开，也不回去念什么财会！"我不可置信地望了陆轻寒一眼，低着头冲出门去。

五月明媚的街口，我与父母上演了十年来最长的对峙。

我用尽力气承受我妈对我的推搡、讽刺，然后轻轻地说："爸妈，我们就到这里吧，往后我自己会好好的。"我走得很慢，我妈在身后泣不成声，而当我回到小公寓时，嗓子也不觉间嘶哑了。

陆轻寒扣住我的肩问怎么了，我淡淡一笑，比哭还难看："没怎么，以后就和你一样，自己努力去得到想要的。"

他焦急地板着脸："我这么招你讨厌地'出卖'你，不过是想保护你。是，姬小路，你热血！但你自以为父母在梦想面前不算什么，是你没失去过！"

那是陆轻寒最凶的一次，我的心轰隆隆地震响，不服输地哽咽："多谢你的保护和这些日子的照顾。我以为无论全世界怎么反对，你都会陪我往下走呢。房东先生，怪我太天真了。"说完我拉起箱子出门，连告别也不肯。

外面大雨瓢泼，我连把伞都没有，躲在商场出口环抱着手臂。暮色黯淡，各处都打烊了，我真切体会到心底深不可测的恐惧。

淋就淋吧，先找个小旅馆，剩下的明天再说。正当我使劲在夜雨里睁开眼时，一堵人墙拦住了我，将我按在伞下："去哪儿？"

我说谎："投靠我爸妈去。"

他冷哼道："蒙我，以你的性子会乖乖回去？你不愿意与我在一起，行。但你一女孩在外很危险，我兄弟多能安顿自己，换我走。"

任我固执地闹，踢，他始终不松手，愣是将我扛了回去。我们默契地一言不发，我缩在沙发上，头发被他用毛巾耐心地擦干，然后听到他挠了挠头，发出难过的嗓音："早点儿睡，你也累了。往后大概也不会见了，你记得要快乐。"

我像个哑巴似的听着他脚步声渐远，用抱枕捂住喉咙深处的哭声。

【尾声】

回忆到这儿，小烟的电话打了过来。

她告诉我，最初她不接济我，让我找陆轻寒，便是他求她帮的忙。我的房东先生不仅是导演，还是个演技派，多年前就对一个叫姬小路的学妹印象深刻，听小烟说了我的事，就想陪我走过这段艰难日子。

怪我太偏执，只见他的“背叛”，不懂他深藏的喜欢。

也是，一个真正的房东先生怎会温柔地背着病了的房客踏过大雪；怎会心甘情愿地在房客身上不断悄悄花钱；又怎会冲上火灾中的危楼，保护一个房客写故事的梦想……

随着一声长鸣，火车开动，我正强迫自己沉入睡眠，忽然听到一个旧收音机般好听的嗓音：“小姐，我能坐这儿吗？”我颤抖着睁开眼，不敢相信这一切。

眼前的男子戴着墨镜，大概是怕被媒体拍到。

他留着温柔的小胡子低声说：“这场赌了一整年的气算我输啦。我不愿让你一个人，你说得没错，我要陪着你，面对父母的病，你的学业和梦想，总之……你再也赶不走我了！”

控制狂也有八秒温柔

『抱歉，又控制了你。我把能给的都给了……』

【A】

大一入学会演，新生里最亮瞎众人的莫过于陈蔚蔚。

她被钦点独唱*Let It Go*《随它吧》，影楼租的蓝色长裙本来俗不可耐，倒被瘦身成功的她穿出了《冰雪奇缘》里的女王范儿。

临上台，从邻近的理工大学赶来给她当亲友团的杜安东，冷不丁咔嚓了一张她的侧脸，发进他们高中同学微信群里。她接过杜安东的手机，左瞧右瞧，不敢相信那是自己，后知后觉地嘚瑟起来。她想起小时候电视上粉底广告里魔性十足的女声："谁能看出我擦了粉？"狡猾地借鉴道："谁能看出我从前一百六十斤？"

照片像一枚深水炸弹，群里顿时沸腾。

"女王，还需要提裙官吗？"

"需要车夫也行啊！我等宅男从前有眼不识潜力股……"

她握着话筒紧张地候场，一遍遍刷新群消息，还是没看见那个控制狂说话。

符家凯，昨天的我你爱搭不理，今天的我你高攀不起！

为了让他刮目相看，让从小得意到大的他也尝一回失意的滋味，她整个夏天都在过炼狱般的生活，每晚睡前胃里跟拴了条饿狼似的，几乎拼上命，这会儿见不着敌人的影子，自然失落。

她郁闷地想扯下这紧箍咒似的破裙子，来一场胸口碎大石，主持人却正好笑吟吟道："下面有请音乐系新生陈蔚蔚……"

"Let it go，let it go，turn away and slam the door."（随心而行，随心而行，转过身甩上门。）

陈蔚蔚边唱边问自己，成了梦寐以求的瘦子，你真快乐吗？大学生活像个温柔的新世界，没有强加于你的伤害，没人晓得曾经肥胖的你，所有人对你很好……但这里没有符家凯啊。

【B】

在陈蔚蔚的记忆里，符家凯一直只有她一半宽度。若翩翩少年他是苹果4代手机，她就是一手都握不过来的苹果6代加大版手机。

八九岁的时候：

别的孩子还在搭积木，他已捣鼓起自制的迷你飞机了。炎炎夏日，他盘腿一坐就是一下午，而她趴在他身旁，枕着他的影子睡得满脸都是凉席横横竖竖的印子。少年方才还板着一张爱因斯坦脸，瞧见她那软软的大脸上的印子突然笑了："陈蔚蔚，你真像生鲜超市里盖了章准备卖的牛肉。"

惹胖子后果很严重！她二话没说扯住他的耳朵，死活不松开。

"喂喂喂，快让开给我透透气，你这么厚一堵墙，风进不来，我要中暑了。"

点头归点头，她浑圆的手臂却还拽着他小衬衫的一角："家凯，你热啊？我给你扇风。"

"别介！你这么大一座发动机，马力太足，我怕不留神感冒了。"他嘴上说着不要，身体却很诚实。

"快看。"他晃了晃她，指着头顶的天空一笑，正经地竖起了剪刀手，一脸快来快来表扬我的傲娇劲儿。她这才注意到他那架小飞机飞得那么高，喷气机尾在蔚蓝天幕上留下一个歪歪扭扭的“蔚”字。

蔚蓝的蔚，陈蔚蔚的蔚。

十二三岁的时候：

他上物理课嫌进度太慢，手托下巴端详着正睡得天昏地暗的她来消遣。大概是每顿都吃太多，她的眼皮无法抗拒地心引力，而他瞧着她的双下巴一动一动，忽然想到放学路上那只沙皮狗，忍不住笑出了声。 被吵醒的她抹了抹嘴角的口水，却捕捉到他快速收起的笑容：“啧啧，看我看得那么投入。”

“才没看。”

她运气丹田，照着他校服下的胳膊拧一把，疼得嗷嗷叫的他这才嘟哝：“好啦，看了行了吧，你是什么世界遗产啊，还要收费啊？”

“收费就免了，放学带我吃冻酸奶去！”

这些年，陈蔚蔚虽一直被符家凯白眼相待，但她从不真的认为自己胖是什么丑陋的事，他更习惯了她总是把单车后胎压扁，细胳膊细腿的少年甚至练出了大气都不喘载她上坡的深厚内功。

在他们的世界，胖瘦无非是形状不同，就像土豆和黄瓜，各有各的好。

而这一切变了的准确时间是在高二。

从小陈符两家就住隔壁，她总和他一起放学，在他卧室搞定作业再调戏他一通才回家，但他最近越来越沉默。

终于有一晚她吃了闭门羹，被他不耐烦地拦在门外。面对她的不解，少年眉眼低垂，抓耳挠腮好半天才干巴巴地嚷：“快回家睡觉去，我……困了！”

“可我不困！”

“不困就拿个跳绳，每晚跳绳一千次，你的双下巴就会不见了！”他仗着他们智商不在一个水平线上就大胆胡诌，见她艰难地张张嘴，转身照做了，他才慢慢松开潮湿的掌心。

陈蔚蔚当晚真的听话地在楼道里呼哧呼哧蹦了一整晚。

平时她连两百米短跑都坚持不下来，此刻却咬牙闷声数着……九百九十八，九百九十九，一千。

她喘着粗气停下，帽衫湿透了，进了家门就把自己关进卫生间。狭小的寂静中，她后知后觉地难过起来。你真没用，听不出符家凯只是烦你，支开你吗？还真像个小兵似的完成任务。

多可笑。

她整夜失眠。是从哪天开始，符家凯成了对她淡漠刻薄的大男生，不再是围绕她转的小少年，到晨光熹微她才明白，家凯没变。他一直不就嫌弃她吗？

【C】

陈蔚蔚的腿酸疼了一周，心底那股不痛快则蔓延更久。

这种不痛快让她大脑一热，在班长改选报名表上写了自己的名字，在她上面一格就是娟秀的三个字：符家凯。

放学他一瞧见那张表，就用力涂掉了她的名字，沉默地走出教室。

好在她留一手，待他脚步声听不见了，她才像个超重的女特务似的出来，一边嘚瑟地想自己这个心机女也是棒，一边重新写上名字，先下手为强地把表格递进办公室。

符家凯，螳螂捕蝉，黄雀在后，我要终结你十年的班长生涯。

明明放学这段路是他们最开心的时候。想都别想电影里那种加了日系滤镜的画面，载她绝对是个堪比搬砖的体力活。有时她停下嘴里的零食，眨巴眨巴眼问："家凯，要不我来载你吧，看你都要背过气去了。"

“大男人怎么能让小姑娘载呢？好好坐着。”

“小姑娘”三个字像一针鸡血似的打进她膨胀的少女心中，她心花怒放地把自己和杨颖画了个大等号。

“喂，陈沙皮，别笑得呼哧呼哧的，乍一听以为你要接氧气呢。你不会不知道，‘小姑娘’的‘小’只是惯用语，和体形没关系吧？”

她总会像犀牛一样用脑袋猛撞他的背：“好好骑车，哪儿那么多废话！”

……

不，无论如何，她都不愿再动摇，不愿再站在他的光芒之后。

每个人活着都有个差不多的分数，或外表好看，或智商超群，或勇敢善良，那她的加分项是什么？她受够了当蜗牛，她要透支所有的勇气，全力以赴改选。

她对着镜子练到夜深，习惯了缩在台下的胖姑娘，光是在注视下大声说话都不易。被妈妈一催再催，她才喝了点儿牛奶去睡。她不敢相信，当自己再睁眼时家里空空荡荡，再一摸手机，八点零五分！第一节课应该刚结束。

改选就在这节课！

她顶着狮子头冲上公交车，给妈妈轰炸电话过去：“母上！我闹钟是不是关了？”

“不可能，我每晚都检查。你个懒鬼昨晚咕嘟咕嘟喝了一大杯牛奶，难怪睡太香。”

“牛奶……”

“就是隔壁家凯递来的，他家自驾游在农场挤的。”

一记闷雷劈过她脑袋。

当她呼哧呼哧赶到教室时，高瘦的他正和煦地笑着站在讲台中央，肩膀被老师搭着："大家祝贺家凯连任，看来他还要再辛苦一年哈。"

汗流浃背的她头发都不伸手理一下，瞪着红眼睛穿过课桌，也不理老师怪异的目光，站上去朝他大方伸开手臂，僵硬地笑："为你高兴，我最好的朋友。"

他与她对视一怔，抿紧嘴唇，似乎意识到了什么，默默迎上她的拥抱。她继续笑，凑在他耳边特小声地说："家凯，又一次愚弄了我，高兴吧？你没变，看起来优秀，却不择手段。你没忘吧？就是你害得你爸妈多年再无联系，你以为你造出那么多喷气飞机就能去找你爸？晚了。你这控制狂活该孤单。"

说完她自己也吓呆了，深吸一口气逃亡似的回到座位，留他在台上继续演讲。

那是他俩的秘密啊。家凯七岁那年春天，符家夫妇的争吵上升到白热化的阶段，一次彻夜拉锯战后，符爸站在楼道抽着烟要离开，小家凯就一声不吭地反锁住符妈的卧室门，把爸爸的行李统统扔出去："男人说话算话，可别灰溜溜地回来。"

确定爸爸的箱子滚轮再无动静，他才发着抖站在楼梯口，望向楼下那些呛人的柳絮，整个下午都不理会妈妈的砸门。

隔壁门口拿着冰淇淋想和他一起吃的她，站出来用力抱住他。此后十年，符爸再没出现。

当下，所有目光聚拢在符家凯身上，他努力摆脱所有卷土重来的悲伤，清清嗓子："谢谢大家继续信任我，我、我、我……"

五，六，七，八。

他的语言强迫症真的回来了，短短三个字，瞪大双眼傻瓜一样重复了八遍。这是无懈可击的符家凯唯一的弱点，陈蔚蔚也只见过一次。符爸离开的第一夜，小家凯给妈妈开了门，被哭泣的符妈甩过响亮的耳光，他从小连骂都没挨过，顿时崩溃地冲出了门。

小蔚蔚不知所措地望着他，他也望着蔚蔚，痛苦地重复：“我、我、我……”

八遍。

趴在课桌上的她捂住嘴巴，望着面对任何状况都万分得体的他出了丑，眼泪慌乱地往下砸。这不就是你最想看到的一幕吗？为什么它真发生了，你又好难过？

她满心以为下了课符家凯会来和她大吵，谁知他只是无声息地回座位，拿起书埋下头。

他了解她，比起面红耳赤的对峙，她更怕冷暴力。

【D】

紧随其后的体育课，该死不死的练习内容是跳山羊。

一阵喧哗后，别人都有伙伴了，她还不知所措地站着。尴尬地张望一圈，角落还有个和她一样孤独的男生，杜安东。

杜安东小心翼翼地望了她一眼，想鼓起勇气说“不如我们一组”，终究还是不敢。他的挣扎，陈蔚蔚一无所知，她满心都是符家凯那张悲伤的脸。

符家凯终究没来。也好，他来了才更尴尬，她胖得跳不动，如果换他来跳，他腿再长也越不过她这座高山啊，她的块头得是多少山羊叠一块儿啊。

“陈蔚蔚！你来干什么？又不是跳野牛……”

“她哪配当野牛啊，是懒惰的家牛，跑三步喘半天，哈哈！”

……

正当她假装听不见，默默背过脸时，从楼上下来的符家凯一改清冷的模样，冲过来和那几个男生奋力扭打。他心里一定难过极了，不然也不会愤怒地瞪大双眼，出手又狠又快，简直癫狂。

体育老师赶来拉开了他们，他就这样被老师拧着耳朵，挂着眉骨上泛红的划痕凑近她，淡淡盯住她：“是，我在牛奶里加了安眠药，我无话可说。但陈蔚蔚，这会儿被人无故欺负，你怎么不拿出对付我的劲头呢？这么没出息？”

几秒寂静后，她坚定道：“全校，哦，不……全世界最有出息的符家凯，比起胆小，我更厌恶打架的人。男生只要打架就是蠢，没有任何借口。”

符家凯几乎认不出眼前的她了，从小到大，肥胖就像一摊泥似的裹着她，抹掉她原本的性情，让她显得混沌无趣，而这一瞬的她从头到脚充满了锐利。

他笑中带泪，矛盾又狼狈，一边被老师往教务处拉，一边鼓掌大声嚷：“棒极了，陈蔚蔚三观就是正，我佩服……”

到底是符家凯啊，即使受罚，骨子里仍留着骄傲，背影照样挺拔，却有种说不出的落寞，她望着望着，忽觉浑身的力气都被抽掉，成了个空壳……

某种第六感让她确定，她失去符家凯了。

到傍晚放学，陈蔚蔚失控的情绪已逐渐冷却，对他放安眠药的不解默默淡化，内疚占了上风。或许保住班长的位置对他来说的确重要，那是他除了篮球最热爱的事。

她率先低头，站在往日碰头的车棚前等他。她畏畏缩缩地站着，生怕因体积太大招来厌恶，一阵推搡之后，单车寥寥无几，他却不见踪影。

她像故事里被丢弃的小孩儿一直沉默地等到天色暗下，她才吸了吸鼻子冲回教室，一问值日生，得到的答案却是：“班长去邻校打球赛啊，你不知道？”

符家凯，何必呢？我不值得你以如临大敌的方式对我，你给个台阶我就会下，可你没有。她独自坐在了符家凯的椅子上，发现他课桌内塞着一件皱巴巴的球衣，莫名委屈的驱使下，她抓起他的球衣捂在脸上，低声哭起来。

球衣上有他皮肤的气息，逼真熟悉的味道让她一下回到了小时候，每次被妈妈责罚时她那么胖那么重，却总是狠狠靠着符家凯的胸膛，他嘴上嚷着嫌弃死了，嫌弃死了，却从未推开她。

“陈蔚蔚……你……”

她仓皇地一扭头，是杜安东。

为什么每次她狼狈时，这家伙都在一旁呢？她恼火地抓起书包想走，杜安东却不卑不亢地说：“又不是只有符家凯才会骑车送你回家，我也可以。”

当她坐在杜安东的单车上穿过万家灯火，打完球的符家凯刚巧回校取车，他静静地在暗处看着他俩，什么都没说。

他不会告诉陈蔚蔚，自己之所以在牛奶里放安眠药，是因为竞选前，她高调地报名时，班里女生就围成一圈叽叽喳喳：“好戏在后头，等陈蔚蔚那死胖子上了台，我们再问她，长得那么难看凭什么当班长？”

阻拦，总好过被众人伤害，他心甘情愿被误解、埋怨，只是他没想到，她会那么狠地逼出他的强迫症，以及他心底最不能碰的往事。

【E】

陈蔚蔚说不出究竟从哪天开始，杜安东成了她生活里形影不离的存在，她只记得当她无意中问杜安东最想做什么时，他不假思索道：

"加入篮球队，赢得很多欢呼！"

从他和她一样臃肿变形的脸上，她看到一种相似的卑微与坚强："加油！"

杜安东温暖得多，走路慢，说话也慢，正因为慢，所以不伤人，就像《超能陆战队》里拥有无敌拥抱的大白。

深夜她要吃夜宵，一个电话他就来到她家楼下，捧着麻辣香锅；吃了一阵更胖了，她又嚷着要减肥，换作符家凯，一定会翻着白眼戳破她的幻想，得了吧，陈沙皮！你坚持不了几天，何不安静地当个土肥圆？而他则为她准备好跑鞋："跑步若装备不好，容易伤脚踝。"

不知杜安东是否刻意在模仿符家凯，这细心的说辞，冷静的态度，让她没法不想起符家凯，她无声苦笑，符家凯能给的一切，也不过如此。她说服自己，陈蔚蔚，你很快乐，你已有人用心迁就，少了个他没什么。

唯有走过楼道，她才会想起符家凯慵懒的声音："陈沙皮，每晚跳绳一千次，双下巴就会不见了噢！"

每当这时，她都会本能地想，虽然那家伙纯属胡扯，但被他骗得团团转的时光也很好啊。从天台风洞里望着隔壁符家凯房间漏出的白色台灯的光，像一抹遥远的星河。还没睡，他困吗？应该不会，他是永远不累的符家凯啊。

杜安东居然如愿入了校队，尽管难以置信，她终究开心，拉着他去校门口的鸡公煲庆祝。好死不死的，她这痴痴的目光又被符家凯发觉了，他扭过头淡淡一笑，算是寒暄："咦，陈沙皮。"

他如此轻松自然，倒让她也绞尽脑汁摆脱拘谨，起身"扑哧"一笑百媚生，驾轻就熟地拍他肩膀："来来来，端着你的鸡和我们一起吃，三个人更带劲！"

符家凯憋着笑意，好脾气地坐过去，却听到她撑起骄傲的笑容大声说："家凯，安东现在也是篮球队一员咯，你不恭喜一下？"

"恭喜。"他听得出她刺人的口吻，却不辩驳，瞥了杜安东一眼，撂出两个字，叫她看不出他到底高不高兴。

整晚她都一脸欢喜，就着辣酱喋喋不休地说了无数笑话，而符家凯在"恭喜"二字后再也没说话。

临走时，她大手一挥让符家凯先走，和杜安东去取单车，谁知迷糊的杜安东这才想起今天没骑车，她只好沿着街踱步回家。

"喂，上来。"这严厉的嗓音除了他哪会是别人。

"不！我要走走消食。"

"少磨叽，就跟那个走三步就让人背的人不是你似的。"又旧事重提，小时候爬山圈住他脖子逼他扛着她走，简直成了她一生的黑历史。

"……好。"

蔚蔚，我不晓得我曾抹杀了你那么多美好的想象，打压了你那么多该有的快乐。过了今晚记得离我这控制狂远一点儿。

【F】

陈蔚蔚和杜安东之间出现裂痕，已临近毕业。

起初她以为只是买了同款，久而久之，杜安东与她在一起时身上出现越来越多符家凯的物品，那AJ（阿玛尼的副线品牌）限量鞋是符家凯的至宝，自己从不穿；整套《黑子的篮球》也是他碰都不准她碰的……她想到他俩同在校队，同一间更衣室："你……拿了家凯的东西？"

杜安东愣了愣，不敢看她的眼睛："蔚蔚，你不用说得那么委婉，也好，我不用提心吊胆了。是，我羡慕家凯，偷了他很多物品，我以为……你没那么了解他的一切。"

"你在骗我吧？"

他摇头。

“这不会是符家凯那控制狂整我的玩笑吧？”

又摇头。

“为什么不骗我？我不聪明，你学家凯那样骗骗我，我就很开心……”好不容易有个对她温暖有耐心的人，又出这样的事，沉默之后她说，“我不想再见你，也不会去家凯那儿揭发你，好自为之。”

她离开前，杜安东扯了下她的袖口：“能答应我一个请求吗？”

她望着眼前这卑微的大胖子，听到他说：“傍晚去操场看一眼好不好，各校队长的超强联赛，我们队就家凯一个人战斗，他希望你在。”

她怔了一下便走掉，但一下午心思都莫名地游离，放学铃一响，她就像逃兵般往外冲，生怕多停留一秒就会动摇。大街上热热闹闹，她跑啊跑，气喘吁吁地跑到她和符家凯家所在的筒子楼才停下。

站在太阳下，她想起好多片段：他们一起盘腿在凉席上度过的无所事事的夏天，她枕着少年的影子，睡去又醒来；少年骑车载着把后胎压扁的她，明明累得快背过气了却还温柔地笑；少年趴在桌上偷看她打瞌睡，捏着她的双下巴，喊她陈沙皮……她突然掉头拼命朝学校跑，可惜她太胖太胖，心脏都快跳出喉咙眼了，到操场时球赛还是散了。

所有同学正热血沸腾地挤在一块儿，喊着，笑着，一双接一双的手托举着独自赢得胜利的符家凯，他一袭白球衣跃动在空中，耀眼得不像话。

她艰难地张嘴，想喊一声家凯，让他知道她来了，一个不留神，呆呆仰望着符家凯的她被人群猛一撞摔在水泥地上，膝盖磕得生疼。

没一个人看到想哭的她，包括符家凯。

这就是他们高中时代的尾声，落寞到难言。符家凯和杜安东顺利去了理工大学，而总是沉默的她其实很会唱歌，被紧邻理工大学的一所二本院校的音乐系录取。

【G】

一曲*Let It Go*还未过半，她就在台下人群里一眼认出了静静望着她的符家凯。

她的心像失焦的镜头，只觉得他目光里有种纯粹的专心，是这个控制狂从不曾有过的专心……刹那间，她轰地倒下！

再睁眼时她躺在医院里，一只手输着葡萄糖，补给这些日子炼狱般减肥亏空的血糖，一只手被符家凯握住。

她难以置信地望着他，他也望着她，还是一旁的杜安东开口补全了青春里他们彼此不知的那部分。

“蔚蔚，其实……你猜得没错，那些东西都是家凯送我的，他让我耐心照顾你，说他自己是控制狂，招你讨厌，没法让你快乐，只能拜托我这个大胖子，但久而久之我就明白了，你俩在对方生活里的位置没人能替代，所以我将错就错咬定自己是小偷，还掉了东西，本以为你会回到符家凯身边，谁知你比我想象中要倔强。”

符家凯丢掉骄傲，低下头来：“抱歉，又控制了你。我把能给的都给了，本以为安东能替我做到，对人温暖是我做不到的死穴吧，其实……我喜欢过去的你，手感多好！好不容易吃出那么多肉，减了多亏！但如果你瘦了更快乐，我也快乐。总之陈沙皮，别理我这控制狂，永远忠于你自己，好吗？”

她终于明白，符家凯何曾真正控制她？这十年他所做的，不过是让她忠于自己。

这一次，她毫不客气地说：“符家凯，我喜欢你，以后……你就是我的了！”

蜗牛先生，你是面瘫你知道吗

『我笑了呀，姐小雨你再仔细看一下，我真的笑了！』

1.作为男朋友，不知道管好你家段小年吗

姬小雨一直都很清楚，她的同桌段小年长了副多么好的皮囊。皮肤比她一个女生还白不说，狭长的丹凤眼，干净的板寸头配棱角清晰的侧脸，于是一大票玛丽苏的女生自称“年糕”建QQ（即时通讯软件）群，形容段小年就是“冷酷沉默”呀，“与世界格格不入的冰山少年”呀……

只有姬小雨知道，他只是反射弧太长，常年面瘫。也因为这个，姬小雨好多年都喊他“蜗牛”。其实喊呆子、闷棍、木头人也行，但她就是爱喊他蜗牛。

对于段小年的美貌，她这样解释：“蜗牛，上帝很公平的，给了你这张小脸，所以才让你和人交流这么费劲。”段小年停下手里的作业，面无表情地说：“那看你这张脸，上帝应该给你很多智慧。”

姬小雨很生气，却也不得不在心底承认，上帝给段小年的智慧比较多。就像化学课，老师将她的试卷拍在她面前：“姬小雨，你说说，坐同一张桌子，你和人家段小年怎么就差距这么大呢！”

姬小雨不服气地小声顶道：“做卷子用脑子又不用桌子！”在全班的哄堂大笑下，老师愤慨地指着她：“这节课你就站着听！”

其实都是小事，大家也只是泡在高二单调的生活里，笑笑望着她解个闷，她却脸皮很薄地轻声哭了，一直到放了学回到座位上眼圈依旧红得跟兔子似的。

段小年愣愣地瞧着她，张了几次嘴才把想说的话组织清楚：“我刚才上课无聊就看了你的卷子，犯的低级错误太多了，你看，这个方程式都没配平，左边应该两分子的二氧化碳才对……”

这时，后桌的许小川，也就是那个打扮讲究又擅长运动的段小年的好朋友，跳了出来：“段小年你还能再没人性点儿吗？看到女孩哭就该先安慰，别的都是废话。”这话“嗖”的一声说到姬小雨心坎里去了，她颇不痛快地抓起书包就回家，临走不忘冲着段小年吼：“学学许小川！”又冲许小川吼：“作为一个深谙世事的好朋友，不知道管好你家段小年吗？”

2.对一个面瘫来说，这姿势已经够有感情了

走路回家的姬小雨能感到段小年在后面轻声跟着她。她一撇嘴，猛地脚上来一个急刹车，差点儿没让运动细胞为零的段小年一头栽在她背上。她没好气地酸他：“干吗还跟我这种苦命的化学蠢狗一路走？”

他耸耸肩，整张脸依旧没表情：“这么多年都一起过来了，总不能因为你一时生了我的气就让你一个人回家吧。”她正要被这家伙难得温暖的话小小感动一下，他又若有所思地补充道：“况且你家楼下卖的铁板鱿鱼是全市最好吃的。”她一脸无奈，原来他每天陪她走到她家再不辞辛苦地绕回家，是这个原因。多年悬案，终于告破。

晚上，姬小雨假装问度娘作业得解题方法，掩她爹娘的耳目，在那个汇聚一票“年糕”的QQ群里吼了一句：“谁要当段小年的女朋友啊？找我私聊！”

大家在踊跃报名的同时也异口同声地惊诧道：“姬小雨，原来你和我们段少居然不是一对！”姬小雨听了就急了，先是为了段少这个称呼掉了一地鸡皮疙瘩，又斩钉截铁道：“我和段蜗牛可是纯洁的朋关系。”随后，她以太后为小皇帝选妃的姿态，傲然地滑动鼠标，层层把关，最终挑中了夏小凡。

姬小雨丝毫没发现，自己给段小年选女朋友的标准简直太夸张了：越嗲越夸张越好，越美越好，最好是那种让段小年见了就想交往、相处一天又想踢走的姑娘！

3.撒娇也是没用的

一大早，姬小雨刚从窗口伸出脑袋就瞧见段小年已经穿戴整齐、扶着他的小破自行车等她了，她也只好放弃早饭，三步并作两步奔下楼。和段小年脸对脸站着，她猛然想起自己肩负着向他推销夏小凡的重任，于是冲他那张像被熨斗刚烫过，连个褶子都没有的脸咳了咳：“呃……段小年！”

段小年想着她总嫌他反应慢、情商低，又恰巧听到她肚子咕咕叫，挺有把握地问：“你饿吧？”她不好意思地一笑，见段小年已经低着头从书包里掏吃的了，客气地一个劲儿说：“不用，真不用……”但当她看到他找了半天，淡淡地将一罐口香糖放在她手心时，她的脸才欲哭无泪地拉长，果然不能对蜗牛的任何举动抱有希望。

她嚼着口香糖，脱口而出：“段小年，夏小凡要我转告你，她很喜欢你，你和她在一起吧。”

“夏小凡是谁啊？”悠悠哉哉的足有十秒，他才迷迷糊糊地问。

“就是隔壁班的班花，皮肤特白，腰特细，嗓音特像志玲姐姐的那个。”

“哦，”段小年蹙着眉若有所思，最后来了句关键的总结，“……没印象。”

姬小雨又好气又好笑地盯着他："讨厌！男生怎么可能有不知道夏小凡的呢……"

"撒娇也是没用的，我的确没印象。"这句如此挑逗而傲娇的话，被段小年面无表情地说出来，像是《探索发现》栏目在揭秘真相。

4.有病就得赶快查，好好治

接下来一整周，段小年都皱着眉傻坐在座位上，神游山林。常常是姬小雨叫了他好几声"蜗牛"，他才如梦初醒般嗯一声。

夏小凡牢记姬小雨的教导，斗志满满地抓住每一次段小年上厕所从走廊经过的机会。

"段小年，这叠作业本太重了，能帮忙吗？

"段小年，我头突然好晕，你能把我扶到教室里吗？"

段小年人太好，一次次帮她跑腿，最终严肃地拍了拍她，语重心长："夏小凡，你力气太小，又容易头晕，肯定多少会影响念书，有病就得赶快查，好好治。"当悲伤的夏小凡把段小年的话转述给姬小雨听时，姬小雨正在喝可乐，差点儿没笑呛死："有病的绝对是蜗牛他自己！"但不知为何，姬小雨觉得自己心底竟然跳跃着一丝说不出的小开心。

另一方面，许小川正在向段小年打听着姬小雨的喜好。段小年觉得一面是姬小雨，一面是好朋友，于是他明知姬小雨最爱的就是唯美漫画了，却告诉许小川："她喜欢情感比较……另类的美术书籍。"

许小川一点就通，先后举着《安迪沃霍美术论》《凡·高自传》《另类情感的油画表达》……在姬小雨面前绕啊绕，她却丝毫不为所动："小川，你看的书好严肃深奥啊。"许小川想一定是段小年这个糊涂虫弄错了，于是又找到段小年，小心翼翼地问："能不能把姬小雨的手机号给我？"

段小年矛盾地抿了抿嘴，不说给，也不说不给："我为什么要给你她的手机号？"

"因为我想打给她，问个清楚她喜欢什么。"

段小年板着脸，不厌其烦："你为什么要问个清楚她喜欢什么？"

许小川无语，还是忍住答："因为我想和她走得更近一点儿啊。"

"哦，"段小年淡淡地点点头，"可是她的手机在她自己那儿，我怎么给你？"

"段小年你这烂冷笑话一点儿都不好笑！"许小川忍无可忍地咆哮，恰在这时在教室外笑着偷听了这俩好朋友对话的姬小雨幽幽地走过来。

她不咸不淡地望了神色僵硬的段小年一眼，才豪迈地写下自己的号码递给许小川："小川，要号码干吗不直接找我？你也不是不知道，段小年同学他就是专业扫兴三十年，想让什么事情彻底没戏，找他准没错。"

5.你对任何需要腿脚的运动都不感兴趣吧

段小年在之后的四节课都一声不吭地埋头做题，姬小雨有点儿心虚地递了一小袋他爱吃的牛肉粒过去，谁知蜗牛在慢吞吞地把牛肉粒剥了吃光之后就继续学习，还是不理她。

直到放学铃打响，悄悄观望了一会儿的段小年见姬小雨没有和他一道回家的意思，才终于沉不住气地小声喊："姬小雨你不能早恋！"

姬小雨"噗"的一声笑了："我怎么早恋了？"

他一脸忧思深远的教授状："我们现在还没成年，要做的就是好好念书，只有这样才能考上一所好的大学。和动机不纯的男同学在讲电话上浪费做题的时间，就是你迈向早恋、开始堕落的第一步……"

她朝他面无表情的脸翻了个大大的白眼："我可不要上大学，毕业了我就要立马背上小包周游世界，横跨亚非拉欧，成为一个来无影去无踪的环游女侠……"

段小年晓得她一瞎幻想起来就刹不住车的老毛病又犯了，在一旁默默鄙视地拉起了她的手："走，不早了，我们快点儿回家。"

她注意到段小年一脸嫌弃的神色，不痛快地撒开他的手，笑了笑："你先回家吧，我要去看你家许小川打篮球，我知道你不去。欸，蜗牛，你对任何需要腿脚的运动都不感兴趣吧？"他淡淡地张了张嘴，什么也没说，转身骑着车快速地走了。

第二天，姬小雨坐上他的破自行车，一边往嘴里塞肉包，一边故意拖长声音告诉他："蜗牛，我要正式和许小川恋爱了。"

他瞬间用双脚把车撑着停住，转过脸直直地盯着她望了几秒，然后漫不经心地低声说："许小川不会和你早恋的，我也不许他和你早恋。"

"段小年你对朋友情分也太盲目自信了吧！"她哼了哼，似有预谋地说，"不如……我们来打赌。要是许小川真的答应和我恋爱了，那下周的化学小测验你要让我抄。"

"如果你输了呢？"段小年立马敏锐地追问。

"那……就我让你抄好了。"

段小年僵硬的脸因为嫌弃她而更僵硬了，她自己说完也觉得像个冷笑话，索性大嗓门发脾气挣回面子："你个大男人别磨叽，到底答应不答应？"他愣了很久，最终点了点头。

6.洪湖水呀浪呀嘛浪打浪

段小年万万没想到，和自己从小学到高二都朝夕相处的许小川根本不听自己的劝阻，没节操地一口答应了和姬小雨恋爱。

往后一直到进入高三前的暑假，段小年像患了失语症似的，越来越沉默，桌上的书也越垒越高，高得快要能遮住他的脸了。

姬小雨心里有种说不出的郁闷，但她总是默默安慰自己，毕竟蜗牛是学霸嘛，总不能要求他快高考了还整天浪费光阴和自己打闹吧？也许……蜗牛他只是志向更高远，提前发功吧。自己这种差生不能帮他解题，至少要默默地不打扰到他。

姬小雨成绩一般，不出意外也就混个二本，可折磨她的事是她和许小川所谓的恋爱就像匹奄奄一息的病马，踢一脚才走一步，两个人都无精打采。

为了创造点儿感人的情节，姬小雨趁许小川打球时跑去买了十串热气腾腾的铁板鱿鱼，乖巧地举着鱿鱼坐在场边，但举着举着手臂就酸了。许小川却像是没看到她的存在，一直打到天黑才下来。

大概是运动完太饿，许小川吃起来狼吞虎咽："真是好吃呀，小雨你真贴心呀！"说着，他又拿了最后的一串。

姬小雨皱着眉看着他油腻的嘴巴和一身臭汗，无端想起了以前和蜗牛一起坐在她家楼下的石级上，蜗牛的声音一点儿都不温柔，却总是让她心里一软："小雨，我吃三串就成了，你快吃饱点儿。"

"小川，一共十串，我才吃了一串。"姬小雨憋住火气，低声说。

"你买来不就是给我吃的嘛，乖，吃完就得赶着上晚自习了呢，别闹。"许小川瞧不出她眼里的异样，语调颇为漫不经心。

"许小川！你以为你是谁啊！你要找个乖的就请你出门左拐去宠物店，我再也不伺候啦！"

火山爆发后的她大步流星地走掉，走着走着才觉得自己眼眶发热。

明明是自己豪迈地甩掉了许小川，她却有种前所未有的难受，而这种难受又并非是因为失去许小川，而是她如梦初醒，自己兜了这么大一圈，居然把段小年，她的蜗牛君丢得远远的了。

终于在放学的一刻，她深吸一口气拽住想要默默离开的段小年：“那什么……你最近没和我一起上学，我娘说很久没见你了，叫我……无论如何要把你叫到家里吃个饭。你就当帮我解决个麻烦吧，蜗牛，好吗？”

姬小雨坚称自己没有说谎，毕竟她娘确实随口一说“那个段小年最近怎么不黏着你啦”，她只是顺便把她娘的意思稍稍推理分析，表达得更进一步而已！

段小年胆怯地避开与姬小雨的视线交集，思考了几秒，终究还是低着头嗯了一声：“我们走吧。”

7.他笑就那熊样，只眯一点儿眼，咧不了嘴

晚饭前，姬小雨闷着头一个劲儿地朝厨房里挤，直到被她娘威胁要用锅铲砸她的头，她才低着头踱步到客厅，小心翼翼地坐在离段小年最远的一侧。

段小年无声无息地跟着姬小雨她爹看《百变大咖秀》，她爹笑得前仰后合，还摸着段小年的后脑勺儿问：“小子你怎么不笑啊？压力别太大，哈哈，今儿又不是我们小雨带你回来见家长。”本就尴尬的局面终于被姬小雨的亲爹成功地一手推向了冰点，姬小雨恼羞成怒地冲她爹低吼：“爸！人家蜗牛明明笑了，他笑就那熊样，只眯一点儿眼睛，咧不了嘴巴！”

她爹忍住笑，反驳道：“我看出来你和段小年闹矛盾啦，可闺女你也不该骂人啊。”段小年此刻终于幽幽地坐直身子，咳咳嗓子一本正经：“叔叔，她没骂我，我从小就这么笑，不信您看。”

段小年又很励志地笑了一次，嘴角依旧纹丝不动。这一顿饭吃得如同世界末日。

8.蜗牛一瞬间美好得像个男神

第二天大清早，姬小雨习惯性地悄悄一开窗，竟然发现很久不来等她上学的段小年又站岗了。姬小雨忐忑地下楼，远远就瞧见段小年脸上高高挂着两个浓浓的熊猫眼，她想着，这家伙又做了一晚上的题吧。

谁知，段小年面色沉重地凑近她，一声不吭地皱了皱眉，皱眉对于面瘫来说已经是一种相当强烈的情感宣泄了，姬小雨的心猛然一凉：完了，蜗牛恐怕为了专心备考，连同桌也不想和我做了！他闭上眼深呼一口气，严肃地告诉她："小雨，我……我们……我们还是在一起吧。"

她像个哑巴似的张大嘴巴的傻样似乎令段小年很满意，他特自然地轻轻牵住了她的手："我一直没把你这个烫手山芋拿下，这导致我一直很困扰，搞得我没法专心念书……姬小雨，我们俩现在的首要任务就是考上一所好的大学啊，我们在一起就要更加发奋努力呀……"

她又惊又喜又恼，强迫他用力掐了她脸颊一把，疼得"嗷"的一声叫起来，才确定这不是个睡过头的春秋大梦。

姬小雨仰头望着段小年的刺猬头，他真是个诱人又美好的生物呀，不知不觉就觉得鼻子一热："蜗牛，你是个大面瘫你家里人知道吗……表白嘛，起码你要好好冲我笑一个呀！"

段小年慢吞吞地俯身搂住她，语气甚是无辜："我笑了呀，姬小雨你再仔细看一下，我真的笑了！"

姬小雨被他的迟钝逗得咯咯直笑，笑着笑着眼泪都快蹦出来了。

意林精品图书推荐

"多味之恋"系列

《别来无恙，我的小初恋》
简介：销量超百万作家沈嘉柯暖心力作，陪你一起挥别青春，再出发。
定价：29.80元

《喜欢你这句话，我憋住了整个青春》
简介：数十篇青春伤感故事，带你领略成长、青春、爱恋的阴晴圆缺。
定价：29.80元

《遇见你，就是最对的时候》
简介：青罗扇子、周德东等作家用文字演绎纸上电影。时光远去，我们永远青春。
定价：29.80元

《我记得你说过的每句美好》
简介：独木舟、夏七夕、七微等名家用真挚的笔触探究青春的色彩。
定价：29.80元

"深夜暖心"系列

《这世间所有的纸短情长》
简介：织梦人张芸欣在深夜为你点一炉青莲之香，寻找渐渐远去的青春与年少。
定价：29.80元

《世界那么大，命中注定遇见你》
简介：每个人都会接触形形色色的人，又会和一些人聚聚散散，马叛说：这些相遇都是命中注定。
定价：29.80元

《我不怀念你，我只怀念有你的往昔》
简介：继《左耳》之后深入骨髓的疼痛青春，每个人都可以在她的故事中找到最原始的自己。
定价：29.80元

《花与巡夜人》
简介：国内一本填色减压故事书，抚触你的心灵，治愈现代人的都市病症。
定价：36.90元

"十八而志"系列

《少年从不等风来》
简介：关于年轻人的追梦故事，他们用自己的特立独行，创造属于自己的天地。
定价：29.80元

《你的人生不需要别人点赞》
简介：大人物从这里起步，成就了丰盈的人生。数百篇故事告诉你成功者的秘密。
定价：29.80元

《逆光飞翔，微芒盛放》
简介：名人的磨难被晾晒成坚强，带给你十八而志的青春励志的正能量。
定价：29.80元

《像明星一样去战斗》
简介：数十位明星的奋斗史。逆袭背后，都是平凡生活中的伟大梦想。
定价：29.80元

"大阅读"系列

《脑洞君，请收下我的膝盖》
简介：理科的严谨与文科的情怀，二者你都能拥有。
定价：28.90元

《我心有猛虎，而你只要一枝蔷薇》
简介：量身为中学生打造的心灵读本！
定价：28.90元

《一生心事只得一人来解》
简介：与名家碰触思想上的火花，快乐成为阅读的领跑学霸。
定价：28.90元

《好男孩上天堂 坏男孩走四方》
简介：毕业于剑桥大学的才女陈叠邀您围观世界名校男神！
定价：29.80元

"初心讲义"系列

《把你所有的不安都交给我来暖》
讲给你听，117个如同心灵抱抱的故事。
定价：29.80元

《所有人的坚强，都是柔软生的茧》
玻璃心的朋友们，看这里！讲给你听，125个含泪奔跑的人生故事。
定价：29.80元

《生命中除了爱，其他都是行李》
讲给你听，召唤小确幸的111个故事。
定价：29.80元

《都道初心不可负，而初心是何物》
133个初心故事，既有明星大家，又有平凡人物，从故事里闪耀初心的光芒。
定价：29.80元